河南省教育厅人文社会科学研究项目
“新时期文化语境中的审美问题研究（2015-ZD-041）”
资助出版

信阳师范学院学术著作出版基金资助出版

信阳师范学院博士科研启动基金资助出版

The change of "aesthetic"

a study of the aesthetic issues in the cultural context of the new period

周强⊙著

"审美"之变

新时期文化语境中的审美问题研究

中国社会科学出版社

图书在版编目(CIP)数据

“审美”之变:新时期文化语境中的审美问题研究/周强著. —北京:中国社会科学出版社，2015.6

ISBN 978-7-5161-6448-8

Ⅰ.①审… Ⅱ.①周… Ⅲ.①文艺美学—研究 Ⅳ.①I01

中国版本图书馆CIP数据核字(2015)第152611号

出 版 人 赵剑英
选题策划 郭晓鸿
责任编辑 熊 瑞
责任校对 董晓月
责任印制 戴 宽

出 版 中国社会科学出版社
社 址 北京鼓楼西大街甲158号
邮 编 100720
网 址 http://www.csspw.cn
发 行 部 010-84083685
门 市 部 010-84029450
经 销 新华书店及其他书店

印 刷 北京君升印刷有限公司
装 订 廊坊市广阳区广增装订厂
版 次 2015年6月第1版
印 次 2015年6月第1次印刷

开 本 710×1000 1/16
印 张 12.25
插 页 2
字 数 205千字
定 价 46.00元

凡购买中国社会科学出版社图书，如有质量问题请与本社联系调换
电话:010-84083683

目　录

导　论

审美性是文学艺术的重要特性，文学艺术之所以能够源于生活又高于生活，就在于实现了对生活真实的审美创造，从而给人们带来美的体验和享受。在某种意义上可以说，取消了审美，也就取消了文学存在的理由和根据，而错误地理解了审美，也就错误地理解了文艺对于人的价值和意义。审美问题不仅是关乎文艺自身的艺术价值和社会价值的问题，更是关乎文艺为什么会存在以及文艺与人的关系的问题。所以，文艺审美问题一直是文艺理论的基本问题，更是时时会因为时代的发展和变化，不断出现新情况和新特征的前沿问题。

一

新时期的新气象是从全面清理“文化大革命”政治的积弊开始的。党和国家的工作重心从以阶级斗争为纲转移到社会主义经济建设上来，“文艺从属论”和“文艺工具论”所依凭的主流意识形态已然转变，政治对文艺的重压逐渐松动，而最明显的标志是邓小平的《在中国文学艺术工作者第四次代表大会上的祝词》的发表。该文强调：“党对文艺工作的领导，不是发号施令，不是要求文学艺术从属于临时的、具体的、直接的政治任务，而是根据文学艺术的特征和发展规律，帮助文艺工作者获得条件来不断繁荣文学艺术事业，提高文学艺术水平，创作出无愧于我们伟大人民、伟大时代的优秀的文学艺术作品和表演艺术成果。”[①] 这样看来，主导意识形态不仅要求文艺从文化大革命政治的束缚中解脱出来，更强调了文艺具有自身的“特征和发展规律”，只有强化这种特征和尊重自身规律，才能使文艺在正常的轨道上行进，从而实现它的社会价值和存在意义。那么，在这种新时期初期的政治话语氛围中，借助思想解放的时代东风，来探寻文艺的独立品格，彰显文艺的个性特征，自然就成为文艺界需要积极面对的紧迫问题了。

“审美”就是在这样的背景中恰逢其时地出场，作为新时期文艺理论界思想解放的一个标志，以文艺的自觉呼应着时代的变革。1981 年，童庆炳先生发表《关于文学特征问题的思考》一文，对于文学“形象特征论”提出了不同看法。童先生认为，“文学用形象反映生活”的观点，只说明了文学与科学反映生活的方式不同，没有说明文学在对象和内容方面的独特性。文学从内容到形式到功能都有其独特的品性与特征。这种独特的品性与特征就是“审美”。[②] 用“审美”特征论代替“形象”特征论，是新时期文艺理论观念的重要突破。此后，童庆炳、钱中文、王元骧等许多学者，不断进行文艺审美问题的研讨，推动文艺审美论成为新时期文论的重要理论话语。

文艺审美论出场以后，一直显示出蓬勃有力的发展态势，相继出现了“审美反映论”“审美意识形态论”“审美超越论”和“审美快感论”等重要理论命题，而“审美意识形态论”更是成为新时期文论中比较有代表性的理论学说。

“审美反映论”是对中华人民共和国成立以来占统治地位的“机械反映论”的反驳，其实，童庆炳先生的“审美特征”一说，正是在对过去“用形象反映生活”的文学特征论的反思和质疑中提出的。钱中文先生的《最具体的和最主观的是最丰富的——审美反映的创造性本质》和王元骧先生的《艺术的认识性和审美性》《审美反映与艺术创造》等文章也是“审美反映论”的重要成果。虽然，此论仍然没有完全摆脱反映论的理论

① 《邓小平文选》（第二卷），人民出版社 1994 年版，第 213 页。

② 童庆炳：《关于文学特征问题的思考》，《北京师范大学学报》1981 年第 6 期。

框架，试图在反映生活与如何反映之间寻求调和，但是它有两个特点值得重视：一是已经比较明显地注意到审美反映的主观能动性和主体创造性，触及文艺创造与主体自由之间的价值关联，为后来刘再复的“文学主体性”理论的出场奠定了基础；二是在此论的理论描述中，关于文学是审美意识形态的说法已见端倪，“审美意识形态论”后来成为新时期文论影响甚大的理论学说，而它从“审美反映论”脱胎而来的事实，也在一定程度上说明，审美论的建构一开始就较为看重“审美”的历史内涵和实践品格。虽然说，“审美反映论”后来很少再被提及，但是，它曾经发挥的理论作用和对文论发展的贡献，是不能忽视的。

“审美意识形态论”的出现并不是偶然的，在当时的理论环境中，如何既不排斥文艺的意识形态特性，同时又充分看到文艺的“审美”特性及其意义价值，应该是文论界面对的迫切而重要的问题。此论通过对审美和意识形态的有机整合，力图把文艺的意识形态特性与审美特性融为一体，使得人们对文艺特性的理解与阐释更加丰富全面。不过在这一理论形态的建构和不断扩大其影响的过程中，也遭遇了不少质疑和挑战，有学者认为此论对“审美”和“意识形态”进行了不合理的拆分，并有“本质主义”的倾向；即便是在“审美意识形态论”的倡导者之间，对这一理论命题的内涵实际上也存在各种不同的理解，并没有形成完全统一的认识。这些质疑以及“审美意识形态论”的倡导者所进行的回应，形成了到目前为止仍在继续的声势浩大的学术论争，许多学者纷纷撰文，提出了自己的观点和看法，使这一理论成为新时期文论的一个热点问题。这一论争为当代文论的建构注入了激情和活力，推动了“审美意识形态论”的研究探讨不断走向深化。

与此同时，也有一些学者提出了“审美超越论”的命题并相继展开了理论探讨。应当说，“审美超越论”并不是一个单纯的文艺审美论问题，它同时也是一个哲学美学问题。杨春时先生就旗帜鲜明地提出要建构“超越美学”。他是在批判实践美学的基础上提出重建超越美学的必要性与可能性。他认为实践美学虽然强调了美的根源在于社会实践活动，并注意到审美的历史积淀性和社会群体性，但是，却忽视了审美的个体性和精神性，并落入理性主义的窠臼。他强调生存的意义在于超越性，而“审美是超越的生存方式和解释方式，因而超越性是审美的本质，在这基础上就可以建构超越的美学”[①]。审美的超越性主要在于对现实的超越和对理性的超越。杨先生还认为，在审美超越中，人敞开了自己的精神世界，解放了被压抑和束缚的审美想象力，展现了自己的生命个性，进入充分自由的彼岸境界。[②] 应该说，杨先生的超越美学是一种注重人的感性体验的审美自由的理论，特别看重审美主体的精神自由，这对于我们理解文艺审美的人学价值是有重要的理论借鉴意义的。但是也有不少学者提出不同意见，比如张玉能先生从实践美学出发，强调审美的实践品格，认为实践的自由是审美的根本，对精神自由的过分强调是一种乌托邦思想。[③] 与杨春时先生不同的是，王元骧先生近年来，从市场经济和科技理性造成的物欲横流、人性沦落的现实问题入手，提出要以审美的超越精神实现对人的终极关怀。他认为在后现代主义思潮的影响下，近年来在我国出现了以大众文化和消费文化来抵制和取消文艺审美的精神价值的文艺观念。[④] 王先生对此甚为忧虑，他坚守实践唯物主义的立场，并整合康德美学的审美无功利性思想，强调指出审美的意义在于引领人从物欲的羁绊和现实的异化中摆脱出来，充盈和净化人的情感，建构一个超越性的精神家园，使人成为完整意义上的人，这种审美的超越性品格是大众文化和消费文化所无法替代的。[⑤] 他还进一步将审美的超越性与建构诗意化的幸福人生联系起来，提出了“人生论美学”。虽然，有学者批评王先生的审美超越论“是从人类的某个绝对完美的状态出发的，是一种虚无存在观。”[⑥] 但是，在物质主义和享乐主义日益蔓延而造成人性扭曲的今天，王元骧先生对审美超越精神的大力弘扬，对于拯救现代人的精神病症、建构健全完善的人格具有积极的现实意义。

---

① 杨春时：《超越实践美学　建立超越美学》，《社会科学战线》1994 年第 1 期。

② 同上。

③ 张玉能：《实践的自由是审美的根本——与杨春时同志商榷》，《学术月刊》2004 年第 7 期。

④ 王元骧：《文艺理论中的“文化主义”与“审美主义”》，《文艺研究》2005 年第 4 期。

⑤ 王元骧：《审美：现代人的自我拯救之道——对于美育现代意义的哲学思考》，《湖南社会科学》2005 年第 4 期。

⑥ 宗志平、熊元义：《论王元骧的审美超越论》，《云梦学刊》2007 年第 5 期。

20 世纪 90 年代以来，随着市场经济的深入发展和大众物质生活水平的提高，大众文化和消费文化的壮大已是不容忽视的文化事实。而与此相关联的是，在文艺审美观念上，出现了审美快感论和审美娱乐价值观。如果说，“审美超越论”着意于对审美的享乐化和感性化倾向的批判，那么，“审美快感论”则更主要体现出对审美娱乐化潮流的呼应和对感性身体狂欢的认同。在审美快感论这里，感官的娱乐成为审美的关键，欲望的喧嚣被赋予人性解放的意义。审美就是娱乐，审美就是快感满足等说法，在当下的文化场域中颇为流行。应该说，张扬大众感性化审美的意义，倡导审美的娱乐效果，有其合理之处，但是，审美快感论和审美娱乐价值观偏执于审美的感官快适，忽视了审美的情感力量和心灵体验，而审美之精神性内涵的跌落会导致审美文化向粗俗、恶俗和低俗的方向发展，这种倾向是不符合社会主义文化建设的价值诉求的。

总之，在新时期的文论和文艺发展过程中，文艺审美观念呈现出多向拓展的态势。这些观念从不同层面上对审美展开价值言说，对我们理解审美之于文艺的意义、文艺的价值内涵和文艺审美与人的关系等文艺基本问题，提供了诸多的理论贡献和理论启示。但是从另一方面看，在审美论的拓展或审美问题的探讨中，也暴露出一些不容忽视的问题，其中尤为突出的是，“审美”内涵的漂浮不定。这些文艺审美论或审美观，其各自的逻辑起点、理论资源、言说方式和价值立场等是不同的，呈现出较为明显的理论差异。甚至在各种具体理论问题的讨论中，也存在激烈的论争，同一概念具有多种不同的理解，比如审美意识形态论，就有“审美加意识形态”“审美意识的形态”等不同的阐释，而且就“审美加意识形态”这一说法，对于是以审美为主还是以意识形态为主，以及如何理解二者的结合，又各有不同的看法。这一方面说明“审美”和“文艺审美”的概念，在实际的运用过程中表现出了自身的理论活力和理论张力，而另一方面也说明大家对“什么是审美”“怎样理解文艺审美”这些基本而又重要的问题，并没有达成理论共识。王元骧先生就曾明确指出：“‘审美’是当今美学界和文艺理论界使用频率很高的一个概念，但是到底什么是‘审美’？它的具体含义和要达到的目的是什么？迄今人言言殊。”[①] 李志宏教授也提出了类似的观点：“新时期的文学理论研究有个很有意思的现象，即，虽然人们普遍认为文学的本性是审美，经常在谈论着审美性，但对于审美性的内涵并没有进行过深入的探讨，人们甚至没有想到过要对审美性的内涵加以清晰而具体的说明和界定。”[②]

可以说，新时期文论的一个重要贡献就是为文艺重新找回“审美”这个确证自身价值的根本存在，但是这个贡献中却隐藏着一个缺陷，那就是对“审美”自身的价值内涵的寻找，没有得到足够的重视。这就形成了一种状况：一方面，文艺的审美本性到底如何理解，并没有达成共识；另一方面，“审美”又在新时期文论话语中占据着极为重要的地位。那么，在这种状况下，关于文艺审美问题的言说，就容易出现以文艺的“审美性”来统摄文艺的其他各种特性，如文艺的政治倾向性、意识形态性和历史文化性的情况，这不仅模糊甚至扭曲了“审美”本身的价值内涵，而且其他问题也会在“审美”的包容中，失去独立的理论身份而显得晦暗不明。甚至，即使涉及与审美无关的问题，也难以放弃对“审美”的借用，索性都放进“审美”的箩筐里，以“审美”的名义来进行言说。这样一来，“审美”和“文艺审美”的含义就在众说纷纭中，变得模糊不清、漂浮不定甚至混乱驳杂，而失去应有的理论效力。这种意义上的“审美”成为一个漂移的能指，处于无根的状态，徒有“审美”之名，而无“审美”之实。而文艺审美论的这些现实问题，也在提醒我们，对文艺审美问题的探讨，不能忘记“文学是人学”这个传统的命题，应该在文艺审美如何促进人更加合乎人性地生活的意义上，来理解文艺审美的价值意义。

二

文艺审美论的不断拓展，引起了学界的普遍关注。针对新时期以来出现的各种审美现象及其问题，以及各种文艺审美理论观念等，学者们展开

① 王元骧：《何谓“审美”？——兼论对康德美学思想的理解和评价问题》，《社会科学战线》2006年第2期。

② 李志宏：《新时期文学本性研究：以审美性和意识形态性为中心》，吉林大学出版社2010年版，第9页。

了多方面的研究探讨，其中既包括对当代文艺审美问题的宏观考察，也包括对某些具体问题的批判和反思。

概括而言，主要包括两大方面：一是对新时期文艺审美论的历史轨迹、历史贡献、理论意义及其局限的考察。童庆炳先生发表在《文学评论》2006 年第 1 期上的《新时期文学审美特征论及其意义》，对审美特征论产生的历史文化背景、生成过程、理论特点和价值观念进行了较为全面的梳理和分析，强调了理论创新的重要性和意义。赖大仁先生的《当前文艺与理论批评中的审美价值观》一文，对文艺审美本性论、审美快感论、审美日常生活化问题进行了辩证分析，突出了文艺审美问题研究的马克思主义人学立场。杜卫教授的《走出审美城——新时期文学审美论的批判性解读》，虽然成书较早，但不管在当时还是现在看来，都对我们研究新时期文艺审美论发展和演变具有理论借鉴意义，不过，该书对审美论的探讨主要是在文艺学和美学的语境中展开的。李志宏教授的《新时期文学本性研究：以审美性和意识形态性为中心》一书，对新时期文学审美性问题的研究状况进行了宏观考察，认为学界的探讨主要集中于三个问题：第一，关于文学本性是否仅只是审美性的问题，第二，关于文学审美性地位的问题，第三，关于文学审美性的内涵问题。[①] 由此进一步推及审美论科学化的探讨。另外，李育红教授对当代审美主义文艺思潮的研究，盖生教授对新时期文学审美论局限的分析等，都是这方面的成果。二是对当代中国审美观念和审美实践的探讨。胡亚敏教授在《当代中国审美现象探讨》一文中运用马克思主义的理论观点和方法，分析了审美的资本化、审美的普遍化、审美的欲望化和审美的过度与不足四个审美问题，并强调理想的审美在于有利于人性的丰富和体现为个体的自由自为活动。[②] 潘知常教授的《美学的边缘——在阐释中理解当代审美观念》一书，注意到商品社会和电子文化与当代审美观念转型之间的关系，不过他的探讨主要集中在美学的视域中，没有更具体地联系到当代中国的文化现实。李勇博士在专著

---

① 李志宏：《新时期文学本性研究：以审美性和意识形态性为中心》，吉林大学出版社 2010 年版，第 5—13 页。

② 胡亚敏：《当代中国审美现象探讨》，《江汉论坛》2007 年第 12 期。

《媒介时代的审美问题研究》中，主要集中于探讨审美变异与电子媒介的意义关联，对审美理论问题和具体的文艺审美问题涉及较少。

关于新时期审美问题的探讨，应当说已经取得了不少理论成果，然而从整体上来看，仍有进一步推进研究探讨的必要与可能。如果说，以往关于审美问题的讨论，大多是在文艺学或文艺美学本身的范围内进行研究探讨，因而有一定的局限性，那么在当今的时代条件下，就有必要将新时期以来形成的各种审美问题，置放于新时期文化语境当中，从审美与当代文化语境的互动关系中，展开系统性的理论探讨。其中既包括对当代（主要指新时期）出现的，仍在文学研究中发挥着影响力的文艺审美观的探讨，又包括对当下文化发展中存在的审美实践问题的考察。

这里所说的新时期文化语境，主要是指新时期以来，随着改革开放的深入和经济建设的推进，出现了当代中国的文化变迁和文化转型，形成了不同于以往的文化语境。那么，这种新的文化语境有着怎样的特点呢？一是各种文化形态，包括主流文化、精英文化和大众文化相互交织融合，都显示出自身的文化力量，都在影响着新时期文化的格局和走向。二是新时期以来中国文化呈现出前现代性、现代性和后现代性混杂共融的状态。随着西方后现代思潮的传入，削平深度、解构权威、打破规范、寻求差异的后现代观念正影响着我们对文化的选择和判断。而中国是一个文明古国，传统的文化思想依然在传承和绵延，对我们的文化建设具有不容忽视的作用。更为重要的是，中国还是一个发展中国家，现代化仍然是一个未竟的事业，文化的现代性诉求可谓任重而道远。这样一来，文化就具有多元性、多样性和多变性的特点。三是在市场经济环境下，文化与市场之间的关系越来越紧密，文化的商品化和消费化倾向日益明显，大力发展文化产业已是大势所趋。

不过，有学者指出中国的这种文化态势呈现出五大结构性矛盾，笔者以为其中有两大矛盾尤其值得重视：一是后现代性与规范性的矛盾；二是文化的理想性与文化的消费性的矛盾。[①] 那么，怎么看待和处理这两大矛

① 邴正：《当代中国文化结构性矛盾》，《现代国企研究》2011 年第 6 期。

盾呢？“文化若能得到控制，就必须有文化行为的协调性、规范性和一致性。而当代文化的后现代性走向，恰恰突出了文化的多元性，否定了一致性。……当代文化的建构应追求多样性的统一，而不是无规范的后现代性。……当代文化正随市场经济的全球扩张而日益大众化、商业化、消费化。文化具有双重功能，既是理想性的，又是消费性的。就文化是人的本质力量的体现而言，文化是理想性的，是人的成功和升华；就文化是用以满足人的需要而言，文化又是消费性的。但是，人最根本的需要是成功与升华，所以，一切消费性的文化，归根到底是为文化的理想性服务的。面对当前消费化、商业化、大众化的文化浪潮，当代文化需要一场文化改造，去调整理想性与消费性的矛盾。”①

从审美观念的变革来看，确实受到了这种文化语境的影响，并显现出上述两大文化矛盾。而本文之所以选择审美意识形态论问题、审美快感论问题、审美娱乐化问题、日常生活审美化问题以及审美的功利性与非功利性问题作为主要的言说对象，与新时期的文化语境以及其中存在的文化矛盾是有意义关联的。比如，“审美意识形态论”是中国特色社会主义文化建设在文艺理论方面取得的成果，是代表主流文化和精英文化的一种理论形态。它以秉持文学理想和审美精神为己任，强调文艺审美对于人的发展和完善的作用，体现出文化的理想性功能。而审美快感论和审美娱乐化观念，强调世俗化和感性化的审美享乐，是为大众文化和消费文化张目。

可以说，在当代中国文化语境中，对具有不同文化内涵的审美观念和审美实践问题进行理论探讨，具有三个方面的意义：第一，在新时期文化视野中，分析这些审美问题的历史根源、现实表征、理论依据和价值内涵，可以帮助我们较为全面和系统地把握文艺审美理论和实践的发展状态，发现它们的文化特点，辨别其优劣得失；第二，可以增强文艺审美问题研究的现实针对性，进而为促进包括文艺在内的审美文化向健康有序的方向发展，提供经验借鉴和启示；第三，可以反映出当代中国的文化结构

① 邴正：《当代中国文化结构性矛盾》，《现代国企研究》2011年第6期。

及其矛盾性，从而为解决这种文化结构中的矛盾性寻求路径，凸显文艺审美乃至整个文化的理想性诉求。或者说，通过对当代文艺审美“怎么样”的回答，来追问文艺审美“应如何”，在“实然”的基础上探寻“应然”，立足现实而守望理想。那什么是当代中国文化建设的理想性诉求呢？

胡锦涛同志认为：“面对当今文化越来越成为综合国力竞争重要因素的新形势，我们必须以高度的文化自觉和文化自信，着眼于提高民族素质和塑造高尚人格，以更大力度推进文化改革发展，在中国特色社会主义伟大实践中进行文化创造，让人民共享文化发展成果。”① 很明显，社会主义文化建设的主旨在于人的提升和完善，在于人的全面发展，这就是文艺审美应该具有的理想性诉求，而且这与马克思主义的人学精神是相契合的。为什么这么说呢？因为，在马克思看来，真正的人不是抽象的人、自然的人和异化的人，而是自由与自觉的人，自由而全面的发展是人的理想生命状态。所以，我们对每个具体的审美问题的探析，力求以马克思主义的人学精神为价值坐标，展开对它们的价值评判，并进一步将它们归拢到马克思主义人学的视域中加以深入探讨，去追问文艺审美与人的自由解放的关系、文艺审美对于人性和谐与完善的作用，从人如何合乎人性地生活的维度上，探求文艺审美的现实意义和永恒价值。

① 胡锦涛：《在庆祝中国共产党成立90周年大会上的讲话》，人民出版社2011年版，第23页。

第一章

审美意识形态论问题

新时期之初，“审美论”研究作为文艺理论界思想解放的一种标志，在破除文化大革命时代遗留的文艺“工具论”和“从属论”的基础上，生长并繁荣起来。围绕着“审美”而展开的关于文艺本质特性的探讨和追问，形成了20世纪80年代的一道鲜亮夺目的理论风景线。而在关于文艺审美论的各种范式建构中，审美意识形态论以其对审美性的强力标举和对马克思主义唯物史观范畴中的意识形态理论的有机整合，而显示出较之其他范式，更具有学术公理性的理论优势，逐渐成为马克思主义文论中国化和当代中国文论的一种主导形态。这一理论形态进一步走进各种权威的文学理论教材中，形成了以自身为内核的一套知识谱系，实现了从学术性理论话语向普世性文化知识的价值转换。但是，也正是在这种趋向真理的过程中，审美意识形态论在21世纪之初遭遇了前所未有的质疑和挑战，由此而掀起的论争，至今仍在继续，而产生的影响之大，在新时期文论发展过程中实为罕见，许多理论名家和学界新秀都参与论争之中。这场论争不仅将文艺审美论研究推向深入，更与随后出现的语言论转向、文化研究热潮、本质主义与反本质主义的论争等热点问题有着这样或那样的关联。可以说，审美意识形态论在新时期文论中的影响是巨大的，而且这种影响在当下以及未来的文论研究中仍然会绵延下去。鉴于此，对此论进行回顾和总结，对于推进21世纪文论的创新发展是颇有启示意义的。那么，这一理论是在怎样的历史境遇中生成、发展和完善的呢？

又以怎样的理论特色带给当代的文论建设以有益的启示呢？这些问题，是我们论述的关键。

一 历史生成

1. 生成背景

审美意识形态论的出现并不是一个偶然的学术现象，而是具有具体的历史文化语境。按照童庆炳教授的解释，在20世纪80年代初，学界面对着这样三种语境：一是八届三中全会后“文化大革命”思想的清理；二是邓小平的“不继续提文艺从属于政治的口号”的新讲话；三是20世纪50年代以来苏联的“文学形象特征”论。[①] 虽然历史语境的多重转换已经为审美意识形态论的出场创造了条件，但是这个过程并不是一蹴而就的，而是有一个循序渐进的学术理路。

学界首先要面对的是文化大革命政治所标榜“文艺是阶级斗争的工具”的工具论文艺观。1979年《上海文学》发表评论员文章《为文艺正名——驳“文艺是阶级斗争的工具”说》，拉开了文艺界关于文艺与政治关系的讨论热潮。钱中文先生作为审美意识形态论的倡导者，也参与到这场讨论中，并发表《文艺和政治关系中的一个根本问题——论文艺作为“观念的上层建筑”的特征》一文，认为并不能将文艺与政治的关系庸俗化和简单化，看成单一的主奴关系。在这个阶段，钱先生虽然还没有聚力于文艺的本质特性以及审美与文艺的关系问题，但他对过去文艺与政治关系的批判性反思，为自己的审美论建构奠定了思想基础。更为重要的是，这场关于文艺与政治关系的论争，帮助学界冲破了“从属论”的思想束缚。当文艺从“文化大革命”政治的强压下独立出来之后，关于文艺寻求自身的价值基点的理论探寻就显得顺理成章、呼之欲出了。

在这种学术背景中，童庆炳先生作为审美意识形态论的重要建构者，相继发表了《关于文学特征问题的思考》《文学与审美》等一系列论文，他指出：“既然文学所反映的对象、内容是现实的审美价值属性，作家把

① 童庆炳：《实践是“审美”与“意识形态”结合的中介——对近期“文学审美意识形态论”质疑的三点回应》，《文化与诗学》2009年第2期。

握现实的方式又是审美的方式，文学就是对现实生活审美价值属性的审美把握的结果，那么其特质就不能不是审美。诚然，文学作为一种意识形态包括了巨大的认识因素，但构成文学之所以为文学的充分而必要的条件，则不是认识而是审美。”① 对文学审美特征的深入考察，使童先生认识到，“只有在文学理论的各个问题上（首先是文学本质问题上）深深地引进‘审美’的观念，我们的文学理论（首先是文学本质问题上）才有可能打开新的局面。”② 童先生的呼吁，很明显地反映出新时期文论从政治工具论和被动反映论向审美论和主体论转向的整体趋势与理论自觉。

但是我们需要追问的是，为什么新时期文论对文学本质特性的探寻不是落在形象、语言等关键词上，而是聚焦于审美呢？先说形象问题，童先生对审美论的推崇，就是直接从对形象论的质疑为起点展开的。他在《关于文学特征问题的思考》这篇文章中谈道：“中国当代许多文学论著都这样回答说：用形象反映生活是文学的根本特征。……‘文学用形象反映生活’这一类提法，只说明了文学的形式特征，没有说明文学的内容特征，所以仅仅用它来说明文学的根本特征，不能不说是一个重大的理论缺陷。”可为什么新时期文论更为看重文学的内容特征呢？这一方面是由于当时文论研究所秉承的形式与内容二分的哲学观念；另一方面，从这种轻形式、重内容倾向的深层来看，在很大程度上反映出当时一种整体性的思想动向。这种思想动向又是什么呢？

新时期之初，人文知识分子试图以自己的理论表达来唤醒被“文化大革命”麻痹和扭曲的人的灵魂，以实现对大众的思想新启蒙；或者说，在当时的时代境遇中，人文学者们更为关注被外在形式所遮蔽的人的内在心灵的拯救，着力于唤起人性的觉悟和建构主体的健全人格。而审美较之形象，具有既不忽视形式，又更注重涵纳内容的双重价值维度，也就更符合这样的时代文化诉求。而语言问题在这一阶段被相对忽视，也具有这方面的原因。另外，在当时的理论背景中，文艺理论和美学研究更多是在借鉴

① 童庆炳：《文学审美论的自觉——文学特征问题新探》，北京师范大学出版社 2011 年版，第 38 页。

② 同上书，第 24 页。

和吸收马克思主义文论和俄苏文论的思想成果，以海德格尔为代表的西方语言本体论思想，虽然在晚近掀起了中国文论的语言转向热潮，但在新时期之初还缺乏繁荣的文化要素和传播的时代需要。所以，当时的文艺学界并没有提出文学是语言的艺术这一理论命题，而是更多地把语言问题放置在形式主义的层面上来考察。这种传统的认识，大大减弱了语言论在新时期初期，借助文论界进行文学本体价值反思的东风，替代审美论而成为文论研究主潮的可能性。

如果将文艺审美论的出场与当时国内的第二次“美学热”联系起来看的话，这一问题就更为明显了。尤西林教授认为：“美学的人学本体论与历史哲学及其对应的个体生存意义观与历史使命感形成了‘美学热’。这也是‘美学热’社会策动—传播—接受机制及其社会心理核心所在。学科性美学的繁荣，从美学经典与教材论著的流行，到美学话语的泛滥，实质只是这一核心的延伸表现。……‘美学热’实质还隐秘地吸收与转化了文化大革命异端派浪漫主义与崇高激情的心理资源。这种浪漫与崇高先曾由文化大革命赋予一代纯真青年，最终却成为颠覆文化大革命的力量。……‘美学热’的骨干阶层实质是以其理想主义的生活经历去认同‘美’与美学的。”①

既然，审美在当时的文化公共话语空间中被赋予了这么浓重的理想主义色彩和生命价值内涵，而具有强烈的文化感召力和文化凝聚力，那么，文论界又如何会回避这种美学大潮的洗礼呢？钱中文先生就曾谈到美学热对文艺理论研究的影响，他指出：“也是从这一时期开始，文学审美特性的探讨，因美学研究的日益发展而凸显出来。”② 更何况，新时期初期对文学本质特性的探讨，本身就是当时顺应思想解放大环境的新启蒙话语，是一个积极配合主流意识形态变革的文化显影。况且，无论是从理论还是实践上讲，文艺与审美之间都有着无法割裂的密切关系，所以，以“审美”为轴心而展开新时期文论的重建，是文论界根据时代需要来反思自身的自

---

① 尤西林：《“美学热”与后文化大革命意识形态重建——中国当代思想史的一页》，《陕西师范大学学报》（哲学社会科学版）2006 年第 1 期。

② 钱中文：《文学意识形态与不是意识形态论引起的论争》，《文学审美意识形态论》，中国社会科学出版社 2008 年版，第 85 页。

觉选择。

不过，我们需要进一步追问的是，“审美”恰逢其时地出场了，文艺审美论的建构也在如火如荼地进行，可为什么偏偏是“审美意识形态论”成为其中的主导形态，而不是纯“审美”论或者其他观念呢？应该说，无论是钱中文还是童庆炳先生，都强调审美意识形态论的逻辑起点是审美，钱先生更是通过在专著《文学发展论》中对文学发生和发展历史的深入探讨，论证了文学是审美意识发展的一种成熟形态。可为什么两位学界前辈又都不认同文学的纯审美论呢？

这就要说到，无论是新时期初期还是之前的文论建设，都是在马克思主义理论的指导和影响下进行的，当时的中国学界虽然还没有过多地谈论马克思主义中国化的问题，但是马克思主义中国化的实践探索在马克思主义传入中国之后，就已经开始了。而新中国的社会主义国家性质，更在意识形态层面强化了坚守马克思主义以及建构它的中国化形态的自觉意识。更何况，“马克思、恩格斯的唯物史观和文学艺术意识形态论的思想，阐明了文学艺术在整个社会结构中的地位，以及与其他意识形态的共同特性。这样，19 世纪末开始，探讨文学的本质的时候，就不可能回避意识形态之维度，但这并不是说，意识形态就是文学的定义”①。童庆炳先生也谈道：“文学具有意识形态性，不是我的发明，这是马克思的理论，我们不过是整合马克思的理论，最终还是要回到马克思那里。我是一直相信马克思的。”② 在某种程度上可以说，审美意识形态论对审美与意识形态的有机整合，即强调了文艺的审美特性，又实现了对马克思主义理论的继承和发展，所以能够超越形式主义的纯审美论，而成为文艺审美论的主导范式。更进一步讲，虽然新时期初期的文艺需要冲破“文化大革命”极“左”政治的束缚，但又不能从一个极端跳到另一个极端，既要反对“左”又要警惕右，既不能仆从于政治又不能完全脱离政治，而去追求不符合文艺实际的纯而又纯的审美。而审美意识形态论既体现出了文艺与政治之间的某种

① 钱中文：《文学意识形态与不是意识形态论引起的论争》，《文学审美意识形态论》，中国社会科学出版社 2008 年版，第 85 页。

② 童庆炳：《文学本质观和我们的问题意识》，《社会科学》2006 年第 1 期。

平衡关系，又对“文学是什么”的价值追问作出了有力的回答，所以，逐渐成为文学本质论研究的主流话语。

2. 生成过程

1982 年，钱中文先生在《文学评论》发表《论人性共同形态描写及其评价问题》一文，在文中他指出：“文艺是一种具有审美特征的意识形态。”[①] 不过这一说法是在对文艺作品进行美学分析的基础上，还应注重社会历史分析的话语氛围中提出的，并没有展开具体的论说。1984 年，钱先生在《文学理论中的“意识形态本性论”》一文中指出：“文学艺术固然是一种意识形态，但我认为这是一种审美的意识形态；文学艺术不仅是认识，而且也表现人们的感情、思想；审美的本性才是文学的根本特性，缺乏这种审美的本性，也就不足以谈文学艺术，看来文学艺术是双重性的。”[②] 虽然他在这里强调的是文艺的审美本性，但是在肯定意识形态性的前提下申说这一观点，这说明先生已经有意识地在自己的理论建构中，寻求审美性与意识形态性的有机结合。1986 年，钱先生在《文艺理论研究》发表《最具体的和最主观的是最丰富的——审美反映的创造性本质》一文，进一步明确了这一观点：“文学作为一种审美的意识形态，其重要的特性就在于它的审美性和意识形态性。”[③] 在这篇文章中，钱先生强调了审美的主观创造性，由于该文主要是针对审美反映问题展开的理论思考，所以遗憾的是，还没有深入系统地论析“审美意识形态论”的价值内涵。

到了 1987 年，钱先生在《文艺研究》推出《文学观念的系统性特征——论文学是审美意识形态》一文，应该说，这篇文章在“审美意识形态论”的研究进程中是具有标志性意义的。在该文中，钱先生指出文学观念是一个多层次、多系统、多本质的现象，这就说明先生认为文学本

① 钱中文：《论人性共同形态描写及其评价问题》，《文学评论》1982 年第 2 期。

② 钱中文：《文学理论中的“意识形态本性论”》，《走向交往对话的时代》，中国社会科学出版社 2008 年版，第 86 页。

③ 钱中文：《最具体的和最主观的是最丰富的——审美反映的创造性本质》，《文艺理论研究》1986 年第 4 期。

质的意义在于我们的价值观念，文学是具有本质的，且文学的本质并不是单一的本质，而是多本质综合的系统。在这种理论背景中，先生指出，他的文学本质观可以概括为“文学是审美意识形态”，并深入论述了怎样理解这个问题，他最后得出结论：“文学作为审美的意识形态，以感情为中心，但它是感情和思想认识的结合；它是一种虚构，但又具有特殊形态的真实性，它是有目的，但又具有不以实利为目的的无目的性；它具有阶级性，但又是一种具有广泛的社会性以及全人类性的审美意识的形态。”①

钱中文先生对审美意识形态论的执着探索，得到了童庆炳和王元骧等同辈学者的积极认同。1989 年浙江教育出版社推出了王元骧先生的《文学原理》一书，这本书的问世标志着“审美意识形态论”开始走进高等教育的通识教材，作为一种文学基本原理向更广泛的人文学子传播。《关于新时期以来高校文学理论教材编写的调查报告》这样评价道：“王元骧在《文学原理》（浙江教育出版社 1989 年版）中明确提出文学是一种审美意识形态，这是在文学理论教材中第一次提出文学是‘审美意识形态’。”② 1992 年，童庆炳先生主编的《文学理论教程》由高等教育出版社推出。在书中，童先生将文学的本质属性界定为审美意识形态性，并对其做出了具体的解释：“文学的审美意识形态属性表现在，文学成为具有无功利性、形象性和情感性的话语与社会权力结构之间的多重关联域，其直接的无功利性、形象性和情感性总是与深层的功利性、理性和认识性交织在一起。”③ 这一教材，被全国许多高校指定为文学概论基础课的专用教材，并多次修订再版，所以，“审美意识形态论”也借助这一教材的广泛影响，更进一步强化了自身在文论主流话语中的显赫地位，“文学是审美意识形态”也就成为一个几乎不容质疑的关于文学本质的权威性概念。童庆炳先生在 2000 年再次发表长文，强调指出：“我至今认为，文学的‘审美意识形态论’是文艺学的第一原理。”④

---

① 钱中文：《文学观念的系统性特征——论文学是审美意识形态》，《文艺研究》1987 年第 6 期。

② 王元骧：《我对“审美意识形态论”的理解》，《文艺研究》2006 年第 8 期。

③ 童庆炳主编：《文学理论教程》，高等教育出版社 2004 年版，第 58 页。

④ 童庆炳：《审美意识形态论作为文艺学的第一原理》，《学术研究》2000 年第 1 期。

二 完善及其启示

1. 在论争中完善

审美意识形态论正是这样在具体的历史文化语境中得以生成并成为文学主导观念，不过它自身的理论完善并没有就此止步。在2005年前后，董学文教授发表了《文学本质界说考论——以“审美”与“意识形态”关系为中心》《“审美意识形态”能成立吗?》《文学是可以具有意识形态性的审美意识形式——兼析所谓“文艺学的第一原理”》《文学本质与审美的关系》《关于文学本质与意识形态的关系——兼评“审美意识形态”说》等一系列论文，对审美意识形态论提出反驳和质疑。在他的带领下，一些学者也开始参与到对这一学说的反思和批判中。而钱中文、童庆炳和王元骧先生，也对批评者的质疑纷纷做出有力的回应，同时也吸引了一批学者站在“审美意识形态论”的立场上为其辩护，这就形成了新时期文论中颇为壮观的一次学术论争。

在这场论争中，反方主要围绕着这样几大问题展开驳论，向审美意识形态论发起挑战。一是从词源学的角度，追溯到意识形态的最早提出者——特拉西，指出这一概念最初的含义是指观念学和思想体系，而文学显然不是思想体系，自然就不能说它是审美意识形态。二是认为马克思是在将批判资产阶级虚假意识的立场上使用意识形态，是个贬义的概念，这与审美意识形态论在中性化和肯定性立场上使用“意识形态”是相悖的。三是认为马克思从来没有直接说过文学、艺术是审美意识形态，而是指出文艺是“意识形态的形式”。所以，审美意识形态论对文学的界定不符合马克思的原意。

更为关键的一点是，不少学者进一步从学理上来说明，审美本身就具有意识形态性，用审美来修饰意识形态，是一种同语反复，是种不科学的理论拆分。在这一点上，董学文教授认为：“‘审美意识形态论’在先前的一些论说中，本是有合理的地方的。如从‘审美意识’出发，界定文学为一种‘审美意识的形态’，就既有根据也有说服力。‘审美意识的形态’也就是‘审美意识形式’，这两种表述，应该说没有实质的差别。若从这里前行，再揭示这种‘意识形式’可能包含有‘意识形态’属性及其他属性，就是顺理成章的事情了。……但是，当‘审美意识形态论’将文学表述为‘审美的意识形态’或‘审美意识形态’的时候，就悄然但却是根本性地改变了原本的理论初衷。因为用‘审美’来修饰和框定‘意识形态’，怎么说都是难以在学理上讲得通的。……‘审美’活动中有思想倾向、文化及政治等因素积淀在内，而反过来却不能说‘意识形态’是一种身心愉悦的感性方式。严谨地讲，‘意识形态’是不分‘审美’和‘不审美’的，文学的意识形态属性，本义上是对文学的阶级、阶层、思想、政治倾向、情感性质等属性的规定。所以，从这个意义上说，把‘意识形态’分成‘审美意识形态’和‘非审美意识形态’，同把‘意识形态’分成‘哲学意识形态’‘宗教意识形态’‘法学意识形态’‘道德意识形态’等，都不是科学的分法。”① 关于这个问题，北京大学出版社2004年出版，2005年再版的《文学理论基本问题》一书，也发表了相类似的看法，并进一步从反本质主义的视域上给予考察：“20世纪80年代思想解放以后出版的大多数文学理论教材在否定庸俗社会学的本质主义之后又走入另外一种本质主义：审美的本质主义，把审美的非功利性、文艺的自主自律性视作文学的特殊本质或‘内在本质’，而把‘意识形态’（功利性、认识性等）视作与‘审美’对立的‘外在性质’，在‘审美’与‘意识形态’之间进行了一种二元拆分，而没有看到‘审美’（其实质是艺术活动的自主性）本身即是一种意识形态，是一种历史的、社会的和地方性的知识—文化建构。”②

针对以上质疑中暴露出的问题，不仅“审美意识形态”论的支持者们逐一展开批驳，在论争的过程中进一步推动了这一理论的发展和完善，而且，还有更多的学人从学理层面上深入考察意识形态和审美问题，为当代文论的科学化建设贡献了理论智慧。综合来看，主要解决了以下几大问题：首先，“审美意识形态”论的支持者们认为不能陷入本本主义，仅仅从词源学的角度来理解意识形态的含义，更何况，“特拉西的本意是要说明，一种观念系统或观念科学，在理性的基础上，通过实践而对现实发生

① 董学文：《文学本质与审美的关系》，《文艺理论与批评》2007年第2期。

② 陶东风主编：《文学理论基本问题》，北京大学出版社2005年版。

影响，能够解释世界和改造世界，从而造福于人类。在这个意义上，‘意识形态’就同一般的哲学或解释性理论不同：一是它具有实践因素，二是它具有明显的政治意图。”[①] 所以，即使是从特拉西的观点出发，也不能简单地将意识形态理解为思想体系。其次，“审美意识形态”论的支持者们强调马克思主义并不是仅仅在批判虚假意识的层面上使用意识形态这一概念的。其中，钱中文先生就从四个方面界说了马克思主义视域中的意识形态理论：第一，它是建立在经济基础之上的各种观念形态；第二，是价值观问题；第三，是功能、实践问题。意识形态具有舆论宣传功能、批判功能和实践性的建构品格；第四，是在不断更新中，并有进步、先进与落后之分。[②] 而且，钱中文、童庆炳和冯宪光等先生都强调指出马克思主义的唯物史观，对特拉西的意识形态概念进行了彻底的或者说是革命性改造，“意识形态概念从虚假意识这个带有贬义的含义开始向由人们的实际生活所决定的一切精神意识这样的全称、中性含义过渡”[③]。赖大仁先生也认为马克思主义对于意识形态的理解是在批判和建构的双重意义上展开的。再次，“审美意识形态”论的支持者们认为马克思虽然明确说到文学、艺术是“意识形态的形式”，而这里的形式应该理解为“类型”和“种类”，文学作为意识形态的具体类型，在于它是审美的意识形态，这种理解是符合马克思主义理论原意的。

更为重要的是，关于从“审美意识的形态”到“审美的意识形态”和“审美意识形态”的异变问题，钱中文先生专门撰写了将近两万字的长文《论文学审美意识形态的逻辑起点及其历史生成》，强调指出：“‘文学审美意识形态’的逻辑起点不是意识形态，而是‘审美意识’。”[④] 并在《文学发展论》一书中，详细论证了文学作为审美意识的形态的生成过程和生成肌理。他强调：“本书提出‘文学审美意识形态’，并不是像极端的庸俗机

---

① 赖大仁：《唯物史观视野中的意识形态与文艺》，《学习与探索》2006 年第 6 期。

② 钱中文：《文学意识形态与不是意识形态论引起的论争》，《文学审美意识形态论》，中国社会科学出版社 2008 年版，第 64—65 页。

③ 冯宪光：《意识形态与审美意识形态——马克思主义文学本质观研究》，《文学审美意识形态论》，中国社会科学出版社 2008 年版，第 181 页。

④ 钱中文：《论文学审美意识形态的逻辑起点及其历史生成》，《文学评论》2007 年第 1 期。

械论者批评那样，是审美加意识形态，而是把审美意识形态作为人的本质的确证，从审美意识的发生、形成开始的。正是具有审美意识的人，在自己的长期实践活动中，产生了不断积淀着生存意蕴的语言、文字结构，进而使审美意识相融合并发生演变，物化为审美意识形式，创造了'有意味的形式'，最后发展为现代意义上的审美意识形态——文学。"[①] 不过，有些令人遗憾的是，钱先生的理论创见并没有完全得到其他同道学者的大力贯彻和阐扬，大家的思想也没有真正统一到"审美意识的形态"这一点上来。故而，在审美意识形态论的传播过程中，将审美与意识形态进行拆分或是含糊地加以组合的理论表述，是存在的。这种难以弥补的缺陷所造成的意义歧变，也是审美意识形态论的倡导者们应该正视的问题。当然，瑕不掩瑜，我们应该看到，"审美意识形态论"从新时期初期一路走来，虽然遭遇了来自许多方面的质疑、批判和责难，但在回应批评的过程中也不断得到丰富和完善，仍然在当下多元共生的文论格局中，保持着强大的理论辐射力和影响力。其丰富深厚的理论内涵和与时俱进的创新精神以及对于当代文论发展的价值意义，都是有目共睹的，绝不能被武断且简单地扣上本质主义的帽子而加以否定，相反，我们要从这一理论中获取有益的启示，来推进当代文论的健康发展。

2. 有益的启示

那"审美意识形态论"给我们当代的文论研究带来了哪些有益的启示呢？应该说，这种启示有两大方面：一方面在于它对马克思主义唯物史观的忠实坚守，通过吸收马列文论的理论滋养，显示出严谨求证的理论作风、宏观广阔的理论视野和唯物辩证的理论特色；而更为重要的一方面是，这一理论通过将自身的逻辑起点定位在"审美"上，从而凸显出对文学的人学意义的阐扬。我们常说"文学是人学"，从表面上看，这似乎是一个给文学下定义的本质论命题，但实际上，它是一个价值论命题，文学的价值和意义只有放到人学的立场上加以观审，才能真正浮现出来。或者说，从人学的基点上来反观文学以及展开关于文学的理论建构，才能寻找

① 钱中文：《文学发展论》，高等教育出版社2004年版，第86页。

到文学以及文论的终极意义。从这一点上看，审美意识形态论正是在唯物史观的宏观指导下，不仅继承了马克思主义的意识形态理论，更发扬了马克思主义的人学思想。更准确地讲，它在新时期初期的第二次思想启蒙的文化潮流中，彰显出文艺审美的人学意义，表现出致力于人的自由全面发展的理论旨趣，为确立当代文论研究的人学立场做出了贡献。

那么，这种观点又有什么依据呢？或者说，审美意识形态论是怎样体现出对审美之人学价值的关注以及对马克思人学思想的继承和发扬呢？新时期之初，拨乱反正的一个时代主题就是拨人性之乱，解放被残酷的阶级斗争所压抑和扭曲的鲜活而又真实的人性。钱中文先生在《论人性共同形态描写及其评价问题》一书中就谈道：“在人民再度解放后，自然也带来了人性的解放。近几年来，人性问题成为文艺理论中最吸引人的问题，这也是潮流使然。”[①] 而在挣脱了阶级人性观的僵化束缚之后，我们应该看到文学之于人的作用，在很大程度上从人性的共同形态上体现出来，“文艺是一种具有审美特征的意识形态……对于文学中的人性共同形态的描写，也只有从美学的、历史的观点出发，才能比较充分揭示它的意义”。[②] 可以看出，钱先生首次提出“文学是审美意识形态”一说，恰恰是在人学探讨的话语氛围中展开的，具体地落到了如何更好地表现人性以及实现文学审美对人的解放作用上。其后他又在《最具体的和最主观的是最丰富的——审美反映的创造性本质》这篇文章中指出：“创作个性是主体主观性的不断求索和创造的结果，是主观性的集中表现，是主观性的最高要求，是主观性创造的极致。”[③] 创作个性的本质是人的自由性，而追求人的自由个性，在马克思主义的人学思想中，是人成为真正意义上的人的重要标志。此外，童庆炳先生和王元骧先生对文艺审美论的建构首先就是从审美反映论开始的，审美反映论和审美意识形态论在他们的理论视野中是相互为用的。而审美反映论是对机械反映论和被动反映论的超越，“审美”进入反

① 钱中文：《论人性共同形态描写及其评价问题》，《文学评论》1982 年第 2 期。

② 同上。

③ 钱中文：《最具体的和最主观的是最丰富的——审美反映的创造性本质》，《文艺研究》1986 年第 4 期。

映论，很明显地体现出对创作者的主体性的重视。

而且，新时期“美学热”的一个很重要的事件，就是掀起了对马克思《1844年经济学哲学手稿》的学习热潮，整个学界特别是文论和美学界“逐渐认识到马克思在《1844年经济学哲学手稿》中有关人的发展、人的解放的思想和关于艺术的掌握世界的方式的论述，对于深入、全面、科学地认识、探讨和把握文学艺术本质特征具有指导作用和重要的方法论意义”①。而关注人的自由全面发展是唯物史观的基本尺度。这样一来，在马克思主义理论的熏陶下，钱先生在《文学发展论》中引入实践的概念，并认为审美意识向文学的生成是以人的物质实践活动为基础的，是人的本质力量的展开和丰富的生动确证。童庆炳先生也强调实践是“审美”与“意识形态”结合的中介。所以说，“文学是审美意识形态”这一理论表述“正好同时立足于马克思关于审美和艺术的社会历史维度和人的发展维度的两方面资源，立足于恩格斯所说的美学观点和历史观点两个基本点上”②。

从以上的分析来看，审美意识形态论对马克思主义人学精神的秉承，紧扣着“文学是人学”的价值立场，所以，它永远也不过时。即使，在未来，随着社会科学研究方法的不断丰富，文学本质观的建构也会呈现出多元化发展的态势。但是，审美意识形态论，作为新时期以来占据主导地位的文学观念，因为兼有本质论和价值论的双重视域，仍然具有不可替代的理论优势。特别是在当下，因为人学立场的缺失和对马克思主义人学思想的忽视，文艺审美观念陷入混乱驳杂、纠缠不清的境地，这就更需要我们珍视审美意识形态论所秉持的人学精神，在促进人的自由全面发展的意义上，考量文学和文论的存在价值。

---

① 冯宪光：《“以人为本”与审美意识形态》，《文学审美意识形态论》，中国社会科学出版社2008年版，第201页。

② 同上书，第202页。

第二章

文艺审美娱乐化问题

一　审美娱乐化的现实表征与突出问题

英国社会学家安东尼·吉登斯在《现代性与自我认同》一书中提出了两个著名概念：解放政治和生活政治。“解放政治是一种生活机遇的政治，而生活政治便是一种生活方式的政治。”① 当下的中国社会早已从解放政治的社会模式中摆脱出来，生活政治的特征日益彰显。在生活政治凸显的社会情势下，解放政治所孕育的苦难意识和忧患意识逐渐式微，大众越来越注重提升自身的生活水平，追求轻松、舒适和享乐化的生活方式。而文化和文艺的娱乐化，在某种程度上正是顺应了大众生活方式转变过程中的价值诉求。另外，20 世纪 90 年代以来，我国的市场经济建设日趋成熟和完善，文艺的经济效益和货币价值，越来越受到创作者和传播者的看重，以实现商业回报为目的的消费主义理念，已经深入文化生活的肌理，成为这个时代进行文化选择和文化建设的价值杠杆，而打造娱乐文化和推进文艺的娱乐化，是以浅易、快捷和轻松的文化品质，满足最广大民众的最直接的生活休闲需要，自然可以获得异常可观的货币收益，而有利于实现对文艺的消费主义诉求。“娱乐文化的人生可感性迷惑而直接，在不用教化就

① 安东尼·吉登斯：《现代性与自我认同》，生活·读书·新知三联书店 1998 年版，第 251 页。

可以接受的前提下，拥有最大程度的传播可能，自然也是市场审判的受益者，百姓的接受和生活的宠儿非它莫属。”[①] 由此看来，文化和文艺的娱乐化走向，是当下社会发展进程中，生活政治转向和市场经济深化的生动体现。

1. 审美娱乐的文化面相

具体而言，文艺的娱乐化有如下典型的表现。

各种逗乐博彩、无厘头的恶搞、噱头层出不穷。连一直被我们尊为文学大师的鲁迅，也不能幸免地被戏谑，“在娱乐化时代，似乎一切以娱乐为本，戏说鲁迅恶搞鲁迅，让鲁迅成为消遣者桌上的一盘菜，使鲁迅成为休闲者眼前的一个笑话，无论是以‘孔甲乙’‘闰水’将鲁迅的作品恶搞，还是用‘鲁迅有约’‘鲁迅语录’漫画鲁迅，都已将国民性批判者鲁迅异化为一个搞笑者、嬉闹者，在颠覆作为圣者鲁迅的背景中，也颠覆了中国文化的某个传统。”[②] 而胡戈的《一个馒头引发的血案》对电影《无极》的恶搞，更是一个喧嚷一时的文艺娱乐化事件；集逗乐、恶搞和戏谑于一身的电视嬉闹剧《武林外传》反复重播，风靡一时，它创造的收视热点和造成的文化影响，是许多非娱乐化的严肃文艺节目达不到的。

将严肃的文艺审美活动，用轻松、时尚或者刺激人感官欲望的娱乐化形式进行包装和炒作。比如有的出版商为了给作品热卖造势，已不再像过去那样去宣传某个作家的创作历程和文学才华，而是为其打上流行文化的光环，像把某个具有博士生导师身份的青年作家称为“美男作家”，将从事私人写作和身体写作的女作家誉为“美女作家”，似乎只有先成了花样美男和美女，这个作家以及他的作品才能被大众认可。再比如，在严肃作品的标题上做文章，使其媚从于人的本能欲望，以此为审美铺路。像莫言的长篇小说《丰乳肥臀》、池莉的中篇小说《有了快感你就喊》、朱文的《我爱美元》，这些文章标题不管与内容是否紧密相关，都是利用人的性欲和物欲本能，意图在第一时间使读者产生非审美的欲望想象，以此种低级的娱乐化策略为真正的审美阅读搭台。

---

① 周星：《娱乐文化的到来与文化娱乐的危机》，《文艺争鸣》2004 年第 5 期。

② 杨剑龙：《娱乐化时代对于鲁迅的戏说与恶搞》，《江汉论坛》2011 年第 12 期。

通过制造绯闻、挖掘隐私、贩丑卖萌、互相谩骂等手段，使某一个娱乐人物迅速蹿红，或者重新成为大众关注的焦点，以这种所谓的一夜造星方式，来引起大众的好奇心和窥视欲，而产生对与这个人物有关的文艺作品的浓厚兴趣。这种以娱乐化的审丑为审美鸣锣开道的做法，已是屡见不鲜。还有基于娱乐界公众人物所具有的旺盛人气，而热衷为其出版名人传记和文艺作品，以谋取经济利益。像余秋雨先生的文化散文，单独看确有其独到的艺术审美价值，但是不可否认，作为“青歌赛”评委的娱乐化身份，确确实实为他的作品在文化图书市场上的热卖加分不少。而让人感到可笑的是，许多出版商为了赚钱，全然不顾什么文学声誉和写作才华，只顾抓住有娱乐卖点，却不懂写作的娱乐界人物，为其打造所谓的名人传记或者出版作品。像前一段因为梦想成为明星而上当受骗的90后女孩包包和阿紫，突然摇身一变成为青春偶像作家，并推出自己的新书《光与影》和《疯长系》，就很能说明这一问题。

凡此种种，都鲜明地表现出文艺审美的娱乐化走向。娱乐文化和娱乐方式，在一时间居然成了文艺审美的定魂丹和炼金术。有学者这样描述娱乐化的现实：“在一个文化服从、满足于感官需要的社会中，‘娱乐’‘搞笑’岂能缺位？近年来，娱乐已经全方位地渗透到我们生活的方方面面。芙蓉姐姐的舞姿、红衣教主的歌声、木子美的小说、杨二车娜姆的评论、‘九零贱女孩’的自传、嫩模们的‘写真集’、小沈阳的‘模仿秀’、郭德纲的‘相声’、周立波的‘清口’……全都冲着一个目标——娱乐至死！”[①]

2. 文艺“三俗”的娱乐过度

虽然，这种文艺审美的娱乐化倾向具有鲜明的当下意义，但也存在不容忽视的突出问题。2011年7月广播电影电视总局召开“关于防止部分广播电视节目过度娱乐化座谈会”，10月正式下发《关于进一步加强电视上星综合频道节目管理的意见》，意见指出：“对部分类型节目播出实施调控，以防止过度娱乐化和低俗倾向，满足广大观众多样化多层次高品位的收视需求”[②]。此意见俗称“限娱令”。

① 陈占彪：《感性社会与性感社会》，《社会观察》2010年第9期。

② 《关于进一步加强电视上星综合频道节目管理的意见》，http//www.sarft.gov.cn。

“限娱令”的出台，是国家意识形态主管部门，对当下文艺发展中出现的过度娱乐化问题的行政引导和政策干预，这说明电视文艺的泛娱乐化倾向十分严重，已经制约了电视文艺的健康发展，对和谐社会和社会主义精神文明建设产生了不利的影响。需要强调的是，“限娱令”不是要简单地限制娱乐节目，而是要限制“电视节目过度娱乐化、格调低俗、形态雷同等倾向”,[①] 在这个前提下，鼓励办好积极健康的文艺娱乐节目。因为电视文化凭借先进电子媒体技术的支撑，而有着广泛的社会覆盖面，对大众的精神生态具有强势的文化建构力，能够直接影响大众的人生观、世界观、道德观和审美观等价值观念的塑造，所以，过度娱乐化的问题不可小觑。那么，从国家主流意识形态到民间意识，为什么比较一致地认为当前文学、艺术领域的娱乐化倾向确乎是过度了呢?

关于娱乐化之所以过度的原因，从根本上讲，还是在于当下娱乐化自身的特点。广电总局新闻发言人从功能原则、元素原则、效果原则和总量原则四个方面对过度娱乐化进行了解释：凡是追求娱乐至上，忽视思想内涵，排斥审美追求，拒绝承载社会责任、主流价值的；过多添加了娱乐元素，结果喧宾夺主、娱乐泛滥，冲淡了原有主题，淹没了节目的理性精神和人文情怀；看一个节目是不是过度娱乐化，要看其最终传播效果，是主题积极、格调健康，能够振奋精神、愉悦身心，还是以吸引眼球和提高收视率为主要目的，追求浅层次情感宣泄和快感满足；当娱乐性较强的节目过于集中时，总量上就会呈现过度娱乐化倾向。[②]

由此来看，过度娱乐化的主要病症是：肢解和排斥审美，消解文艺的人文内涵和理性深度，片面追求生理感官的快适。而这些病症又与文艺“三俗”现象有着千丝万缕的联系，或者说，文艺娱乐化的过度，是在粗俗化、低俗化和恶俗化层面上的过度。

粗俗主要关涉的是艺术水准和格调的问题，是指文艺作品粗制滥造、雷同复制、漏洞百出，没有经过艰苦繁复的审美考量和精深细微的艺术打磨，在艺术审美上失之于平白、肤浅甚至低劣和幼稚，严重缺乏卓越超拔

---

① 《关于进一步加强电视上星综合频道节目管理的意见》，http//www. sarft. gov. cn。

② 同上。

的艺术品格和深邃悠长的审美意蕴。低俗和粗俗有紧密的关联，不过，低俗更多关涉的是，文艺作品的思想深度的问题。有的文艺作品不仅存在艺术低劣的问题，还兼有思想低劣的问题，表现为忽视对作品人文内涵的开掘和充实，而着力于使用插科打诨、贬损捉弄、自轻自贱、出卖隐私等方式，迎合人们的低级趣味，博取一乐。恶俗比低俗更进一步，主要是将人性之丑恶、病态和阴暗的一面呈现出来，以把玩、欣赏和迷恋的心态，大肆描写和表现各种血腥暴力和赤裸裸的肉欲场面，甚至要赋予最本能的兽性原欲以所谓“审美”的意义。故而，“暴力美学”“欲望审美”“色情之美”等新名词可谓满天飞，性犯罪、暴力犯罪和其他涉及人性丑陋变态的题材一度走红。可以说，“三俗”现象已经降到通俗的底线以下，也丧失了以俗通雅、以俗化心的审美可能，其目的只有一个：以刺激和满足浅层次的感官娱乐和本能欲望，来遮蔽、扭曲和牺牲文艺的审美价值，以最大限度地实现功利化的商业诉求和经济利润。

正如有学者所指出的那样：“娱乐的要义，在于愉悦精神，放松身心。但现实的情况往往走偏：许多借助艺术表演开展的娱乐经营，被纯然异化为赚钱的工具，为了赚取利润，不惜媚俗迎合，将‘养心’置换为‘养眼’，使‘美感’降格为‘性感’，把‘精神共鸣’经营成‘声光色影’，在刻意追求娱乐的过程中故意放弃应有的担当，全然不顾艺术的尊严和娱乐的界限。许多娱乐节目在‘制造欢乐’的旗帜下，为笑而笑，粗俗恶搞；为乐而乐，庸俗浅薄。更有一些娱乐演出甚至不怕撕裂依附的标签，挖空自家的地板，将相声异化为‘小品’，将二人转搞成‘二人秀’，等等，解构艺术本体，破坏审美传统，在兜售低俗的过程中败坏着艺术的声誉，在标榜革新的幌子下颠覆着传统的特征。唯独忘了娱乐是属文化的范畴，需要坚守思想的品性。而不能化育大众的演出，终究会消解自己的身份，斩断失去赚钱的根本。”① 所以，过度娱乐化的症结不在于是不是娱乐了大众，娱乐本无罪，而是在于只是抓住人性中低劣的部分不放，一叶障目，以为给人的动物感性以超度的餍足，就是为人的娱乐，就是合乎人性

① 吴文科：《为文化娱乐三辩》，《人民日报》2010年10月14日。

的娱乐，已然大错特错了。这种意义上的娱乐，只会离审美越来越远，只是一种颠覆人的审美情趣、放逐人的审美追求、愚弄人的审美心智的“傻乐”和“愚乐”，是以商业回报率为导向而刻意炮制出的伪娱乐，所以会给人千篇一律、粗俗不堪、无聊乏味、拼凑做作之感。从深层上看，这种娱乐是对真善美的亵渎，是对人性丰富性和复杂性的解构，是对人的超越精神、批判精神和自由个性的低估和轻视。

毫不夸张地说，娱乐的过度化如果不加控制，整个文艺的审美内涵恐怕都会被娱乐所置换。既然过度娱乐化对文艺审美乃至人性造成了不利影响，那是不是意味着人性的建构不需要娱乐的存在？是不是文学、艺术不应该具有娱乐性呢？文艺的审美性与娱乐性之间存在着尖锐的矛盾吗？应该怎样认识文艺的娱乐性与审美性之间的关系呢？

二 文艺娱乐性与审美性的关系问题

1. 娱乐性的人学意义

首先，我们需要明确的问题是：文艺有没有娱乐性以及怎样实现它的娱乐性？在中国，虽然视娱乐为原罪的思想是较为浓厚的，但占主流地位的儒家诗学崇尚“乐而不淫、哀而不伤”的温柔敦厚之风，仍然肯定了“乐”的意义，只不过强调了“乐”是以不损害人的身心为限的，适度而有节制的娱乐。而且，“娱乐的原罪心理随着传统文化的日渐式微而日渐淡化”，“从娱乐原罪化到娱乐无罪化是转型期娱乐观念的一个根本性转变”。[①] 可以说，娱乐的原罪心理是政治规训和道德教化对人性的一种外在强加，其实，娱乐本身是无罪的，“娱乐是什么？是人的本能，与生俱来的物质文化需求中的情感需要”[②]。合乎人性的娱乐不仅应该提倡，而且是必须的。所以，没有要不要娱乐的问题，只有如何娱乐的问题。

人需要娱乐，人也需要文艺，既然在满足人的需要这一点上，文艺与娱乐具有共性，那它们二者之间有没有交集呢？如果有，又该作何理解？

---

① 陈占彪：《当代中国娱乐文化的三大新变》，《西北师大学报》（社会科学版）2006 年第 4 期。

② 周星：《娱乐文化的到来与文化娱乐的危机》，《文艺争鸣》2004 年第 5 期。

在文艺发生学上，文艺源于人的游戏冲动的“游戏说”和文艺起源于原始人的巫术活动的“巫术说”是比较有代表性的学说，虽然“游戏说”所指的“游戏”和我们说的娱乐并不完全是一回事，但是游戏本身是带有娱乐性的，意大利文艺复兴时期的哲学家和语言学家马佐尼就认为：“如果把诗看作游戏，它的目的就在娱乐。”① 而原始人带有巫术色彩的歌舞和图腾活动，更无可置疑地带有强烈的狂欢娱乐性，所以，从文艺起源和发生的意义上看，文艺明显是具有娱乐功能的。鲁迅先生就认为文艺的出现，正是源于人的娱乐休闲需要，他说：“至于小说，我以为倒是起于休息的。人在劳动时，既用歌吟以自娱，借它忘却劳苦了，则到休息时，亦必要寻一种事情以消遣闲暇。这种事情，就是彼此谈论故事，而这谈论故事，正就是小说的起源。”②

看来，我们是难以将娱乐性从文艺中排除的，那么，文艺的娱乐性到底有什么作用呢？简要地讲，一是能够缓解生活压力，释放过剩精力，打发剩余劳动时间，带来身体和精神的双重快感。鲁迅先生的“消遣自娱说”已经涉及这一点，亚里士多德也谈道：“人们聚会娱乐时，总是要弄音乐，这是很有道理的，它的确使人心畅神怡。”③ 古罗马文艺理论家贺拉斯同样认为：“在整天的劳动结束后，诗歌给人们带来欢乐。因此，你不必因为（追随）竖琴高手的诗神和歌神阿波罗而感觉可羞。”④ 20 世纪英国表现主义美学家科林伍德指出：“娱乐是以不干预实际生活的方式释放情感的一种方法。”⑤ 二是娱乐作用是实现文艺的教育和认识作用的有效中介和途径。因为一部文艺作品如果给接受者带来了强烈的娱乐快感，那么接受主体就容易与它建立亲密的互动关系，不由自主地接受创造者意图传递的思想内容，获得启发和教益，这就是我们通常所说的“寓教于乐”。古罗马文艺理论家贺拉斯很早就在《诗艺》中提出“寓教于乐”的命题。他

① 伍蠡甫等编：《西方文论选》（上），上海译文出版社 1988 年版，第 201 页。

② 鲁迅：《鲁迅全集》（第八卷），人民文学出版社 1981 年版，第 315 页。

③ 北京大学哲学系美学教研室：《西方美学家论美和美感》，商务印书馆 1980 年版，第 45 页。

④ 同上书，第 47 页。

⑤ 罗宾·乔治·科林伍德：《艺术原理》，王至元、陈华中译，中国社会科学出版社 1985 年版，第 80—81 页。

指出："寓教于乐，既劝谕读者，又使他喜爱，才能符合众望。"① 马佐尼认为文艺："使人既获得娱乐，又获得教益……"② "如果把诗看作须受社会功能制约的游戏，它的直接目的虽在娱乐，却是指向教益的娱乐。"③ 我们尊敬的周恩来总理也提出过相类似的观点："有人问我：文艺的教育作用和娱乐作用是否是统一的？是辩证的统一。群众看戏、看电影是要从中得到娱乐和休息，你通过典型化的形象表演，教育寓于其中，寓于娱乐之中。"④

2. 娱乐性与审美性的差别

以往我们的文艺基础理论，就常常讲到文艺具有三大作用：审美作用、认识作用和教育作用。认识和教育作用的基本价值诉求，主要在于开阔读者视野，给予其人生以启迪、指导和教益。当然，科学活动产生的科学发明以及科学真理的普及，还有道德观念的建树和推广，也会对人产生教益、启发和引导作用，相比之下，文艺对人的启迪和教益的独特之处就在于，它是以审美的方式展开，或者说，文艺带给人们的是审美启迪和审美教育，而不是完全脱离审美的认识和教育。为什么这么说？因为，如果我们把文艺看成一个多本质的复合型存在，那么它区别于其他事物的第一本质或者说是元本质，无疑是审美。虽然我们不能说文艺只有审美，但是文艺如果没有审美，就不能称为文艺，就失去了文艺之为文艺的价值和意义。当然，我们不能否认在特定的情境中，某个主体是出于获取教益、启发人生或者自娱自乐的目的，而去接受文艺作品，就像我们可以把《三国演义》《水浒传》等小说当作历史教科书去读，那它们之于人的意义是历史鉴识而不是文艺审美，即使是这样，这个阅读过程也和阅读一般的历史史书不同，因为它是在艺术的虚构情境中展开，仍然和审美融合在一起，只不过接受主体的主观愿望可能不是去审美，但艺术的审美构成，却在不以主观意志为转移地对阅读产生着强大的影响。所以，完全脱离审美去谈

---

① 北京大学哲学系美学教研室：《西方美学家论美和美感》，商务印书馆1980年版，第47页。

② 同上书，第74页。

③ 伍蠡甫等编：《西方文论选》（上），上海译文出版社1988年版，第199页。

④ 周恩来：《在文艺工作座谈会和故事片创作会议上的讲话》，《人民日报》1961年6月19日。

文艺的认识和教育作用是毫无意义的。既然文学的认识和教益作用寓于审美之中，而许多理论家又谈到“寓教于乐”，是不是能够据此得出结论，认为文艺的审美性就是娱乐性，娱乐就是审美，两者完全是一回事呢？

事实恐怕并不是这样。首先，从寓教的意义上讲，文艺的教育和认识作用寓于审美之中，是文艺的本性使然。但我们需要注意，娱乐性并不是文艺的本质属性，文艺可以带给人娱乐，但是娱乐并不仅仅由文艺提供。“文艺作品的娱乐功能，并不是时时皆在、涵盖八方、无所不能的。它不能替代更不能否定文艺作品的其他功能元素。教，不一定都需寓在乐中；乐，也不一定都能寓出教来。”① 所以，“寓教于乐”不是必然的，可以寓教于乐，也可以不寓教于乐，有许多文艺作品，是缺乏甚至没有娱乐性的，也同样在审美之中实现了教育作用。这样看来，“寓教于美”与“寓教于乐”不能完全等同，文艺的审美性和娱乐性是有区别的。

其次，从日常娱乐与审美创造的发生之关系上讲，俗话说，社会生活是文艺审美创造的唯一源泉，那么，日常娱乐是不是都能够成为审美创造的基本动因和生活基础呢？日常生活中发生的各种搞笑、逗乐、嬉戏等有意为之或无意偶发的娱乐活动，确实会带给作为社会个体的艺术家以官能的愉悦，但是这种愉悦仅仅是作用于人的身体感官，对于每一个社会人来说都是相似的，而且这种人人共有的相似性体验，在艺术家那里会产生两种不同的结果：一种是最为常见的，由于生活娱乐与身体快感的直接关系，所有它的作用只能换来官能的短暂性、浅表性快感，而难以抵达人的精神层面，故而就在身体快感的即时性宣泄中，快速走向消亡；而第二种是特殊的情况，当某种生活娱乐以一种新颖的表现方式带给艺术家本人以独特的快感体验，那这种体验可能会以其陌生化效果而触及艺术家的心灵，进而由外在的官能愉悦升华为一种精神快感，并积淀在艺术家的心灵深处，内化成他感悟生活的一种生命力量，这才有可能转化为艺术家的审美创造动力和审美创造资源。这就说明，不是所有的生活娱乐都与艺术家的审美创造有关，况且，艺术家的审美创造，往往并不是被娱乐性的生命

① 梅大生：《浅析文艺作品的娱乐功能》，《张家口职业技术学院学报》2003年第3期。

感受所激发，相反，审美创造的心理动因，更多地在于忧郁、感伤、幽怨、苦闷、彷徨等缺失性的心理体验，当这种类型的心理体验化入审美文本，就容易形成悲剧性的艺术意味，这种艺术意味在接受者那里，很可能引发潸然泪下的审美效果和痛彻心扉的心灵共振，以及由此而引发的对形而上的生命终极意义的叩问和思悟。所以，复杂的审美体验怎是一个“乐”字可以了得？马尔库塞就指出审美超越娱乐之上的价值功能：“这种形式（指审美，引者注）适应了艺术在社会中的新功能：在可怕的程式化生活中提供‘节假’、超脱和休养——呈现更高贵、更深沉，或者更真实、更美好的东西，来满足人们在日常工作和娱乐中无法满足的需求，因此它也是令人愉悦的。”①

再次，从人为什么需要文艺审美的层面上讲，娱乐恐怕只能算是人的诸多需要中的一种浅层次需要，而不是唯一和根本的目标，文艺审美的背后往往有着更为复杂和高级的价值诉求。比如，我们看小说《钢铁是怎样炼成的》、观赏罗中立的油画《父亲》或是罗丹的雕塑《思想者》等，这里面有多少“找乐”的需要和“逗乐”的效果呢？所以说，美感也不仅仅是娱乐所带来的愉悦感，而是包括愉悦感在内的更为复杂的生命满足感和幸福感。而审美的人学价值也不仅在于娱乐身心，而是在于人性的丰富、和谐和完善，在于促进“完整的人”的生成。席勒是“游戏说”的代表人物，但他并不认为游戏就是简单的娱乐，为什么这样讲呢？他曾经讲过这样两段著名的话：“人同美只应是游戏，人只应同美游戏。……只有当人是完全意义上的人，他才游戏；只有当人游戏时，他才完全是人。”② 他是把游戏看作人的生命自由状态，这种自由使人的感性冲动和形式冲动之间的分裂得以弥合，实现人的审美化生存，他的游戏说是“美即自由”说，而不是“审美即娱乐”之论。看来，文艺的审美性和娱乐性并不是简单的等同关系，而是有差别的。

3. 娱乐性与审美性的关联

从当下文艺的过度娱乐化对审美性的置换来看，似乎二者之间确实存

---

① 马尔库塞：《作为现实形式的艺术》，《文化与诗学》2010 年第 1 期。

② 席勒：《审美教育书简》，冯至、范大灿译，上海人民出版社 2003 年版，第 123—124 页。

在明显的差别，存在难以调和的矛盾，那我们需要进一步追问：文艺的娱乐性与审美性是不是相互脱离甚至悖反说得道的关系呢？不容否认，不少娱乐性强的文艺作品，其娱乐性与审美性之间是相互脱离甚至完全悖反的关系，这些作品出于非审美的功利诉求，“利用人的猎奇心理、恐怖心理和性心理，给欣赏者以新奇怪诞刺激，恐怖刺激和性刺激。这些刺激引起的虽不是美感活动，但却可以引起一些美感之外的快感，甚至是强度很大的伴随着快感的生理上的冲动。使人脑中迅速形成新的兴奋中心，沉浸在紧张、亢奋的情绪之中，从一般的心境中解脱出来。从而起到娱乐的作用。”① 不过，这种非审美、去审美甚至反审美的娱乐性，难道是文艺应该具有的价值内涵吗？

应该说，在很多文艺作品中，文艺的审美性与娱乐性之间会呈现出错位和差异，甚至出现成反比的情况。比如，高雅文艺可能因为审美性较强、娱乐性较弱，而遭遇曲高和寡的命运；而通俗文艺虽然具有较多的娱乐成分，更易被大众看懂，但可能审美韵味不够，缺乏审美厚度。不过，有一点我们必须明确，无论一部文艺作品的审美性与娱乐性之间，具有怎样明显的强弱之别，都不意味着，文艺的娱乐性应该脱离审美性而存在。文艺之于人的娱乐作用，只有在与审美交融在一起，成为审美娱乐，才具有真正的人学价值。脱离审美而去谈文艺的娱乐作用，不仅没有积极的意义，而且还会陷入错误的思想误区，产生有害的结果。正如赖大仁先生所说：“文艺的价值功能理应是多方面的，其中包含娱乐，但并不只是娱乐；盲目排斥和粗暴否定文艺的大众娱乐功能固然是不现实和不明智的，但如果把大众娱乐强调成为文艺‘唯一’的价值功能，极力排斥和消解其他方面的功能，导致价值追求上的娱乐至上、娱乐到底，乃至有人极而言之的‘娱乐至死’，那么这显然是偏颇甚至是有害的。”② 因此，我们要格外警惕文艺作品中出现的非审美甚至是去审美的娱乐因素，努力消解这些娱乐性的作用对人性的戕害。

看来，文艺的审美性与娱乐性既不是完全同一的关系，又不应该是完

① 陈京松：《论文学艺术的娱乐作用与审美价值》，《承德师专学报》1987 年第 1 期。

② 赖大仁：《文艺的大众娱乐价值观》，《文艺报》2007 年 10 月 9 日。

全脱离的关系，二者之间有着统一的可能与必要。这种可能和必要在于：娱乐寓于审美之中，娱乐是审美化的娱乐，审美是包含了娱乐的审美。朱立元先生就明确指出："文艺作品当然应有娱乐、消遣功能，但不能只停留于此，还应引导接受者获得真正的审美享受。"① 另有学者也谈到了类似的意见："同其他娱乐活动相比，文学艺术一个最突出的特点，是他的娱乐作用同审美作用有密切联系。……文学艺术的这种审美作用同文学艺术的娱乐作用是什么关系呢？我们说，这种审美作用正是娱乐作用的一种特殊形式。文学艺术的娱乐作用主要是通过它的审美作用来实现。"② 所以，"寓教于乐"这一命题里所说的"乐"，主要应该是指审美中的娱乐，指审美给人带来的精神愉悦感和快乐体验。

从这个意义上看，对过度娱乐化的判定，不能简单地认为就是文艺娱乐性的普遍增强，或者娱乐性较强的文艺作品的明显增多，而要从文艺的娱乐性与审美性之间的关系上入手。如果，文艺娱乐化是表现出去审美甚至反审美的倾向，而不是真正的审美化娱乐，那么，我们就认为它过度了，这种过度不仅破坏了文艺的精神生态，而且会产生错误的"审美"导向，所以，我们要通过有效的应对策略限制它的畸形发展，并给予正确的引导。

三　审美娱乐化的应对策略

当下文艺审美的过度娱乐化，虽然已经受到来自"限娱令"的政策规制，不过外因仍需通过内因起作用，我们应该进一步从文艺自身入手，查找问题，寻找对策。笔者以为，可以从文艺审美创造和审美教育两大方面，来具体落实审美娱乐化的应对之策。

1. 坚持以人为本的审美创造理念

文艺审美创造应坚持以人为本，彰显当代人文精神。这就牵扯到什么才是我们强调的"以人为本"？笔者以为，包含两大方面。

---

① 朱立元：《应当正视的负面效应——略论市场经济下的审美文化建设》，《复旦学报》（社会科学版）1996 年第 3 期。

② 陈京松：《论文学艺术的娱乐作用与审美价值》，《承德师专学报》1987 年第 1 期。

一方面是从创造主体自身来看，艺术家的创造应该以主体的精神需要和自由个性为本。创造者在创造过程中要正视和重视自身的主体精神，或者说，每一次创造都应该是张扬着主体的独立性和独特性的创造，既不屈从于盲目追求发行量、卖座率、收视率和点击率等经济效益的商业主义，同时，也不媚从于宣扬即时消费、快感至上、欲望满足、过把瘾就扔的娱乐主义。更进一步讲，艺术家应该摆脱一切可能使自身的主体精神异化的外在因素的左右或是干扰，以及超越来自肉体感官的欲望驱使，不沦为兽性膨胀的奴隶，不甘做娱乐经济的帮闲，不被弥漫的铜臭味所熏染，而是充分彰显出自由自觉的主体情怀，聆听来自灵魂深处最真实的生命之音，珍视从生命历程中迸发出的创造激情和创造灵感，将凝结着主体的良知、道义、责任和理想的精神诉求，通过审美化的意象书写，转化成独创性的艺术生命体，带给接受者新颖而又深沉的审美体验和人性关怀。

另一方面，从审美创造的价值诉求来看，应该努力消弭审美与娱乐之间的矛盾，将娱乐寓于审美之中，以促进人性的丰富、和谐与完善为本。当下从事娱乐化文艺创作和传播的人们，可能会提出质疑：难道娱乐没有从人的需要出发，为人的生活休闲提供享乐性的满足吗？娱乐与以人为本无关吗？这就要说到人性的两面性。人性如水，如果缺乏有效的引导，可能会持续走低，不断向下堕落，其中的丑与恶，不仅会暴露无遗，而且会出现病态化膨胀和极端化发展的趋势；如果能够因势利导，人性也会不断向着崇高和理想的方向飞扬，向着真善美的境界攀升。而文艺审美的意义在于后者，在于对人性的提升上。为什么这么说呢？因为文艺审美体现的是人之所以为人的生存理想和生命需要，而所谓“人之所以为人”主要是指人超越动物本能之上的人性完善。而娱乐的过度化产生的却是致使人性退化的副作用，试问：如果人们通过文艺，得到的不是促进人性完善的审美效应，而是片面放大动物本能的生理快感和娱乐狂欢，那么，文艺因人而生而不是为动物而生的意义又何在呢？

其实，我们从不否认审美娱乐的价值意义，在审美基础上产生的娱乐效果是有着独特的审美价值的，甚至有学者认为，“审美娱乐是艺术活动的重要目标”。[1] 所以，从以人为本的意义上讲，文艺审美创造不存在要不要回避或是摒弃娱乐性的问题，而是存在如何使文艺的娱乐性更具有审美价值，更有利于人性的全面发展的问题。学者于苇先生就持这种观点：“简单地承认或否认文学与娱乐之间的联系，都是轻率的和不负责任的。”“对于人来说，娱乐和消遣已经成为需要，正像人的物质需要不断被开掘一样，人的娱乐和消遣也是可以向有利于人自身完善的方向培养，一张白纸可以画最新最美的图画。”[2] 所以，我们要的不是娱乐对审美的终结，而是审美对娱乐的提升。

那么，如何使文艺的娱乐性与审美性达到有效融合？如何使娱乐的低俗化、商业化倾向回到娱乐审美化的正常轨道上来？如何使文艺的娱乐作用向着有利于人性完善的方向发展？这恐怕还是一个比较复杂的问题，但是笔者认为，其至关重要之处，是要在审美创造过程中贯注同情人、尊重人、关爱人、追求人性的完满与和谐、向往人的自由与解放的人文情怀，彰显出与时俱进的当代人文精神。

那么，什么是当代人文精神？为什么说这种精神的彰显有助于克服审美娱乐化的不良倾向？关于当代人文精神，朱立元先生认为要从它与商业主义、物质主义和科技主义的对抗中把握它的真义：“具体地说，它是对人性全面关怀，对人的全面价值、尤其是精神文化价值格外重视，不仅给予现实关怀，而且予以终极关怀的思想观念。”“从另一角度来看，它也是强调人文学科、人文学术领域的精神文化活动在市场经济条件下不可缺少的重要作用，尤其对于充实人们的精神文化生活、加强精神文明建设有其独特的、不可替代的作用。”[3]

吴秀明先生认为：“人文精神的中心就是寻找人生的意义，从而使人生如何变得更丰富更美好。当然，这样说可能太抽象笼统，落实到文学这样一个特殊的精神领域，它主要由以下几个要素凝聚而成，这就是：一、

---

① 田川流：《匡正文艺审美娱乐功能的名份》，《文史哲》1993 年第 4 期。

② 于苇：《文学与娱乐》，《文艺评论》2007 年第 5 期。

③ 朱立元：《试论当代“人文精神”之内涵——关于“人文精神”讨论之我见》，《学习与探索》1996 年第 2 期。

尊重人的价值尊严和人格独立的人道主义思想；二、强调个体对国家、民族、人民应有的道义和社会责任感；三、在关注此岸生存的同时执著于对彼岸理想的追求和呼唤，具有强烈的终极关怀意识。”①

学者唐劭廉和周敏则认为：“我们今天所讲的真正的人文精神，应该是以人所生活于其中的整个世界为中心，从人的现实存在出发，从人的感性的实践活动出发，以真、善、美的高度和谐统一为终极价值指向，从人之价值、意义、目的、权利、义务、责任、良心、道德诸角度追问和探寻个体完整人格、完美人性（即人之应当如何），追问和探询社会理想关系、理想状态（即社会之应当如何）以及人与自然之间的和谐共存与协调发展（即世界之应当如何）的人类精神。”②

以上几位学者的理解虽有不同，但笔者以为还是存在共同之处，或者说，大家都触及了当代人文精神的内核：从对人的现实关怀走向对人的终极关怀，呵护生命的和谐，促进人性的完善。其实，这种价值诉求与人的生存状态是基本一致的。人的生存具有一体两面的特质：一方面是真实而粗粝的，人需要投身其中，获得酸甜苦辣、悲欢离合的生命体验；而另一方面是理想而唯美的，人往往立足现实又超越现实，为自己寻觅永恒的精神之光。而人的价值的真正实现，正在于将这两者统一于自由自觉的生命活动中，既融入现实求得生存，又秉持精神世界的理想信念，以此烛照凡俗的生命，引领人生的方向。

从表面上看，人文精神属于形而上的宏大叙事，而文艺的娱乐化则是具体的文化潮流，似乎不存在必然的关联。但是，不要忘记，20 世纪 90 年代初兴起的那场人文精神大讨论，其具体的时代背景是中国社会向商品经济时代的转型，而当下审美娱乐化的时代背景并没有发生根本的变换，甚至商业主义的理念更进一步深入了文化的肌理。赖大仁先生指出：“就文学本身而言，随着 20 世纪 90 年代整个社会的市场化转型，文学遭遇了

---

① 吴秀明：《论世纪之交文学中的人文精神及其存在的几个悖论》，《河南师范大学学报》（哲学社会科学版）2000 年第 3 期。

② 唐劭廉、周敏：《人文·人文主义·人文精神》，《四川师范学院学报》（哲学社会科学版）2002 年第 6 期。

前所未有的政治与商潮的双重抛离，不可避免地走向了‘边缘化’，由此带来了传统文艺价值观念的进一步解体，文学艺术在价值失范的现实面前失去了精神支撑与价值目标而随波逐流。”[①] 在这个随波逐流的过程中，文学、艺术戴上了娱乐的面具，重新回到大众文化生活的中心，但是这种回归是精神涅槃之后的自我拯救？还是在患上精神虚无症之后的深度沉沦？恐怕，我们不得不承认，轻浮与喧嚣的娱乐狂欢与清醒深刻的灵魂自省相隔甚远，在娱乐至死的事实面前，如何走出精神虚无的泥潭，仍然是文学、艺术自身的一项未竟的事业。所以，呼唤当代人文精神对审美娱乐化的引领，不仅不应该被看作不合时宜的堂吉诃德之举，而且应该深深体会到它的必要，并将这种理论上的必要，落实为真切的文学行动。

当代人文精神的要义是促进人性的完善，而过度娱乐化带来的是人性发展的偏失，所以前者对后者具有明显的救弊作用。当代人文精神具有两翼，一是现实关怀，二是终极关怀。所谓现实关怀，是指当代人文精神提倡立足现实，关怀人的现实的生存状态和真实的人性状态。“追问生命的意义，把握审美的人生，首先必须厘清人的存在的真实状况和现实境遇，于是，思索人类的困惑，探索真实的世界图景和人的存在方式，就成为思想家和艺术家的天职。”[②] 现实关怀包括两个维度：一是正视和关注现实；二是呈现出现实背后的人性真实。现实生活以及人在其中的生存状态，是复杂而多样的，如果仅是以娱乐化来注解我们的全部生活内容和生命意义，也就遮蔽了现实生活的多面性和广泛性，消解了现实的沉重与苦难。即使，感性生命的即时狂欢是当代都市人群的一种生存状态，那也仅是生活的一个侧面，而且感性生命的享乐化，所暴露出的趣味低下、道德败坏、人性异化、理想迷失等社会问题，更说明这种生命状态没有示范引导作用，就连它自身也需要来自外力的批判性拯救。所以，如果文学创造都能够从尊重与同情人的人道主义精神出发，来观照真实的生命，自然有利于消解娱乐文化精神对现实生活的虚饰和误导，向大众展现出文学直击生

---

① 赖大仁：《文学精神价值重建的必要与可能——近十年来文学精神价值重建问题讨论述评》，《中国人民大学学报》2005年第1期。

② 黄纬华：《艺术与终极关怀》，河南人民出版社2008年版，第72页。

活之真和人性之真的深度和力度，并反衬出娱乐文艺苍白的审美面容和空洞的精神内涵。这种扑面而来的真实感所发扬的不是照抄、照搬现实的自然主义，而是一种“人民性”的体现，是批判现实主义的文学精神。因为，现实展现在我们眼前的往往并不是真相，很可能是一种虚象、假象或者乱象，所以，真正需要挖掘以及呈现出的是现实背后的人性真实，当这种人性之真令我们触目惊心乃至感同身受的时候，那将是对娱乐主义多么强烈而有力的审美解构，或者说，这是以文学的现实主义审美力量来置换去审美化的娱乐失度，而且这种文学精神不会缺乏自身的审美娱乐性，因为在最真实的生活纹理和人性表达中，时常会渗透出一种触及灵魂的喜剧性和幽默感。

所谓终极关怀，是指我们的文学创造在现实关怀的基础上，进一步有所超越，站在人类生存和发展的终极层面上，在“是什么”的现实书写中，融入关于生命“应如何”的价值追问和意义审度，可以说，是在“是然”中追问“应然”，是立足当下而眺望永恒。“如果一定想要给终极定一个方位的话，那么我们可以说，它存在于人类精神的上空，对人的精神始终起着一种提升的作用，使人类不至于过分向下沉沦——沉溺于沉重的肉身和物质的享受；也可以说它永远存在于人类精神的前方，始终对人的精神起着一种吸引、牵拉的作用，使人的精神不至于过分向后倒退，以至于倒退到兽性的人——无道德、无灵魂的一般动物。这样看来，终极关怀在人的精神空间中就形成了上下及前后两个方向上的张力场，人类就在这两个张力场中徘徊游移，少了哪一个支点，人类生活都会失去平衡。人类所寻求和重建的精神家园，其实就在这二者的和谐与平衡中。”①

娱乐的喧嚣消解了审美的静观，娱乐的过度挤占了审美的空间，当低俗的娱乐替代真正的审美而成为人的“审美”习惯，审美之于人的丰富意义就被简化甚至掏空，人无法逃避地陷入现实的生存危机；当人们越来越多地遭遇低俗娱乐风的侵袭和包围，就有可能被非理性的娱乐狂欢精神所异化，丢弃了理性的反思性、批判性和前瞻性，丧失了精神世界对理想和

① 胡山林：《文艺学应多一点对人类的终极关怀精神》，《河南大学学报》（社会科学版）2003年第9期。

完美的守望，而陷入信仰的危机，人置身于生存、信仰等多重危机之中，也就更需要一种外在的精神守护力量，来擎起终极关怀的大旗，所以文艺审美作为一种能够实现人的自由的精神表达和生命存在方式，更显得责无旁贷且任重而道远。如果文艺创造在现实关怀的基础上，自然而然地注入了终极关怀的意识，那就明显强化了文艺审美的理性内涵和人性深度，或者说，是以理性的生命之思和价值追问，使文艺卸掉娱乐化的轻狂与喧闹而走向厚重与澄明，同时，也为我们燃起理想的爝火，让漂泊的灵魂找到安顿的家园和美好的归宿，在异化的现实和人性的病变中，不至于过多地看到生命的灰色和阴暗，而感到压抑、无助、彷徨、失落和虚无，从而超越低俗娱乐的过度异化而走向诗意化的审美超越。

2. 注重审美理想的塑造

文艺审美教育应注重倡导美感文艺，塑造审美理想。文艺审美的过度娱乐化，导致了快感文艺的泛滥。所谓快感文艺是相对于美感文艺而言的。无论是生活中已经具有一定美感的事物，还是生活中的丑，一旦经过艺术家的艺术转化，则在文艺作品里焕发出独特的艺术美感，表现出艺术家的审美精神和人性光辉。那么，我们就可以将此类文艺作品称为“美感文艺”。美感文艺的大众形态应该是大家喜闻乐见甚至达到雅俗共赏的作品，具有明显的平民视角、大众情怀和人民美学意识，像《人生》《渴望》这些现实主义的力作。美感文艺的典型形态当属在文学历史的长河中历久不衰、常说常新，具有深沉蕴藉的艺术感染力的文学经典，《红楼梦》是其卓越代表。反之，“快感文艺”则是从对生活的审美超越走向审美跌落，一味地展览生活的粗俗、恶俗和低俗，以满足人的声色之娱和动物本能为圭臬。快感文艺的泛滥有可能挤占美感文艺的主阵地，长久下去会在不知不觉中降低大众的审美品位，钝化人们的审美感觉，异化接受者的审美情趣，严重妨碍人的自由和全面发展。文艺审美的人学意义在于促进人更加合乎人性地生活，而快感文艺对人性的作用却是与此背道而驰的。所以，文学教育应该全面充分地挖掘美感文艺的审美意蕴和人文内涵，并以快感文艺为反面素材，在两相对比中彰显美感文艺的人文价值，通过弘扬真善美来培育真善美，达到改良人性、完善人性的目的。

文学教育最直接的受教群体是青年学生，特别是大学生。随着大学教育的大众化时代的来临，越来越多的 80 后和 90 后青年，都有机会进入大学学习，在不久的将来，他们会成为社会主义经济和文化建设的主力军。大学阶段的生活是他们的世界观、人生观和价值观形成的重要时期，而引导学生建立起既契合社会主义核心价值观，又彰显个性特征的理想信念，是大学素质教育的一个很重要方面。当然，理想是一个立体的构架，包括政治理想、社会理想、学术理想、道德理想等方方面面的具体内容，而其中文学和艺术主要关涉的则是审美理想的教育和培养。当下的文化娱乐化潮流却在借助大众传媒，对他们的审美价值观产生着不可忽视的消极影响，所以，通过大学的文学教育来提升他们的人文素养和审美品格，塑造有利于人的自由全面发展的审美理想，具有重要的价值意义。

对审美理想的塑造，应从对美感文艺的积极倡导入手。笔者以为，应包括以下三个层面的内容：首先，要厘清美感文艺和快感文艺的价值差异，提高大学生的审美鉴别力，以先进的时代意识给予美感文艺以与时俱进的阐释，帮助他们从不同角度领会美感文艺的审美价值，积极引导他们关注和亲近美感文艺。与美感文艺结缘，有助于大学生树立正确的审美观，抵制庸俗低下的文艺娱乐风，亲沐生活的真善美，营造健康向上的审美文化氛围。其次，以普及文学经典为文学教育的着重点，以充分发掘文学经典的艺术魅力来发挥它们的审美教育潜能，达到以高品位的美感文艺来培育学生的诗意化情感，提高学生的审美眼光和审美品位的教育目的，使大学生成为真正意义上的审美的人，实现对和低俗娱乐和物欲现实的审美超越，走向审美化生存。最后，通过审美品格的提升，应该进一步帮助学生明确知识分子的角色身份，特别是在纷繁复杂的文艺现象面前，要保持自己的审美立场，坚守精英化的审美理想。审美品位的培养在一定程度上是相对容易的，同时也会随着外界情况的变化而有所变化。而审美理想，主要是指审美主体依凭一定的文化心理结构，在长期的审美熏陶和审美实践中形成的群体性与个体性、社会性与主体性、现实性与超越性相结合的审美旨趣。审美理想是审美心态成熟的标志，一旦形成就具有稳定性，是审美主体进行审美价值判断和审美选择的决定性因素。

所以，文学教育要大力开展以文学经典为核心的美感文艺的评介、传扬和解读，以深邃的思想境界和高雅的审美境界来陶冶学生的思想情操，引导学生产生对美感文艺的阅读兴趣、讨论热潮甚至是研究氛围，从而形成积极、健康、高雅、深刻的审美价值取向，建构起知识分子的审美理想，以规避甚至反抗低俗娱乐的文艺潮流，为实现自身乃至人类的生命和谐和自由发展而努力。

文学教育还应该积极探索社会化和大众化的长效机制，努力深入大众的日常生活，使美感文艺能够对更为广泛的大众产生审美感召力和审美凝聚力。从当下的文艺创作和传播的现状来看，美感文艺特别是文艺经典仍然具有一定的文化影响力。近几年，《红楼梦》《水浒传》《西游记》和《三国演义》四大文学名著的影视热播和重拍，是一个颇为抢眼的审美文化现象。虽然，这些文学经典的影视改编和传播，掺杂了一些文化娱乐和商业炒作的因素，但仍然给我们带来一些有益的启示。那就是，趋向高雅的文学精神还没有被过度娱乐化的浪潮完全吞噬，文学教育的大众化之路仍然是希望在前，大有可为。不过，文学教育的社会化和大众化也应该注重充分考虑当下大众传媒的社会覆盖面和影响力，虽然过度娱乐化问题在影视文艺中表现得最为严重，并对大众的审美价值观产生了不良的影响，但也从另一个方面提醒我们，有必要使文学审美教育与大众传媒实现联姻，借助传媒的力量，来普及雅俗共赏的美感文艺，在与快感文艺的有力对抗中，起到对过度娱乐、低俗娱乐的反拨和纠偏作用。

为了保证文学审美教育媒介化的有效性，笔者以为，应努力做到以下几个方面：一是要充分利用和完善现有的文化阵地和媒介资源，来传扬美感文艺。比如中央电视台的《百家讲坛》，以及各省级电视台开辟的各种“大讲堂”栏目，都已得到大众的普遍认可，产生了良好的社会反响，所以，在抵御和反抗文艺娱乐化的文化斗争中，应强化它们传播美感文艺的效率和功能，充分发挥战斗堡垒作用。二是应建树美感文艺传播的名牌意识、热点意识和参与意识。所谓名牌意识，是指文学教育要重点关注在大众心目中具有较高知名度和美誉度的文学经典作品，借助各种媒介平台，来传扬它们的审美价值，这样既便于利用大众已有的价值认知，消除他们与高雅深邃的美感文艺之间的心理距离，又便于借助大众对文学经典的熟悉程度，更好地起到审美熏陶的目的。所谓热点意识，是指文学教育的媒介化，应抓住一定时期在大众中间产生良好口碑的文艺审美热点，比如前一段时间热播的电视剧《亮剑》等，利用媒介的文化传播优势，以各种方式来深化大众的审美认知，将热点之热持续和深化下去，使美感文艺能够真正深入人心。所谓参与意识，是指要使美感文艺真正获得大众的喜爱，高高在上的传道授业的方式已难以适应当下的形势，应该利用媒介的开放性和多样性，积极引导大众参与到与美感文艺的交流、互动和对话中，这样一来，大众会因为自身的参与而获得成就感，也会在内心深处更好地接受美感文艺的审美陶冶。三是文学审美教育应注重方式和方法，增强亲和力和潜润性。可以利用影视媒体传播的直观性，并结合传统民间文艺的说书方式，设置一个或多个讲述人，不摆起面孔教训人，以类似话说或聊天等平易亲和的讲述方式，努力拉进与观众的距离，通过传播方式的人性化和通俗化，力求使大众对美感文艺的接受能够化重为轻，去繁就简，以达到在轻松舒适的生活化氛围中，实现美感文艺对人性的化育作用。同时，要多采取迂回渐进的引导策略，先从一些大众熟悉和感兴趣的问题入手，慢慢深入，步步为营，由浅入深，如果一开始就接触偏僻晦涩或是学术性强的问题，反而会事半功倍，引起大众的抵触情绪，或是畏惧美感文艺的高深莫测，望而却步，转而再度投身到快感文艺的感性娱乐中。

第三章

审美快感论问题

从上文已论可知，娱乐化时代导致了快感文艺的泛滥之症，而与这种文艺现状遥相呼应的是，在理论观念上，审美快感论在学界也强势登场，对传统的文艺审美观念产生了较大的冲击和影响。应该说，快感与审美的关系问题，其实是美学史上常常会提及的一个老问题，而它在当代文化语境中的重新呈现，不仅与审美低俗化和娱乐化的事实紧密相关，而且也与长期以来以快感为辐射点的一些审美基本问题有着千丝万缕的联系，比如快感在审美中的作用怎么理解和把握？审美快感和一般意义上的快感有什么联系和区别？快感和美感之间是什么关系？等等。这些问题恐怕都还不甚明了。也可以这么说，审美快感论的出场，既暴露了当代文艺审美实践中的现实问题，也反映出其背后所隐藏的文艺审美价值观的偏误、盲视和混乱。

其实，关于文艺审美的快感化转向，在新时期的文论界和美学界，确实早已引起许多学者的关注。有学者承认这种转向已经成为整个审美的主导潮流，在描述出这一审美现实的基础上，也提出了自己的隐忧甚至批判。学者傅守祥在《泛审美时代的快感体验》一文中谈到，“当代审美理念也从超功利化和精神升华（净化）的传统模式里走出来转而满足人们日常的欲望释放和快感追逐……整个时代的美学主调，从推举崇高庄严的悲剧艺术转而嗜好滑稽幽默的喜剧艺术，沉重的形而上追思和精致典雅的美学趣味成为少数精英思想者和艺术家的专利，轻飘的形而下享受和身体感官的愉悦成为多数大众的文化趣味”[①]。但是，他也指出这种唯快感是从的审美转向，只能使大众成为非主体化的审美奴隶，他认为对大众审美的快感化诉求，需要批判地引领，但对如何引领，谁来引领，只是提出问题并没有给予解决，这恰恰也是我们迫切需要追问和求索结果的要害所在。

而不少学者对于审美的快感化问题，已经放弃了这种还具有辩证眼光的立场，而是完全站在快感论的角度，为审美的快感化摇旗呐喊，并为快感论的成立寻求所谓的学理依据。比如，有学者就认为，当代的审美文化消费已经出现快感的转向，并认为这种转向契合了人的感性欲求，并在审美发生学意义上具有值得信赖的价值依据。[②] 还有学者进一步将审美的快感化转向与视觉文化的兴起联系起来，认为视觉的快感呈现，是当下大众文化的重要景观，更是建构新的视觉景观的主要推动力。[③]

看来，感性、身体、欲望、视觉、享乐和狂欢等组成了审美快感论的关键词。具体而言，审美快感论，主要是以当代消费主义和视觉文化的扩张为文化依据，紧跟文化消费的快捷化、时尚化和欲望化趋势，认为审美的要义在于感官的愉悦和身体的快适，将低俗搞笑的娱乐狂欢、恶俗粗鄙的欲望呈现等，都贴上审美的标签，并赋予其人性解放的意义。那么，审美快感论的这种价值观念，是否能够成立呢？我们应该怎样认识和把握它？

一　审美快感论的问题探析

应该说，解析审美快感论的关键，主要在于这样一个问题：审美快感论所诉诸的感官愉悦是否真的能够替代审美中的情感升华，甚至是我们所获得的全部美感体验？

1. 快感满足不能替代情感升华

当年“美学之父”鲍姆嘉通将美学界定为“感性学”，并强调指出：

---

① 傅守祥：《泛审美时代的快感体验——从经典艺术到大众文化的审美趣味转向》，《现代传播》2004 年第 3 期。

② 方忠平：《论审美文化消费的快感转向》，《常州工学院学报》2008 年第 4 期。

③ 李欣：《视觉快感与当前中国电影中的视觉景观》，《中州学刊》2005 年第 1 期。

“美学的目的是感性认识本身的完善。这种完善就是美。”[①] 那么，美学之父对审美的感性本义的经典阐释，是否就可以视为建构审美快感论的理论依据呢？问题恐怕没有这么简单。其实，鲍姆嘉通的说法包括这样两层含义：第一，审美不能脱离感性，而是要以感性为基础；第二，审美并不等于就是感性，而是“感性认识的完善”。所谓完善，又需要从两个层面来理解：一是感性自身的完善，这不仅包括人的生理感官的快感满足，而且包括人的精神世界中的情感升华；二是从感性体验向理性认识的完善。我们要特别注意，鲍姆嘉通强调的是感性认识的完善，而不仅仅是感性本身的完善。这就意味着，审美要在感性层面实现身体快感与审美情感的沟通，更要实现从感性向理性的跃进，只有获得理性的判断和思悟，或者说，只有与理性交融在一起的感性，才是超越了动物性的人的感性，才能成为审美的感性，也才能称之为感性认识，以及实现它的完善。

如果说鲍姆嘉通的经典话语，是我们研究审美问题的理论支点的话，那我们据此来反观审美快感论，问题就呈现出来。鲍氏显然并不认同审美等于快感一说，那么，到底是鲍氏的感性认识论并不符合审美的真义，还是这种观念已经无法适应当代的文艺审美实践呢？进一步讲，无论是从普遍的文艺审美事实，还是从文艺审美现状来看，审美快感论对感官欲望的张扬，真的就抓住了审美的要害了吗？快感的满足，真的就是我们创造和欣赏文学、艺术，希望获取和能够获取的全部价值所在吗？

从学界公认的美学常识上讲，情感性是文艺审美的基本特性之一。当然，人们对于审美情感的理解会有所不同。应该说，文学、艺术所激发的审美情感，自然与人们最基本的喜怒哀乐之情有着紧密关联，但又不仅仅局限于此，而是往往超越了日常情感的琐碎性、混乱性和短暂性，是渗透着生命之思的理性化情感，具有一种涤荡心魂、净化人心的审美效果。

具体而言，创作者的情感体验常常带有二度体验的性质，就是说，不是某种情感或是情绪刚刚发生，马上就能转化为一种驱使艺术家去进行创作的审美情感，而是会沉淀下来，积聚下来，走进艺术家的精神深处，化

① 鲍姆嘉通：《美学》，简明、王旭晓译，文化艺术出版社1987年版，第18页。

成他的人生阅历和心灵记忆。就像有许多作家认为，文学就是怀旧，文学所讲的是故事，而所谓故事其实就是“旧”事，而“旧”事并不是指这件被叙述出来的事情，一定曾经在某时某地真实地发生过，而是指将其转化成文学、艺术的情感曾经被艺术家所感受和体验。在某个现实机缘的触发下，这些积淀在心灵深处的情感持存，就被召唤而出，作为一个张扬着诗意色彩的审美对象、审美客体，与艺术家虚构出的故事内容相融合，而成为一部文艺作品的情感内核。更为关键的是，这个情感内核，已经不再是平庸化和琐碎化的日常情感，而是在心灵时间的淘洗中，经过艺术家的理性思悟和精神盘点过的、与人性对真善美的追求相统一的诗意情感。

而从接受者的角度看，文艺接受的高峰体验状态，往往被我们称为共鸣，共鸣最紧要之处，就在于情感的契合，而且这种契合是深度化的和全面化的，所谓深度化，是指情感共鸣孕育于相对自由的审美时空，形成于审美想象的自由化舒展，通过形象感知、情境把握和意蕴领悟，这样不断深入的审美过程，创作者和欣赏者逐渐实现充分地沟通与交流，最终达到只可意会、不可言传的心灵默契。所谓全面化，是指情感共鸣不是简单的、零散的、片段式的某种生理或是心理快感和情绪的获得，而是整个审美过程中，所有的快感满足、情绪激发和情感愉悦的汇聚点，是包括了在生理、心理以及精神理性各个层面所得到的愉悦性体验的完美归宿。

可以说，从文艺审美创造和接受的两大维度上看，审美的要义，不能说不在于那种触及灵魂的审美情感的实现，当然，审美情感中自然不能排除各种快感和情绪在其中的复杂纠合，甚至，它的生成在一定程度上，离不开快感的参与和推动，但是前者毕竟不同于后者，它是对后者的化合、提升和超越。而且，需要强调的是，审美情感的生成与情感共鸣的达成，是与审美感知、审美想象和审美理解紧密关联在一起的。没有对形象的感知，审美情感无从所起，更无所依托；而没有想象力的充分发挥，审美情感也难以呈现出丰富、饱满的状态；而没有对作品意蕴的深刻理解，没有理性之力的熔铸，审美情感还处在漂浮游离的感性层面，只有成为理性的激情，才能使审美者入乎其内又出乎其外，将文艺审美中的情感判断转化成对人生的体悟和叩问，走向对美的终极关怀。总而言之，审美情感在审美感知、审美想象和审美理解等因素的作用下，实现了对身体和心理快感的精神升华。这种审美世界中的精神升华，其完满性和复杂性，不是单一而浅层的快感享受所能替代的。

2. 快感审美化的可能与不可能

在这里，有人可能会提出疑问：既然审美情感的生成离不开感知、想象以及理解，那是不是文艺审美中的快感表达，就完全脱离了这些因素呢？如果没有，那快感不就转化成审美情感了吗？

对于这个问题，我们可以从两个层面来看：首先，我们没有否认某些生理和心理快感向审美情感转化和提升的可能性，不过这里有个前提，那就是，文艺作品不是为了渲染、刺激和放大某些低级的快感为目的，而是以批判性的审美眼光，对其进行价值甄别，将其转化成表达审美化情感的有效手段，那这种意义上的快感是具有审美意义的；其次，在文艺审美过程中，快感的产生肯定离不开最初的感知，而且会激发人的想象，如果在实际情况下，身体快感不是片面放大了人的欲望诉求而抑制了情感的萌发，而是促进了人的情感跃动以及自由的生命想象，并且实现了向审美情感的跃升，它实际上参与了整个的审美创造，成为创造美感的元素，与它相关的感知和想象自然是审美化的，而不是欲望化的。

但是在当下，存在这样一个突出的现象，有些文艺作品有意降低了审美的品位，甚至低到社会所公认的道德底线之下，而把对快感的迎合与追求当作审美的目的，以审美的低俗化和欲望化表现，换取文艺审美本不应过多承载的商业回报。比如，许多影视剧都极力地构设“性＋暴力”的视觉景观，像近几年在文化市场上，产生了轰动效应的《满城尽带黄金甲》《十面埋伏》《赤壁》《色戒》等华语大片，都是这种所谓的审美模式的代表作。在这些影片里，我们明显感到性与暴力组合而成的视听世界，形成了一个强大的感性漩涡，将人裹挟而入难以自拔，这样一来，适当的审美距离被严重打破，代之而生的是泛滥恣肆的快感享受。借助于现代传媒技术所打造的视听冲击力，这种偏离正常审美轨道的快感传达，对人的理性产生了难以抵御的摧毁力量，同时，严重过量化的快感，也轻易地突破了人的社会感性的承受度，直接而强烈地激起了潜藏在无意识深处、被道德意识形态所压抑的本能欲望，加之缺乏理性的规约，很容易引起观影者的盲从和模仿，诱发一种不断寻求快感宣泄的“官能综合征”，形成对现实生活的投射和想象。值得警惕的是，这种投射不是审美移情，而是一种满足身体快感的欲望投射；这种想象也不是超越生理欲求的诗意想象，而是迎合最原始的本能冲动的欲望想象。据一些统计数据表明，青少年犯罪率的上升，与这些渲染生理快感的文艺作品不无关系，甚至犯罪的手段和过程，也都很明显地存在对某些展览性与暴力的文艺作品的仿效，所以，文艺作品中反审美的欲望想象对人的生理和心理的危害，不可小觑。可见，这种意义上的快感，就没有实现快感的审美化提升，相反，是美感的快感化跌落，不仅审美的价值在快感的张扬中深度迷失，而且人性之恶也在对快感的追逐中急剧膨胀。

看来，在审美过程中出现的快感的复杂性，很清楚地表明它们并非都是审美化的快感，那又如何与美感相提并论呢？李泽厚先生将美感的生成分为三个层次：悦耳悦目、悦心悦意、悦志悦神，[①] 笔者以为，在这其中必然贯穿着情感的红线，既然，欲望化快感没有联通情感之经，那也只能止步于悦耳悦目的层面，又如何能够借助情感的燃烧，抵达对生命形而上意义的深层体验呢？蒋孔阳先生侧重从美感的静态效果上，指出美感是一个整合型的复杂系统，并不仅仅是一种愉悦感，这里说的愉悦感不仅包括身体的愉悦，更包括精神的愉悦。他强调，“如果说，美是人的本质力量的对象化，是人的本质力量在客观对象上的自由显现，那么，美感则是这一本质力量得到对象化或者自由显现之后，我们对它的感受、体验、观照、欣赏和评价，以及由此而在内心生活中所引起的满足感、愉快感和幸福感，外物的形式符合了内心的结构之后所产生的和谐感，暂时摆脱了物质的束缚后精神上所得到的自由感。因此，美感的内容包括了满足感、愉快感、幸福感、和谐感和自由感”[②]。既然如此，我们姑且不论欲望化快感对审美的侵害，乃至对人性的危害，就是从美感动态生成的层级性和整体的复合性上看，审美快感也不可能包含美感的一切，更何况欲望化

① 李泽厚：《美学三书》，安徽文艺出版社 1999 年版，第 536 页。

② 蒋孔阳：《蒋孔阳全集》（第三卷），安徽教育出版社 2005 年版，第 269 页。

快感呢？

可见，审美快感论偏执于审美的生理作用，而忽视了审美之于人性的提升作用和完善作用，遮蔽了审美化情感之于美感生成的意义，也消解了美感的整体性和超越性价值。甚至它对审美的快感化理解，更主要是从人的动物性层面的身体欲望着眼，而不是着重从人的属人性的生命意义上加以观照。既然，审美快感论并没有将审美的生理机能上升到审美的生命意义上认识，也说明它实际是审美的欲望学和动物学，而不是致力于人的全面发展的审美价值观。在这种欲望化审美观的喧嚣中，文艺的真正审美价值被异化了，继之而来的，就是对人性的扭曲和异变。

我们需要追问的是，审美快感论的流行是完全由当下文艺娱乐化和低俗化的事实所引发，还是在理论观念上存在着长期的思想潜隐？更进一步讲，在我们固有的美学观念上，快感往往与美感这一概念结成一对范畴，对这二者关系和内涵的认识一直存在激烈的论争，可以说，快感为何？美感为何？如何理解二者的关系？其实一直是文艺审美观念上的纠结点和矛盾点。这就为审美快感论的出场，在理论上留下了漏洞，所以，当它与娱乐化审美实践相会合时，也就比较容易迅速成为一种热门的思想潮流，而倍受追捧和热议。看来，有必要通过考察有关快感和美感关系的论争，来发现快感与美感问题研究中的利弊得失，进一步深化对审美快感问题的认识。

二　关于快感与美感关系的论争

对快感问题的解释，难以离开对美感的认识。所以，对审美快感论问题的把握，从快感和美感的内涵以及相互关系入手，自然有其理论和实践上的双重必要。我国当代文艺理论和美学界，对这个问题还是有着较多的关注和论争，从现有的理论观念来看，我们需要简要考察以下三种具有典型性的认识。

1. 同一论

第一种观念是美感与快感同一论。即把快感和美感等同起来，认为快感和美感其实就是一回事。其中学者祁志祥的观点是比较有代表性的，他在《论美是普遍快感的对象》一文中谈道：“大量的审美实践昭示着：主体感受的美就是愉快，美感即是快感，这与美学家们苦心经营起来的理论针锋相对。……我们无意否认将美感（视听觉快感）从一般快感中分离出来，独立出来在美学认识史上的进步意义。也许，人类的认识是一个‘圆圈’，它将在更高的层次上‘归朴返真’。美感从一般快感中分离出来固然是认识的进步，但当我们发现此路不通后，让它再回到一般快感中去，也许是更为明智之举。”[①] 更有学者在混同精神与生理之区别的逻辑前提下，来论证美感与快感的同一性：“从哲学上说，所谓‘精神’，就是物质的派生物（或曰物质的属性），而‘生理快感’（如视觉快感）既然是肉体物质（如视觉神经）的派生物，那么它就是一种精神，也就是心理。因此，无论从哪个角度讲，生理快（不快）感与心理快乐（不快乐），实质上是同一回事。照此逻辑推论，美感心理当然也就是生理快感。”[②] 针对这样的观念，我们不禁会提出自己的疑问：如果将生理之悦和心理之悦混同为一，那在文艺审美过程中展开的自由想象又是哪一种生理表现呢？动物为什么没有因这种生理需要而创造出文学和艺术呢？

其实，这种观念是有其理论渊源的。在西方美学史上，英国经验主义美学已经表现出这一思想的端倪。“在霍布士看来，凡是满足‘欲念所向往的目的’的东西，就是使人愉快的，也就能引起人们的美感的。”[③] 而弗洛伊德的精神分析美学更是在泛性论之下来言说美感问题。弗氏把艺术活动看作无意识冲动的结果，也就把文艺审美的美感生成等同于生理快感的获得，特别是性欲的满足。

这种观念虽然在强调美感与快感的价值关联上具有一定的道理和意义，但是也往往会造成这样一个不良的后果：将感性与理性交融的审美精神简化为感性的身体狂欢。这样一来，就抽离了文艺应该具有的深沉的美感意蕴，遮蔽了文艺审美对人的精神净化乃至救赎功能，有可能会引导人远离高远深邃的审美境界，而满足于插科打诨的低级趣味和官能欲望的感

---

① 祁志祥：《论美是普遍快感的对象》，《学术月刊》1998 年第 1 期。

② 周启光：《论证美（美感）就是快感》，《美与时代》（下半月）2008 年第 11 期。

③ 陈萍：《美感和快感：从相克、相同到分立》，《世纪论评》1998 年第 1 期。

性刺激。著名美学家蒋孔阳先生就曾针对这一问题，表达了明确的诘问：“直接把美当成愉快，不也容易把对于美的追求，当成是对于庸俗的享乐的追求吗？”[①]

2. 分离论

第二种观念是美感与快感分离论。这种观念与前者相比有着明显的对立性。这一思想的传统在德国古典美学那里表现得比较明显。康德认为世界的本源是物自体，而黑格尔使用了另一个词：“理念”。无论是物自体还是理念，都是高悬于现实物质世界之上的绝对精神。在康德和黑格尔的美学体系中，美是客观的绝对精神的表现，康德认为，“判断（主要就是指美感，笔者注）先于快感”[②]，黑格尔指出，“艺术作品是不能供欲望利用的，而是满足心灵的其他方面要求的”。人“必须要排除一切欲望”[③]，才能体验到美的自由。那么，美感自然与人的生理快感无缘。

康德和黑格尔这两大美学家的思想观念，对我国当代的文论研究也产生了较大的影响。在这种影响之下，有学者提出：“生理学的快感必定起于身体的需要，而和美学相关的那种非生理学的愉快与身体的需要没有直接的关系。”[④] 那么，这种关于快感和美感的分离论是否有道理呢？我们应该如何评价它？应该说，这种观念的实质就在于，认为审美价值的体现，主要在于美感的彰显上，否认人的本能欲望和身体快感与美感生成之间的合理关系。从积极的方面看，它凸显出审美所唤起的是精神愉悦感而不是肉体的欢娱，这无疑揭示了审美之于人的根本性价值。但是，从消极方面讲，将审美过程中快感与美感之间的天然联系割裂开来，看不到审美中快感生成的必然性以及快感之于美感生成的促进作用，这恐怕也不符合审美过程中愉悦感生成的动态事实，这个动态事实就是审美首先是感官对美的感受和捕捉，而不是美对精神的提升和净化，

---

① 蒋孔阳：《蒋孔阳全集》（第三卷），安徽教育出版社2005年版，第78页。

② 康德：《判断力批判》，宗白华译，商务印书馆1964年版，第54页。

③ 黑格尔：《美学》（第一卷），朱光潜译，商务印书馆1997年版，第46页。

④ 王祖哲：《概念分析：快感、美、美感、审美与艺术》，《济南大学学报》（社会科学版）2011年第4期。

而且只有经由感官才能抵达精神，在感官与美的碰撞过程中，我们难以否认这其中会有生理快感的产生，以及官能娱乐与精神娱乐之间的可能性关联。

3. 升华论

第三种观念可以称为升华论。所谓升华论，又可以分为两种来理解。第一种升华论，主要是辩证地把握快感和美感的关系。认为快感是美感产生的基础，美感是对生理快适的精神升华，是差异中的升华。陈炎教授在《人类审美意识的发生》一文中指出："我们一方面必须分清人类的美感与动物性快感之间所存在的原则性差异，另一方面又要看到人类的美感恰恰是从动物性快感中演变、发展、升华的历史结果。"[①] 劳承万教授强调，"美感与快感的关系是相互贯通的：快感是美感的基础，美感是快感的升华。无快感做基础的美感是抽象贫乏的美感，快感没有升华为美感，则是兽性快感"[②]。其他学者也提出类似的观点："快感虽然不是美感，但美感往往借助于快感而发生。快感常常是达到美感的最初阶梯。""不经过审美判断，不经过特定的审美过程，就不会产生美感。至此，快感也便完成了它向美感的升华。"[③] 应该说，这种意义上的升华论，最大的贡献在于，辩证地理解了快感与美感的对立统一关系，没有偏废某一方，这较之同一论和分离论，明显前进了一步。

第二种升华论，自然也承认快感与美感之间的关系，承认美感的生成对人的生理感官的依赖性，但较之前者有两大方面的不同。第一，这种升华论，一方面，是将对二者关系的考察更主要地放在审美过程以及审美结果上；另一方面，是进一步关注快感向美感的升华过程，来深化对该问题的认识，比如认为审美快感是快感向美感升华的中介等。所以，这种升华论强调，在审美的过程中，美感与快感是相伴而生的，二者是互动互为的关系；而且与美感相伴而生的快感，不仅有动物性的生理快感，而且包括与美感紧密相关的心理快感。有学者将这种在审美过程中，出现的生理与

① 陈炎：《人类审美意识的发生》，《北京师范大学学报》（社会科学版）2004 年第 2 期。

② 劳承万：《朱光潜美学论纲》，安徽教育出版社 1998 年版，第 207 页。

③ 阎伟红：《升华：从快感到美感》，《美与时代》2004 年第 4 期。

心理交融的快感体验，称为审美快感，并阐明了快感、审美快感和美感的层递性关系："快感具有生理学的意义的快适感，动物也有快感；审美快感，既融入了生理快感的因素，同时又包容着心理的愉悦感；美感，将审美快感上升到理智阶段，其间并不排斥、而是包含着生理快感，是审美快感的深化。"① 这就意味着，对于快感与美感关系的认识，不是简单停留在生理与心理、肉体与精神的二元对立上，快感本身的问题更为复杂，也与美感问题呈现出更加胶着紧密的关系。第二，这种升华论，不仅仅认为美感与快感存在明显的差异，并实现对后者的升华，更为关键的是，强调美感之于人性升华和完善，以及人的自由全面发展的意义。李咏吟教授在《美感与快感的立体观照》一文中，从心理结构、动力源泉和功能价值三个方面，深入分析了美感与快感的差别，并最终得出结论："只有美感，才能全面肯定和确证人的本质力量。"② 徐岱教授将美感的生命基础称为"欲望的复活"，同时也指出美感不同于一般的生理快感之处在于，"是对生命的意义的体验，是一种'意义感'"③。学者李大西从感受方式和呈现方式的相似性上，说明了美感与快感的联系，同时，他进一步着重分析了二者的差异，认为美感与快感，在生成的要素、涉及的人的感官、对形象的关注程度、是否占用对象以及产生愉悦感的程度、复杂性和变异性等方面存在诸多不同，所以只有美感，才能彰显人的自由性。"因为人既有对美感追求的本能，也有对快感追求的本能，所以，美感与快感都是人类生活不可或缺的感受形式，但人既然要向野兽告别，要培养更为健康、完善的人性，就必然要通过自身的努力去张扬给心身带来自由的美感，而对容易给人的自由造成拘绊的快感进行适度控制。"④ 学者陈萍认为美感属于自由的心灵世界，而快感属于现实的生存世界，虽然快感可以成为美感的材料，但是美感之于快感具有超越性，"美感是生命的依托，精神的导航，

---

① 田川流：《论艺术的美感与快感》，《艺术百家》2009 年第 6 期。

② 李咏吟：《美感与快感的立体观照》，《文艺评论》1992 年第 3 期。

③ 徐岱：《欲望的复活》，《欲望的复活——论美感体验的生命基础》，《学术月刊》1996 年第 9 期。

④ 李大西：《艺术美感的确立与消解——兼论艺术美感快感化的得与失》，《文艺理论与批评》2007 年第 4 期。

那么，美感关系到的就不是生命的生存，而是生命的重量”①。

综合这两个层面上的美感升华论，可以看出，美感对快感的升华，是第一重意义上的升华，这里彰显的是，美感对于人的动物本性之既依托又超越的关系；而美感对人性的升华，才是终极意义上的升华，这体现了美感对于人的属人性之发展和完善的建构作用。

4. 启示

综观学界关于美感与快感关系问题的研究，我们可以得到以下几点启示：一是在美感与快感的关系上，不能像同一论或是分离论那样，进行非此即彼的价值判断。如果把审美的意义，完全定位在身体快感的满足上，是降低了文艺审美对于人的价值，是将文艺审美问题引向一个危险的迷途；那么，过分地强调美感的精神作用，是不是会使人沉迷于文艺的虚构世界，而产生消极避世甚至厌世轻生地思想呢？如果会出现这种消极影响，那我们还是不能孤立地夸大美感的精神之维，片面追求脱离现实存在的精神乌托邦和虚幻的精神自由。所以，无论是将“审美”理解为感官欲望的放纵，或是虚无的精神乌托邦，其实都是一种极端化的观念，不仅偏离了审美的实质，而且难以真正彰显审美的人学意义。对审美娱乐中所关涉的快感和美感问题，还是应该给予更为全面而现实的认识。二是在理解两者关系的问题上，引入“审美快感”这一概念，具有理论和实践上的双重意义。从理论层面看，要想消除快感和美感这两个概念内涵的不对等性，以及避开两者之间的对立性，我们可以引入“审美快感”的概念。“审美快感”可以发挥其中介沟通的作用，有效化解美感与快感的二元对立，使这一问题的研究更加深入、具体和合理；进一步讲，对于在复杂的审美过程中，出现的生理和心理快感，以及审美之后产生的愉悦感等，不必纠结到底应该归属于单纯的快感还是纯粹的美感，而做出简单甚至武断的理论解释，而是可以归拢到“审美快感”这一范畴之下，进行统一而全面的理论考察，这也更符合审美的事实，并能增强理论研究的科学性；从实践层面看，如果说，当代流行的一些娱乐化的文艺作品，还是呈现出一

① 陈萍：《美感和快感：从相克、相同到分立》，《世纪论评》1998 年第 1 期。

定的审美性，那这种审美与娱乐的混合，更主要关涉的不是高雅而深邃的美感，而是审美快感的问题，所以，从审美快感问题切入文艺现状，以问诊其病症，更具有现实针对性和当代意义，同时，通过对审美快感进行恰当的理论定位，也可以从文艺审美实践的角度，深化对快感和美感的理解和认识。三是从以上的三论的比较来看，升华论显然更有理论说服力，这不仅在于它是站在辩证的立场上看待美感与快感的关系，更在于它揭示了美感的意义，在人性的完善和人的自由全面发展上。所以，对快感和审美快感的价值，也应该放在人学的视域中加以观审，才能真正给予其准确的阐释。

三　审美快感的价值定位

应该说，在当下娱乐文化泛滥的时代，在文艺审美越来越注重人的感官娱乐和肉体狂欢的文化症候下，对"审美快感"问题进行理论重估，就显得格外具有理论的必要性和现实的针对性。简而言之，"审美快感"应该是在审美过程中产生的愉悦性感受和体验，而这种愉悦性体验既包括身体感官的愉悦，又包括心理和精神层面的愉悦，是两种愉悦的整一与贯通。审美快感中包含着身体快感，但又不是一般意义上的生理和心理快感，这不仅因为审美快感产生于审美之中，而且因为它是真正审美化的生命快乐，不是在审美过程中可能异变出的纯欲望化快感。同时，审美快感不能简单等同于美感，美感更强调审美的精神效应，也是一个包含着精神愉悦感在内的更为复杂和多元的价值系统。

1. 审美快感中的身体快感

身体快感是审美快感的有机组成部分，人的全部身体感觉，都有可能参与到审美快感的生成之中。桑塔耶纳曾在《美感》中谈到了审美快感与生理快感的区别，他认为："审美快感所唤起的观念并不是对于它的肉体原因的观念。肉体的快感都被认为是低级的快感，也就是那些使我们注意身体某部分的快感。……所以，生理快感与审美快感之间有着十分明显的区别；审美快感的器官必须是无障碍的，它们必须不隔断我们的注意，而直接把注意引向外在事物。我们的灵魂仿佛乐于忘记它与肉体的关系，而且幻想自己能够自由自在地遨游全世界。”① 如果简要概括他的观点，似乎是这样的：审美快感使人忘却肉体，超越“本我”；而纯生理快感使人张扬“本我”，放逐欲望。不过桑塔耶纳似乎忽略了一个问题：审美快感固然不同于生理快感，固然有明显的精神效应，那是不是意味着审美快感就完全等同于精神愉悦，与肉体完全无关呢？进一步讲，如果说，审美快感与肉体无关，那其中的精神愉悦又从何而来呢？

其实，在文艺审美的初萌阶段，身体快感的出现是至关重要的。我们阅读一段文字、听一首乐曲、看一场电影或是观赏一幅绘画，都需要调动身体感官来进行感知。有许多学者不约而同地将人的视觉和听觉看成人的两大审美器官，这是有道理的，这也证明了人的感官之于审美有着显而易见的关联。不过中西审美观念在对人的感觉是否都能参与到审美快感之中，是有认识差异的。“在西方生理快感与美感之间通常有着明确而清晰的界限。那就是，由视觉和听觉所产生的愉悦感被称为‘美感’，由嗅觉、味觉和触觉带来的愉悦感则被称为‘生理快感’。这种划分差不多成了西方一以贯之的不变传统，以至于我们轻而易举地就能列出一个长长的名单。如古希腊哲学家希庇阿斯说：‘美就是由视觉、听觉产生的快感。’而由嗅觉、味觉、触觉得到的快感被作为动物性感觉排斥在美的领域之外(后人利布曼就是这样解释的)。”②

当然，也有不少西方学者提出了异议，早在18世纪的英国哲学家休谟就曾强调美与生理的追求有关，经验主义美学家博克认为人的触觉、味觉和嗅觉都能感受到美，并且触觉能够得到和视觉、听觉相似的效果，所以他将之称为“感觉中的美”。桑塔耶纳在《美感》一书中写道：“人体一切机能都对美感有贡献”；③ 美学家克罗齐也认为，人的所有感官都有可能成为审美器官，而包括视听在内的人的一切感觉和生理活动，都可以参与到审美之中。

而我们中国的审美观念，却没有对人的身体感觉进行明显的高低贵贱

① 桑塔耶纳：《美感》，中国社会科学出版社 1982 年版，第 24 页。

② 赵玉：《快感还是美感？——论中西方的审美差异》，《美与时代》2007 年第 8 期。

③ 桑塔耶纳：《美感》，中国社会科学出版社 1982 年版，第 26 页。

的区分，而是认为无论是人的视、听觉还是味觉、触觉和嗅觉等官能性感受，都与审美存在紧密的联系，都可以纳入美的范畴中来认识。而且，人的美感因素并不局限于人的五官感觉。在中国现代美学史上，朱光潜先生不仅强调艺术和美最先见于人的食色本性，而且通过对西方“内摹仿说”的创造性转换，提出了著名的“审美筋肉论”。他结合自己的阅读体验谈道：“我读《史记刺客列传》叙述荆轲刺秦王那一段，读到‘图穷匕首见’时我真正为荆轲提心吊胆，接着到荆轲‘左手把秦王之袖而右手持匕首之’时，我确实从自己的筋肉活动上体验到持和的紧张局面。以下一系列动作我也都不是冷静地用眼睛看到的，而是紧张用筋肉感觉到的。我特别爱欣赏这段散文，大概这种强烈的筋肉感也起作用，因此，我相信美感中有筋肉感这个重要因素。”[①] 根据朱光潜先生对筋肉器官之于美感作用的研究，我们不妨做这样一个大胆的推想：既然朱先生能够在人的身体感觉中发现筋肉感这样的美感因素，那么，在美感生成的瞬间和扩展、绵延的过程中，还有没有其他的身体感觉参与其中以及是怎么参与的呢？而这些其实已经成为美感因素的身体感觉，是不是因为种种认识的局限和误区，至今没有得到足够的重视甚至是仍然被忽视呢？如果真的没有，我们应该给出充分的理由，如果有，那需要根据审美创造和接受的实践，并结合理论思考，给予全面深入的理论考察，这牵涉我们对快感、审美快感和美感各自的价值以及相互关系的认识，进一步说，更涉及对审美与人的基本价值关系的认识。

其实，从审美实践角度看，许多作家都谈到在审美创造中，人的各种五官感觉对他们的影响。许多作家在创作中比较依赖烟、酒和茶的作用，比如李白既是诗仙又是酒仙，酒对他的创作灵感和审美思维具有明显的激发作用，而烟、酒和茶这些刺激物，恰恰不是作用于人的视听感官，而是通过刺激人的嗅觉、味觉引发神经系统的亢奋等身体快感，帮助作家进入如痴如醉的审美境界，从而有助于审美快感乃至美感的生成。总而言之，笔者认为，人的感官对审美对象的感受和捕捉，虽然在视觉和听觉上的表

① 朱光潜：《朱光潜全集》（第五卷），安徽教育出版社 2005 年版，第 285 页。

现比较明显，但是嗅觉、味觉、触觉等在不同的审美情境和审美对象的作用下，因审美主体的不同，而产生不同程度的审美的快感效果。所以，从人作为一个完整的生物体和生命存在的意义上讲，人的生命器官都有可能转化为审美的器官。费尔巴哈曾经很精辟地谈到这一点：“人与动物的区别只在于：人是感觉主义的最高级的有生命者，是世上最有感觉能力、最敏感的生物。人与动物具有共同的感觉，但是只有在人的身上，感官感觉才从一个相对的、从属于其他低级目的的生命变成一个绝对的生命，一个自在的目的，只有在人身上，感官感觉才变成自我的享乐。”① 人应该充分地调动全部的感觉力量，才能最大程度的实现审美的充分性和纯粹性。

所以说，审美快感范畴中的身体快乐是具有审美化意义的。我们虽然从理论上将审美快感划分为身体快感和精神快感，但这只是说明，我们可以从身体和精神两个既有联系又有区别的方面来看待审美快感，并不是说，审美快感中的身体之悦就是审美之外的纯生理快感，这也就意味着我们在“审美快感”范畴中所言说身体和精神，是在审美化的意义上展开的。那么，什么才是审美化意义上的身体快感呢？这也需要加以辨识。概括而言，应该是为审美而生、在审美过程中展开、使审美不断走向深入的身体快感。

人在现实生活中为了满足衣食住行的生存需要，就难以逃避物化的可能，而生活的物欲化、机械化和庸常化，不仅压抑了真实而丰富的感性生命，而且无情地消解了人的感性的丰富性，使人的身体感性异化出自身，越来越多地被本能的欲望所充斥，人在这种物的挤压和欲望的喧嚣中陷入了深度的迷失。而人与文学、艺术的期遇，首先得到的是感性生命的复活。人必须充分调动感官的敏锐性和主动性，才能与生动鲜活的艺术形象对话，这样一来，人就将尘封和压抑已久的感性冲动释放出来，在身体的快适中实现了人的第一重解放，即感性生命的审美解放。那么，这种因审美而起，而不是因欲望而起，并获得审美化提升的身体快感，自然就彰显

① 米歇尔·昂弗莱：《享乐的艺术：论享乐唯物主义》，刘汉全译，生活·读书·新知三联书店 2004 年版，第 244 页。

出鲜明的审美化意义。

这种意义上的身体快感，虽然和纯生理快感一样，都表现为肉体的感觉，但却有质的差别，前者已经脱离低级的欲望联想而获得审美化提升，后者仍然滞留于欲望之海。李泽厚和汝信先生主编的《美学百科全书》就曾专门谈到这个问题："审美生理快感与人的饮食色欲满足产生的感官快乐是不同的，后者是人的身体本能所要求，主要表现了人的动物性的一面；而前者是人的精神上的欲求所带来的身体反应，是人所独有的。就人来说，后者是每个人都会要求、都会在相当程度上体验到的，而前者则不同，对于一个不懂审美的人来说，他就体会不到审美带来的特殊快感，反之，懂得审美的人则能有所体会。由于上述两方面的原因，人类总是把审美快感看得比纯粹官能快感高级、高尚，看作是人对于自己所创造的精神文化成果的享受。"①

同时，审美化的身体快感也不同于在审美过程中可能会异变出的欲望化快感，可以说，人的肉体是一个隐秘而复杂的欲望体，而文艺审美表现的又是活生生的人和人的生活，所以，这里面自然会涉及人的肉体欲望，如果艺术表现处理不当，就会超出审美的界限，从审美内容蜕变成非审美甚至反审美的内容，变成对生活原生态的低俗和恶俗的展览，当出现这种审美异变时，必然会激起潜藏在人的本能之中的动物性原欲，而这种在审美之中出现的欲望化快感，带来的不是人性的丰富和提升，而是人性向动物性的沦丧，那自然就不是审美化意义上的身体快感了。

2. 审美快感是整体化的生命愉悦

审美快感的生成是一个生命体验的过程，身体快感和精神快感是相伴而生、相互促进、相得益彰的，从而形成整体化的生命愉悦。我们过去的一些理论观念，习惯于将审美过程中产生的身体快感和精神快感机械分割，即使承认身体快感与审美之间存在关联性，也有意忽视甚至贬低前者的作用，仅是将其看作审美发生的生理基础。或者认为，审美过程中的感官之悦和精神之悦，有明显的先后和深浅之分，似乎身体快感的产生在

① 李泽厚、汝信名誉主编：《美学百科全书》，社会科学文献出版社 1990 年版，第 410—411 页。

前，是手段和工具；精神快感在后，是目的和归宿。二者仅仅是由低到高、由浅入深的单向度的攀升和运动过程。那么，实际情况是不是就是如此呢?

如果说，现实生活使人不得不接受来自方方面面的压迫，那么，文艺审美能够使人主动地在审美世界中感受生活、感悟生活乃至反思生活。相对于支离分割的生活世界，文学、艺术创造出一个独立于生活之外的审美时空，而这个审美时空呈现出生命的自由性。既然人在文艺审美之中确证了生命的自由本性，那人在现实中所表现出的肉体与精神尖锐对立的矛盾性的异化状态就消失了，肉体与精神能够达到自由地汇通。人置身于审美世界，也就实现了从现实生存状态向审美化的生命境界的转换，身体感性的舒展以及在其中生成的愉悦感是这种转换的一个信号、一个标志，同时也是一种开启。它融入审美之中，并促进审美的深化，打开了肉体与精神的通道。身体的快适很自然地传导到精神层面，并促进了精神的自由展开，而超越生活局限的精神舒展，也就是一种初级的精神快感。人在这种生命愉悦中进一步调动起自己的审美想象力，精神在纷至沓来的审美形象中自由遨游。这个过程是心灵真实对生活真实的艺术创造和审美超越的过程，在这个过程中包含着对人的生活现实和生存状态的反观和审思，或者说，是在想象力的基础上，又调动了洞察力、感悟力、反思力和判断力，而这些人的本质力量，在自由的心灵世界中，体现出一种互动运作的和谐之美，而自由而又和谐的生命状态，激发出另一种更为高级的精神愉悦感。这样一来，身体快感与精神快感就形成了在整合中升华的关系。正如滕守尧先生所言：“审美快乐不仅多来自视、听等高级器官的感受，而且还要从这种感受一直贯穿到心理结构的各个不同的层次（如情感、想象、理解)，这种贯通性，会使整个意识活跃起来，多种心理因素发生自由的相互作用，产生出一种既轻松自由、又深沉博大的快乐体验。”[①]

行文至此，恐怕就会有人提出疑问：既然认为审美化的身体快感与精神快感是升华的关系，那么这不是又陷入了传统升华论的窠臼吗？所以，

---

① 滕守尧：《审美心理描述》，中国社会科学出版社 1990 年版，第 306 页。

笔者需要强调两点：第一点，我们所说的升华的前提是审美化的升华，是审美化的身体快感向精神快感的升华，不是纯生理快感向审美化的精神快感的升华。在这种意义的升华中，实际上已经包含了另一重升华，就是纯生理快感向审美化的身体快感的升华，而且后者在审美化过程中自有其独立和独特的价值，而不仅仅就是为精神快感服务的工具和手段。第二点是至关重要的，我们所说的升华主要是指，精神快感的全面生成是审美快感的高潮阶段，但不认为这个高潮就是审美快感的终极意义和最后的目的。为什么这么说呢？笔者认为，高潮是一种意义的实现，实现的是最大程度的精神解放，同时又是一个新的开始，这个开始意味着精神解放进一步促进了人的身体的审美解放，是在精神与肉体的贯通中，从精神向肉体的回返，但这种回返绝不是精神快感和美感向生理快感的跌落，而是又一种意义上的自我生命的完善和升华，是人的自由自觉的本质特性，在精神解放中的深度彰显和展开，带动了身体感性的丰富和完善，实现了人的肉体从动物性向属人性的再次升华。尼采曾经很生动地描述了这种肉体与精神的双向建构过程："艺术叫我们想起了兽性的生命力的状态；艺术一下子成了形象和意愿世界中旺盛的肉体，性的涌流和漫溢；另一方面，通过拔高了的生命形象和意愿，也刺激了兽性的功能—增强了生命感，成了兴奋感的兴奋剂。"① 从这个意义上讲，身体快感与精神快感之间，并不仅仅是由低向高跃升的单向度关系，精神快感的生成也能反过来唤醒、激发和提升人的身体快感，在二者的互动、互生和互为中，人的生命机能达到一种畅达、和谐和自由的状态。那么，这种意义上的身体快感已经远远脱离了动物性的生理反应，而是人的属人性的表征，是人的审美化呈现，是与人的精神自由相交融的生命自由性的彰显，是人的本质力量的丰富与完善。

进一步讲，身体快感和精神快感的相得益彰，形成了整体性的生命愉悦，传达出一个活跃生命的自由感。从人作为一个完整自在的生命体的意义上看，肉体和精神都是这个生命体的有机组成部分，缺少了任何一个方面，不但不能称其为完整的人，甚至都不能将其称为人。车尔雪夫斯基就

① 尼采：《权力意志》，张念东、凌素心译，商务印书馆 1996 年版，第 253—254 页。

曾强调了人的整体性问题，他指出："要把人看作只具有一种本性的生物，而不应该把人的生命切成属于不同本性的几半，应该把人的活动的各个方面看作是从头到脚都包括在内的人的整个机体的活动，而如果它是人的机体中某个特殊器官的特殊机能，那么，就应该在它和整个机体的天然联系中去考察这个器官。"[①] 脱离了人群生活的"狼孩"，虽然还具有人的形体，但是他本应在社会性生活中培育的精神世界，却因为狼群生活环境的异化作用，而不复存在。可见，纯肉体的生理满足，并不能等同于人之所以为人的人性诉求。另一方面，脱离了沉重的肉体，而将人抽象化为"绝对精神"的化身，将一个个有着七情六欲、充满着人性弱点和矛盾冲突的现实生命，冥想为高悬于俗世之上的神灵，那恐怕又陷入了客观唯心主义。所以，肉体和精神之为人，是生命的两翼，只有比翼齐飞才能彰显人性的核心和生命的光华。二者有机统一并造就了鲜活的生命，形成了互动、互显、互融、互为的关系。当然我们不能否认，肉体与精神的统一，是对立中的统一，二者的矛盾冲突往往是生命的常态，而当这些矛盾冲突与人追求自我完善的生命意识相抵触时，文艺审美的可能性和必要性就凸显出来。

文艺审美应对的是人性的缺失和异化，表现了人对自身沉沦于庸常生活的不甘和不满，体现出理想自我对现实自我的批判、否定和归化，是人通过反思现实的生存状态而寻求自我解脱的一种追求，更准确地说，是对生命的完美性和超越性的追求。既然，文艺审美的意义在于弥合人性的裂痕而促进生命和谐，那势必能够打破肉体与精神因现实异化形成的人性障壁，实现对二者之间对立的调和，彰显出从肉体到精神、从精神到肉体连贯通达的生命境界。真正的文艺审美唤醒和调动的是人的本质力量，这些本质力量贯穿于生命体的方方面面，既在肉体之中又在精神之中，更在二者的完美结合之中。当这些本质力量，如感受力、直觉力、想象力、判断力和理解力等，积极互动而激发出审美者的愉悦感，不应该是单方面地局限于肉体或精神，而另一方面无动于衷甚至是受到压抑和危害，相反，获得的应该是肉体和精神化合为一的完整的愉悦感，是整体化的生命快乐。

① 车尔尼雪夫斯基：《哲学中的人本主义原理》，周新译，生活·读书·新知三联书店 1958 年版，第 86 页。

第四章

日常生活审美化与审美泛化论问题

一　“日常生活审美化”问题的理论建构

“日常生活审美化”并不是中国的本土话语，而是有着自身的理论渊源。那么，全面把握“日常生活审美化”问题，就有必要回到其理论发源处一探究竟。在西方，关于“日常生活审美化”问题的理论建构是从两个向度上展开的。

第一个向度是以尼采、胡塞尔、海德格尔和西美尔等人的理论观念为代表。“在海德格尔、西美尔等人那里，现代社会中人与世界的关系是被货币、数字或技术所中介的，碎片化的，现代人的日常生活被描述为沉沦的、物化的、庸俗的，这也就是尼采在20世纪初曾经痛斥的‘庸众’的世界。”① 这些理论家通过反思启蒙现代性对西方现代生活造成的庸俗化、刻板化、机械化甚至是非人化的状况，提出了生活向艺术化、审美化超越的审美化生存思想。海德格尔敏感地体会到技术理性对人性的异化：“现代科学和极权技术的本质的必然结果……归根结底是要把生命的本质本身交付给技术制造处理。”② 故而，响亮地提出来“诗意地栖居”的口号；尼采

---

① 艾秀梅：《“日常生活审美化”考辨》，《南京师范大学文学院学报》2004年第3期。

② 周宪：《20世纪西方美学》，南京大学出版社1997年版，第306页。

也强调：“只是作为审美现象，人世的生存才有充足的理由。”[①] 可以看出，这种意义上的日常生活审美化理论，其实是呼吁以理想化的审美境界来赋予日常生活以意义和价值的审美救世主义。应该说，这种审美救世论对于批判资本主义异化社会对人的负面作用，是有着积极的理论意义的。不过，这些西方理论家更多地还是在遐想虚无缥缈的乌托邦世界，这一世界与马克思所提出的扬弃资本主义异化劳动，而生成充分和完整意义上的人的共产主义社会不可相提并论。所以说，从唯物史观的视野来看，现实生活如何回归到那种田园牧歌式的乌托邦世界，恐怕还只是一个遥远而空洞的神话。

而第二个向度上的日常生活审美化理论，与第一个向度的审美救世主义，恰恰存在某种对照性关系，其主要是以技术革命带动下出现的日常生活的消费文化景观为考察对象，或者说，是立足于审美救世论所批判的无意义的物化生活，来发现其中呈现出的“美化”新世界，而形成了与消费主义、物欲主义和现世主义相关联的日常生活审美化理论。而本文的探讨也主要集中于这种更具有现实意义的日常生活审美化问题及其理论观念。从已有的研究成果看，大家比较公认费瑟斯通的《消费文化与后现代主义》和韦尔施的《重构美学》这两本著作，为这种意义上的“日常生活审美化”问题，提供了直接的理论资源。

1. 费瑟斯通的理论观念

有学者认为，“‘日常生活审美化’（the aestheticization of everyday life），是当代欧美文化研究中的热点问题。这一观念主要来源于社会学界，最主要的代表人物是当代英国社会学家迈克·费瑟斯通（Mike Featherstone）”。[②] 费瑟斯通在《消费文化与后现代主义》一书中明确提出了西方国家中“日常生活的审美呈现”这一问题，并认为其有三种表现：首先，指的是那些追求消解艺术与日常生活之间界限的艺术亚文化，即在第一次世界大战和20世纪20年代出现的达达主义、历史先锋派及超现实主义运

① 尼采：《悲剧的诞生》，周国平译，生活·读书·新知三联书店1986年版，第275页。

② 刘悦笛：《当代“审美泛化”的全息结构——从“审美日常生活化”到“日常生活审美化”》，《西北师大学报》（社会科学版）2006年第4期。

动；第二，指将生活转化为艺术作品的谋划；第三，是指充斥当代社会日常生活之经纬的迅捷的符号与影像之流。①

费瑟斯通所论说的日常生活审美化的三种表现，在当今的西方社会是客观存在的现实，但未必能够拿来解释当下中国的审美文化状况。因为，后现代性质的消费社会是导致日常生活审美化出现的社会背景，而当下中国社会的发展还远没有达到西方消费社会的程度，具体而言，中国目前还只是一个前现代性、现代性和后现代性并存的社会，即使在北京、上海等特大城市确实存在着消费社会的文化症候，恐怕仍然与西方发达国家有着较大的差距和差异。所以，社会发展状况上的不同，自然就会反映到文化的生长上，即使是源自西方的文化和艺术形式，其作为舶来品，在中国的文化土壤上，肯定也会表现出异于西方的发展态势。

比如，费瑟斯通认为，日常生活审美化的第一个表现是艺术的亚文化，而这些亚文化作为“反艺术”的先锋艺术运动，是否真如费瑟斯通所言就抹平了艺术与生活的界限，而成为大众生活审美的样本？其实并非如此，带有后现代性的先锋艺术虽然较多直接采用了日常生活中的物品，但是其创造的理念却是反世俗性的，大众面对这些前卫艺术，不是得到一种生活化的感受，而是难以领会和欣赏的拒斥，甚至将这些艺术品视为垃圾。其实，“后现代的前卫艺术的基本诉求，就是‘延伸艺术的概念’，‘打破艺术的边界’，从而使‘非艺术’的成为‘艺术’的，建立一个逐渐拓展的艺术界（artworld）。显而易见，这种前卫的诉求仍然是‘非大众化’的，尽管它早已规避了现代艺术那种咄咄逼人的精英立场，尽管它已被披上大众化的闪闪发亮的外衣，但其‘内’与‘外’的基本取向恰恰是背道而驰的”。② 而且，这些西方的艺术亚文化虽然也传入中国，并影响了中国先锋艺术的发展，但是先锋艺术在中国的实际生存状况是比较艰难的，不仅无法进入日常生活的中心，甚至难以进入艺术界的中心，遭遇的是生活中心和艺术中心的双重边缘化。可见，这些艺术的亚文化实际是以

① 费瑟斯通：《消费文化与后现代主义》，刘精明译，译林出版社 2000 年版，第 95 页。

② 刘悦笛：《当代“审美泛化”的全息结构——从“审美日常生活化”到“日常生活审美化”》，《西北师大学报》（社会科学版）2006 年第 4 期。

利用日常生活素材的表象，行批判日常生活之实，谈不上是在消解生活和艺术的界限。

此外，费瑟斯通将“充斥于当代社会日常生活之经纬的迅捷的符号与影像之流”视为日常生活审美化的另一种表现，应该说，这个认识触及了当前消费社会的文化现实，而且在当代中国社会，这种文化症候也随着媒介的扩张而日益彰显，并强烈地影响着大众的日常生活，但是，这些虚拟化的符号和影像是不是一种“审美化”？是怎样的审美化？这恐怕需要继续做深入探讨。

2. 韦尔施的理论观念

韦尔施首先强调现实生活存在着明显的审美化倾向。在《重构美学》一书中，他指出，“现实中，越来越多的要素正在披上美学的外衣，现实作为一个整体，也愈益被我们视为一种美学的建构”。[①] 其次，与费瑟斯通不同的是，韦尔施将日常生活的审美化分为浅表的审美化和深层的审美化。值得注意的是，韦尔施对日常生活审美化问题的理解，不是简单地描述所谓的审美事实，而是在其中贯穿着自己的价值判断。这一点从他对浅表审美化问题所秉持的批判立场就可以得到印证。他指出了浅表审美化的不足，提醒我们“不能忽略这个事实，这就是迄今为止我们只是从艺术当中抽取了最肤浅的成分，然后用一种粗滥的形式把它表征出来。美的整体充其量变成了漂亮，崇高降格成了滑稽”。[②] 虽然他认为日常生活的审美是“从艺术中抽取”，但是抽取的只是艺术中的肤浅成分，而不是艺术审美的真正精神。更准确地说，他认为这种生活审美对艺术审美的“抽取”，是降低了艺术审美的层次和内涵，是同真正的艺术审美不同质的浅层次审美。

此外，韦尔施认为比浅表的审美化更为重要的是，还存在一个深层的审美化，在他的认识里，深层的审美化是关于现实的整体把握的审美化，主要包括技术和传媒对我们物质和社会现实的审美化、生活实践和道德方向的审美化和认识论的审美化。其中，技术和传媒对我们物质和社会现实

① 韦尔施：《重构美学》，陆扬、张岩冰译，上海译文出版社 2002 年版，第 4 页。

② 同上书，第 6 页。

的审美化，是很重要的一个方面，这与费瑟斯通谈到的“符号和影像之流”有着诸多相似之处。可以说，技术和传媒对现实的构造，在很大程度上导致了虚拟现实的“符号和影像之流”。

韦尔施具体论说了这种审美化，他指出：“在物质的层面和社会的层面上，现实紧随新技术和电视媒介，正在证明自身越来越为审美化的过程所支配。它正在演变成一场前所未有的审美活动，当然这里所指的‘审美’不只是美的感觉，而是指虚拟性和可塑性。”① 在这里，韦尔施不仅表达了自己关于技术与传媒对现实的审美构造能力，更在某种意义上回答了被费瑟斯通称为“符号和影像之流”之“虚拟性”的“审美”特征。

综上所论，费瑟斯通和韦尔施关于“日常生活审美化”的认识有其理论差异，② 也有理论共性，不过，很明显的是，他们都没有将日常生活审美化问题与所谓文艺学或者说文学理论的危机联系起来。而且，我们需要注意的是，在西方消费文化语境中萌生的“日常生活审美化”理论，不能被简单地挪移和借用，来阐述中国当代的审美文化现实，或者说，在当代中国的文化和审美语境中，“日常生活审美化”这一概念和命题，其言说的可能性和必要性，都根源于当代中国的审美事实。西方的理论在中国语境中会产生变化，但是这些变化应该是符合当下中国审美情势的理论调整，是在明确“审美”的价值和意义的基础上，对“日常生活审美化”的生成语境、基本特点和价值归属进行深入考察之后，作出的恰当而成熟的理论阐释，而不应该是为了某些其实与“日常生活审美化”无关的问题而赋予其错误的理论使命，而从国内学界将文艺学学科反思与日常生活审美化联系起来这一点看，问题恰恰就出在这里。

3. 中国学界的理论见解

从时间上看，周宪教授撰写的《日常生活的“美学化”——文化“视觉转向”的一种解读》，是国内最早介绍和阐发“日常生活审美化”问题的文章，此文主要是引介费瑟斯通和韦尔施等人关于“日常生活审美化”的理论，并没有直接联系当下中国日常生活的审美现实，但在引介过程

① 韦尔施：《重构美学》，陆扬、张岩冰译，上海译文出版社 2002 年版，第 10 页。

② 同上。

中，不是全盘地接受他们的观点，而是注意到了他们都关注的一个重要的共性问题——视觉文化的来临，进而提出了鲜明的观点：20世纪中期以来，视觉文化成为崭新的大众文化景观，而其“显著的特征乃是我们的日常生活越来越趋向于美化，视觉愉悦和快感体验成为我们日常生活的重要因素”。[①] 可见，在周宪看来，在后现代特征日益突出的消费社会，所谓日常生活的美学化（审美化）其实就是大众日常生活的视觉美化，表现为虚拟性的图像呈现。而日常生活的主要审美方式，也从理性化的语言阅读转向视觉化的快感体验。这样一来，就把“日常生活审美化”问题集中归结为视觉文化所带来的视像快感问题。或者说，国内最早对“日常生活审美化”问题的阐释，是将其归结为视觉文化来临后的一种文化表征，一种虚拟性的图像呈现。这种理论认识与费瑟斯通所揭示的“符号和影像之流”以及韦尔施论说的“技术与传媒对现实的审美化”思想有着明显的承继关系。

但是，问题的复杂性在于，日常生活审美化问题在国内出场后，关于它的理论认识，并不是按照周宪的阐释而集中于视觉文化语境中来探讨，而是呈现出两个既有联系又有区别的发展路向：第一个路向是继续围绕“美学和日常生活的关系问题”，在“视觉与快感”这一日常生活的美学主题上做文章，力图重建日常生活审美化与审美的感性意义之间的价值关联。在这个方面，王德胜、刘悦笛等人的努力是比较引人注目的。他们试图将日常生活审美化这一现实的审美现象上升到生活美学的理论层面去探讨，并将其与美学初创时，鲍姆嘉通对审美本义的理解加以对接，强调指出感性之于日常生活美学的现实意义和理论价值。而第二个路向上的理论发展，则跳出了生活美学的范畴，将日常生活审美化与文艺学学科反思与重建问题联系起来。具有两个具体特点：一是更多地吸纳了韦尔施关于浅表审美化的看法，认为现实越来越呈现出泛审美倾向，将广告、流行歌曲、时装表演、城市规划、环境设计、居室装修、街心花园、美容健身、超市购物等生活现象和文化活动，都指认为日常生活审美化的表征；二是

---

① 周宪：《日常生活的“美学化”——文化“视觉转向”的一种解读》，《哲学研究》2001年第10期。

在观念上模糊了生活审美和艺术审美的界限，认为众多泛审美现象的出现刷新了文学的传统类型，颠覆了传统的文学定义，固有的文艺学理论已经难以有效地解释这些可能称为新的文学样态的泛审美活动，故而要对文艺学学科进行清理和重建，而重建的思路就是走向文化研究。可以看出，这个路向上的发展，已经明显偏离“日常生活审美化”原有的问题域，将美学问题转化成文艺学问题，将本应属于美学范畴内的生活审美问题，转换成文艺学学科反思的问题，具体说，是将日常生活的审美化是不是审美化、是怎样的审美化的问题，转换成文学审美面临的危机和挑战的问题，转换成文艺学研究走向文化研究的现实性和必要性的问题。

二　日常生活审美化与文学审美的比较

“日常生活审美化”问题在学界出场后，不仅使文学审美问题变得复杂纠结，而且对新时期以来以“审美”为支柱的文艺学主导范式，产生了很大的冲击。那么，为什么有学者会把“日常生活审美化”问题与文艺学联系起来，并导致了文艺学的危机论？这里面可以说原因很复杂，但有一点最根本的，就是因为日常生活中出现的新的文化和艺术现象，被贴上了“审美”的标签，才具有和文学审美相提并论的可能性，而且，日常生活的“审美化”与我们所认可的文艺审美特征，在表面上似乎有一些相似之处，特别是当我们还没有从学理上，对这些相似点进行全面充分的探析的时候，以及当“什么是审美”这个基本问题仍然还是一个问题的时候，借用“日常生活审美化”问题来检视文艺学研究，就不是什么难以理解的事情了。所以，从学理上对“日常生活审美化”与文学审美的差异性进行考察，不仅有利于把握“日常生活审美化”的“审美”实质，而且有助于在当代文化语境中深化对文学审美价值的理解和标举真正的文学审美精神。而那些让我们很容易混淆“日常生活审美化”和文学审美的“相似之处”，如日常生活的虚拟化与文学审美的虚构性、日常生活的装饰化与文学的形式美、日常生活审美化的繁复性与文学审美的蕴藉性等问题应该成为关注的重点。

1. 日常生活的虚拟化与文学审美的虚构性

首先，来看日常生活的虚拟化与文学审美的虚构性之间的差异。许多提倡“日常生活审美化”的学者，都把现代传媒技术所营造的“符号和影像之流”视为“日常生活审美化”的重要表征。那么，这种虚拟性的视像为什么会被认为是“审美化”？一个很重要的原因就是它所表现出的虚拟性特征，在这一点上，它似乎联通了与文学审美的关系，因为文学对生活的虚构创造了审美的幻象世界，对文学审美性的言说，在某种意义上就是对文学虚构性的审度。

试想，如果文学审美根本就不具有虚构性的特点，如果视像的虚拟化与文学的虚构性之间不存在任何的相似，那么，日常生活的虚拟化又如何能够给人“审美化”的印象，又如何能够在“审美”的平台上找到存活的可能？看来，我们很有必要深入追问，文学的虚构和视像的虚拟所呈现出的“审美”到底是不是一回事呢？

这一问题首先可以从二者与现实的关系上来考察。文学的虚构是以现实为基础又指向现实，而文学审美性的意义，就在于虚构所产生的文学与现实之间的距离，在于文学真实对生活真实的既依存又超越的关系。正如金惠敏所言：“诚然，文学也创造想象的和虚构的世界，但它的想象和虚构是建立在现实与观念的二元对立之上的，在此二元对立中形成对现实的指涉距离。这可以解释何以文学经典都有对现实的某种牵念。”[①] 而虚拟化的视像是将现实虚拟成超现实，以虚幻之轻置换了生活之重，建构了一个与现实分离甚至颠倒的符号世界，符号呈现着虚拟的完美，动摇了现实世界的真实性，而且在消解生活真实的前提下，也颠覆了文学审美存在的可能性与必要性，“拆除了文学的现实一极，挖掉了文学所赖以立身的根基。文学的生命在于其想象与真实的互动，因而可以说，拟像对真实的谋杀就是对文学的谋杀”。[②] 可见，文学审美的意义源自现实之真的存在，而视像之美的生成却是在于对现实之真的瓦解，呈现出与文学审美的悖反性。

此外，我们可以把二者放到审美现代性的层面上，进一步考察其“审美”的差异。文学虚构所呈现出的艺术世界，是以真实的情感体验为创造

① 金惠敏：《从形象到拟像》，《文学评论》2005 年第 2 期。

② 同上。

动力的审美世界，是一个穿透生活表象而揭示人性真相和人性奥秘的意义世界。面对并进入虚构的文学之境，我们可以体会到人性的善恶美丑，获得精神的洗礼和人性的觉悟，在叩问生命价值中反观自身，向往和追求真善美相统一的人性完善。当文学与审美现代性相遇之后，虚构之于人性救赎的意义就更加鲜明，因为，技术理性的负面影响导致的刻板化、机械化的生存困局，尤其需要来自文学的补偿和解脱作用，而审美虚构所洋溢出的生命灵性，将人从单调乏味的混沌状态中超拔出来，实现了合乎人性的生活。

从现代性的意义来看，一方面，启蒙现代性的一个重要表现即为现代科技水平的提高和进步，而现代传媒技术对艺术和生活的介入，确乎为艺术和生活带来了新的审美可能性，像动漫艺术的出现、多媒体艺术的兴起等，都明显地体现了现代传媒技术对审美的建构力和影响力，所以我们不能偏执地固守审美保守主义的立场，而简单地夸大技术对审美的销蚀作用；但另一个方面，启蒙现代性的一个痼疾，就是科技理性的滥用导致了许多社会负面问题，甚至在一定程度上造成了人的精神沦落和人性异化。在启蒙现代性内部生成的审美现代性，就是要把人这个生命主体从工具理性的压迫中解救出来，实现对人性的救赎。那么，现代性背景中的文学审美，就带有了反抗科技理性对人的异化的价值诉求。

而现代传媒技术编织的“符号和影像之流”是否具有实现人性救赎的价值意义呢？其实，这些虚拟化的视像不过是些漂浮无根的视觉碎片，甚至在某种程度上，是科技理性在消费意识形态的影响和商业图谋的操纵下营构出的虚假景观，这种景观只是借用和虚夸了某些美好的表层形象，而在商业利益的驱动下，可能掩盖、改变甚至消解了它本身的真实的文化意味，而难以引领大众进入对生活意义的终极关怀和对文化意蕴的形而上思索，留给人们的恐怕仅有能够刺激消费欲望的文化假想。比如视觉广告，它们遍布在生活的角角落落，“尽管它可能创造出一套新的意义组合，一条新的符指链，一番新的文化天地……迷迷离离地徜徉在氤氲着美色和花香的意义幻境，无论这幻境将持续多久（目前似乎有无限延长的趋势），那等待着你的总是劝购这最后的一招。准确地说，它在一开始就盯上了你的钱袋”[1]。

拟像的存在，在很大程度上都是为了推介物质商品，其推介的策略当然不是赤裸裸的物质堆积，相反，往往是披着温情脉脉的面纱，着力于将对物的展示和某种富足、奢华、浪漫、唯美的生活景观融合在一起，而引导大众去憧憬和追逐这里所制造的虚幻的幸福，面对这样的生活景观，人们容易醉心于虚无缥缈的满足感和幸福感，而放弃对物欲主义的警觉，进而在无形中放大和扭曲了自己的物质欲望，而不由自主地在物的包围和物欲的驱动下被物化。可见，这些虚拟化的视像之流，其真正的价值诉求在于功利化的物欲满足，而不是非功利的精神超越和人性自由，这与文学审美是相悖的，同时它与科技理性的负面效应之间是依从而不是反抗的关系，也不符合审美现代性的价值诉求。

虽然在某种程度上，我们可以说它是消费社会中生活美学的一种表征，并且有人会认为生活审美与社会功利性本来就有着紧密的关联，这是生活美学的特质，但是我们需要注意的是，生活审美对功利性的满足，必须放在人学的尺度上加以衡量，如果生活中某种所谓的审美性存在，虽然体现了社会化的功利性需要，但是却导致了人性的裂变和异变，使人沦为物的奴隶，那这种意义上的审美所带来的并不是真正的审美享受，而虚拟性的视觉影像存在的恰恰是这样的问题。即使我们悬置了它可能存在的对人性的副作用，仅仅考察它自身作为形式美的意义，也可以很明显地看到它只能激发人的视觉快感，这里有多少美感的因子是大可怀疑的，充其量不过是为大众提供了一种视觉感官的审美快餐，其稀薄的美感难以与含蓄蕴藉的艺术美感相提并论，所以，不能够完全在积极的立场上将其视为“审美的新生”，甚至借此来颠覆文艺审美存在的独立性和合理性。

所以，有学者强调：“由于今天的现实本身已被虚拟化了，艺术只有不再虚拟才能发挥它的救赎功能。……今天的艺术将以展示那个不能被虚拟的存有领域对抗全面的审美化进程，来拯救人们那业已被审美化所操控或麻痹的感性。”[2] 也许，这种让文学审美放弃自身的虚构性品格的大胆

① 金惠敏：《图像增殖与文学的当前危机》，《中国社会科学》2004年第5期。

② 彭峰：《回归——当代美学的11个问题》，北京大学出版社2009年版，第270页。

设想并不能付诸实施，但是却从一个颇有警示意义的价值立场上，让我们认识到日常生活中的虚拟化视像呈现的所谓“审美化”，不仅侵蚀了真正的文学审美精神，而且造成了审美感性的消逝，其中存在的问题必须正视和重视。

2. 日常生活的装饰化与文学的形式美

其次，来看日常生活的装饰化与文学的形式美的差异。“日常生活审美化”的许多景观，比如视觉广告、商品包装、居室装潢等，如果说它们有什么共同特点的话，可以用“装饰性”来概括，从这种意义上讲，“日常生活的审美化”可以置换成“日常生活的装饰化”。“日常生活的装饰化”主要表现为注重生活视像本身的视觉诱惑力和冲击力，强力凸显鲜亮夺目的表层形式，烘托出“唯美”的效果。

从积极的方面讲，这种日常生活的装饰之美似乎为我们创造了美轮美奂的视觉形式盛宴，声电光影交织而成的审美之网，释放出的是直接而强烈的视听冲击力和魅惑力，上演着一场华丽的后唯美主义的视听大戏。这种形式上的视觉美感不仅使大众无须劳心费神，就可以在最直观的生活表层获得充裕而新奇的快感享受，在生活的每个角落都有可能遭遇美的影像；而且仿佛在有意与无意之间掩盖了生活的粗鄙和简陋，而营造出一种精致、考究、唯美化的生活情调，使大众陶醉在携美而行、与美共舞、美美与共的生活时光中。在这种日常生活的审美化氛围中，“美”已经不再是照亮沉重肉身的灵魂之光，“审美”也不再是精神朝圣之路上的艰难求索，而是放逐快感的身体狂欢，是休眠思想的娱乐休闲，这里的“审美”已不需要触动心魄的惊鸿一瞥，而更多地表现为轻松随意的官能之娱和无需心动的身体快适。但是我们需要深思的是，装饰性的视像之美是不是一种真正意义上的形式美？是不是一种真正的“有意味的形式”？

李泽厚认为，真正的形式美“首先是通过人的劳动操作和技术活动（使用—制造工具的活动）去把握、发现、展开和理解的。……它乃是人类历史实践所形成所建立的感性中的结构，感性中的理性。正因如此，它们才可能是‘有意味的形式’……人在这形式结构和规律中，获得了生存和延续，这就正是人在形式美中或有安全感、家园感的真正根源。……形式美的出现，标志着目的性与规律性相统一，是人类生存、发展史中（不仅是艺术史中）的最大事件”。[①] 可见，真正的形式美，积淀了深厚的社会历史内容，是已经被理性化的感性存在，是人之为人的一种美的确证。

那么，对照形式美的特点，应该如何看待日常生活的装饰之美？应该说，它是当下消费文化的一种典型表征。当下消费主义策略的实现，不仅仅在于物的丰盛本身，更在于物的外在形象对人的视觉诱惑力，而日常生活表现出的装饰化倾向，在某种意义上，就是通过对物的表层的唯美化修饰，给大众提供一种眩惑耳目的表象之美，力求在与这个物象交会的瞬间就钳制住大众的注意力，使人们在不知不觉中被物象唯美的外在形式所俘虏，专注于对浅表形式的把玩，进而陷入对这个外在的形式美所包裹的物的迷恋，最后在丧失审美鉴别力和文化判断力的眩晕中完成对物的消费。可见，这些唯美无暇、零乱炫目的感性碎片，在极力凸显自身中缺乏真正的意义所指，而流于浮华和苍白，只能够零乱而又无序地刺激人的视听感官，难以引领大众进入深沉的审美静观和审美沉思，人们只需要进行不经意地瞥视和零散化的感知，就可以完成一次次消弭审美距离的趋零体验。甚至，它们很可能是商业资本和消费主义为大众巧设的审美圈套，在伸张人的感性欲望和物质诉求的过程中，放逐了理性的规制，压抑了精神的升华。

当然，在这里，我们不是要否定审美与人的感性愉悦之间的天然关系，特别是美的形式本身直接作用于人的视听感官的冲击力，但是，当某种所谓的“形式美”不能通过激发人的感性的丰富性，来促使人进入自由超越的精神境界，而只是片面地刺激人的身体快感，使人深陷于物欲的泥潭而消弭了精神的自觉，那它恐怕就不具有美感之于人性的解放意义，也不能从真正的“美”的意义上理解它。从这一点上看，在当下消费文化语境中生成的“日常生活的装饰化”并不是真正的形式美，而是缺乏社会历史积淀和人性深度的漂浮而孤立的文化幻象，是一种诉诸消费主义和物质

① 李泽厚：《美学三书》，安徽文艺出版社 1999 年版，第 491 页。

主义的“无意味的形式”，不利于人的感性与理性的和谐共生，不利于人性的丰富和完善，自然不可能实现真正的形式美作为人之为人的一种价值确证。如果必须用“审美”一词来界定它的实质，那它恐怕就是伪形式化的物化审美。

而真正的文学审美自然存在着创造形式美的问题，但是其创造形式美的根本目的，是为了最大限度地彰显自身的审美蕴涵，更好地实现对人的精神熏陶和灵魂慰藉。也就是说，文学通过审美化的艺术形式，能够带给人“悦耳悦目”的感官快适，并经由这种感官快适而进达“悦心悦意”乃至“悦志悦神”的审美境界，这才是文学形式美真正的价值诉求。具体而言，文学作为语言的艺术，其形式之美自然要从语言的特点说起。

文学语言是由抽象的文字作为基本构成材料的。语言文字是人用于传情达意的文化符号，是人类精神文化之绵延、传承和发展的一种历史性成果，或者可以说，抽象化的语言文字符号积淀了丰富的精神文化内涵，由这些精神性的文化符号组成的文学语言，其可能具有的美感蕴涵自然不是旨在刺激人的身体欲望，而是诉诸人的精神交流、沟通与提升。可见，从形式美的基本生成元素上看，文学审美依凭的是相伴于人性的丰富发展的文字符号，而日常生活的装饰之美依赖的是物质化的技术手段打造的声光色影，其价值分野不言自明。

因为文字符号的精神性品格与文学审美的精神性诉求之间具有汇通性，所以，日常化的生活言语能够实现向文学语言的转化，这种转化一方面把文字本身所具有的营造美感的潜能带入文学，比如文字的音韵感、节奏感和对具体形象的指称性等；另一方面，文学文本的诞生意味着一个自足的艺术生命体的诞生，而这种艺术生命的自足性已经把普通且零散的日常言语构织成真正的文学语言，它们被这个艺术生命体化合并生成新质，成为表达文学的艺术意蕴的审美形式。

哲学家海德格尔有一句很著名的话：“语言是存在的家。……思的人们与创作的人们是这个家的看家人。”[①] 在这里，海氏不是把语言仅仅看成

① 海德格尔：《海德格尔选集》（上），孙周兴选编，上海三联书店 1996 年版，第 358 页。

言说和传达意义的工具，而是把它视为存在者显现自身意义和价值的根基。而在世界上，最主要的存在者自然是人，按照马克思的人学观，“人的类特性恰恰就是自由的自觉的活动”[1]。从精神层面看，所谓“自由的自觉”，是指人能够在精神上进行超越现实束缚的认识、反思和想象活动，而人的这些有意识的精神活动，能够得以现实地显示和呈现，就要依靠语言。只有运用语言，人才能表达对世界上其他存在者乃至自身的理解，在理解中确证存在者的在场和存在的意义，所以，语言作为存在的家，就意味着语言是存在者的意义所在，是存在的本体。这样看来，文学语言自然就是作为看家人的创作者对存在的揭示，表达了存在的澄明。在文学语言中，存在实现了无蔽的真理性敞亮。从这个意义上讲，既然文学的形式美在于语言，而语言是存在的本体，那么，文学语言就是本体性的审美形式，这与装饰性的消费主义文化形式，可谓大相径庭。

3. “日常生活审美化”的繁复性与文学审美的蕴藉性

最后，我们可以比较一下“日常生活审美化”的繁复性与文学审美的蕴藉性。关于“日常生活审美化”的繁复性，我们可以从两个方面来理解：一是“美”的繁多；二是“美”的重复。这二者就像一个硬币的两面，是相反相成的。

那么，是怎样的社会动因造成了生活美的繁复性呢？使其呈现出怎样的特点？最需要考察的就是现代科技和消费主义的合力作用。应该说，一个真正能给我们带来独特而又深沉的审美感受的美的创造物，必然凝聚着艺术家自由翩飞的艺术灵感、慧眼独具的审美个性和卓尔不群的艺术技巧，当这一切还没有遭遇日常生活的消费主义文化逻辑的时候，尤其能显示出它们所交织而成的美的精妙和美的华彩。不过在当下，我们身处于一个可以复制美和设计美的时代，生活中可以被称为“审美化”的事物明显地增多了，多到让人目不暇接、眼花缭乱的程度，这就是“美”的繁多。在这种情势下，一方面，我们会为审美日常生活化的来临而欣喜，因为我们可能在生活的每时每刻都邂逅美的浮影；但是另一方面，我们需要追

---

① 马克思、恩格斯：《马克思恩格斯全集》（第42卷），人民出版社1979年版，第96页。

问，这些在日常生活中让我们应接不暇的“美”，是不是匠心独运的个性化审美展示呢？回答显然是否定的。因为消费主义要实现最大限度的物质利益回报，必须使自身的文化特点适应最广大的普通大众，而真正充盈着审美个性的独创性作品往往遭遇的是曲高和寡的命运，所以，消费主义的文化逻辑是难以兼容真正的审美个性的。即使从表面上看似乎是凸显个性和另类的“美”，但只要它置身于当下消费主义的文化潮流中，那恐怕已经变异为一种带着个性化审美面具的文化噱头，通过刻意地制造缺乏审美深度的新奇感，来吸引大众的眼球，以引发复制和模仿的消费主义狂潮，其目的是要在这种所谓的文化热点或者说文化时尚的光环下，最大限度地实现商业化的物质主义图谋。看来，在这种所谓的个性化审美背后，隐藏的仍然是典型的物欲诉求，而且，就连这种以伪个性化来张扬“审美”主张的情况，在“日常生活审美化”的现实中也并不多见，相反，我们不得不承认的事实是，在现代传媒技术和消费主义的合力作用下，充斥我们眼目的主要是千篇一律、平白肤浅的泛审美现象，这些审美现象表现出一个很突出的问题，就是“美”的重复。当“美”的繁多和“美”的重复交织在一起时，那这种美自然就不是审美深度的掘进和审美价值的提升，而是在质的同一和量的堆积中，表现为过量的“平均美”。当人们的感官被这种泛化的平均美过度刺激，不仅会导致审美的麻痹化和厌倦感，钝化人的审美感受力，而且会给人造成难释重负的审美压迫感，扼杀可贵的审美想象力。

审美的时尚化与过量的“平均美”之间有着直接的关联，或者可以说，当一种美成为文化消费时尚之后，就会被争相模仿和复制。平均美就在互相的复制和仿造中严重的“过量”化。比如，居室装修好像是当下“日常生活审美化”的一个亮点，而其恰恰体现了“美”的过量与重复，“团购团装”造成的是最接近我们的生活空间都被这千篇一律的“美”所占据，那能够触动我们灵魂深处的美却已经渐行渐远，处处皆是美、美美皆相似的格局只能产生处处皆无美、此美非真美的结果。在这样所谓的“审美”氛围中，我们却不得不感叹“美”从何处寻？

而文艺审美的蕴藉性虽然也是一个美的“繁多”的问题，但其实质上，并不是浅层次的量的堆积和重复，而是不同层次、不同性质的美的交叠和复合。“蕴藉（又写作‘酝藉’或‘蕴籍’），来自中国古典诗学。‘蕴’原意是积蓄、收藏，引申为含义深奥；‘藉’原义是草垫，有依托之义，引申而为含蓄。……而在文学领域，它是指文学作品中那种意义含蓄有余、蓄积深厚的状况。”[①]

那么，如何理解文学审美的蕴藉性？它具有怎样的人学意义呢？文学审美的蕴藉性，表现为语言之美、意象之美、人性之美和哲理之美等多重层级的互动和互渗，并且，它与创造主体的生命自由之间，形成了一种价值互照的关系。一部优秀的文艺作品，特别是文学经典的诞生，凝聚着创造主体对生活现实的深沉体验、对生命价值的深切思考、对人性本真的深入洞察，这些心智的果实，通过语言的陌生化处理和诗意化表达，内化到文学文本之中，形成对读者强烈而深远的审美感召力。而要真正做到这些，无疑需要主体本质力量的充分展开，需要感受力、体验力、想象力、表达力、洞察力和思考力等的全面协作，而创造主体的生命自由就在这样的情势下，得到生动的确证和个性化地呈现。由此来看，文学的蕴藉之美，正是根源于心灵的无限性和生命的自由度。

既然含蓄蕴藉的文学文本见证了一个自由的独创性生命，那么，这个自由的生命表达，也在渴望和召唤着另一个自由生命的介入。所以，真正的审美体验，应该充分调动起接受者的精神主体性，张扬无羁的审美想象力。审美想象为我们开启那个“观古今于须臾，扶四海于一瞬”的审美时空，使我们进入形象意蕴的体验和生命哲理的思悟，不断地打开一个个触动心魂的美的褶皱，不断地涉入美的深处，在悦耳悦目、悦心悦意和悦志悦神的审美沟通与往返中，充分调动起主体的审美精神，最终获得宗白华先生所说的“最高灵境的启示。”[②] 如果说日常生活中过量的“平均美”引发的是审美的厌倦，导致了“人们审美境界或心境的空洞”[③]；文学审美的蕴藉性产生的却是“言有尽而意无穷”的审美效果，带给审美主体以心灵

① 童庆炳主编：《文学理论教程》，高等教育出版社 2004 年版，第 71 页。

② 宗白华：《美学散步》，上海人民出版社 2005 年版，第 128 页。

③ 胡亚敏：《当代中国审美现象探讨》，《江汉论坛》2007 年第 12 期。

的充盈和精神的自由解放。

虽然“日常生活审美化”给我们带来的主要是浅层次的感官刺激，我们也不能完全抹杀和简单否定日常生活中的新文化现象所可能包含的激发美感的因素。但是，根据上文所论可知，日常生活中所谓“审美化”的表现，与真正的文艺审美存在较大的差异，这也是不能否认的事实。西方研究日常生活审美化问题的代表人物迈克·费瑟斯通先生就曾明确指出，日常生活审美化“意味着一种欲望的美学，意味着感受和即时体验”[①]。如果我们需要研究日常生活中的新文化现象，那可以将其纳入文化研究的视域，这更便于发现它的现实价值；如果，我们发现这些新的文化现象，确实可以在一定条件下提升到“审美”的层面上观照，那完全可以把其视为生活审美的新维度，给予其恰当的理论定位。但是，不能够将“日常生活审美化”的价值过度拔高，甚至赋予其替代文学审美的责任和担当。我们不仅要坚信这种泛审美不能代替文学审美的存在价值，而且在这种“审美化”的包围中，要警惕它对于人性的不利影响。更何况，在这个“文学终结论”“文学死亡论”甚嚣尘上的年代，我们应该做的不是在相对主义的立场上去进行无休止的文学扩容，而是应该在“文学应如何”的价值逼问中，彰显文学真正应该具有的人学精神和人性关怀。

三　审美泛化论的学理审视

审美泛化论是由日常生活审美化现象引发的文艺理论思潮。一方面，它通过言说文艺审美与日常生活审美化之间的源流关系，将后者纳入文艺学的理论视域；另一方面，又认为文艺学难以应对日常生活审美化问题，需要转型走向文化研究。这种理论逻辑具有明显的矛盾性，并暴露出当下文论研究中“审美”内涵的漂浮不定和“审美本质主义”的存在等突出问题，值得重视和检讨。

1. 审美泛化论的三个层面

我们可以从三个层面来把握“审美泛化论”的主要观点。从第一个层

① 迈克·费瑟斯通：《消费文化与后现代主义》，刘精明译，译林出版社2000年版，第101页。

面上讲，它主要是言说日常生活审美化与文艺审美的关系。首先，提出“审美”与文艺的紧密关系出现了破裂。“在今天，……审美似乎已不再专属于文学和艺术，审美性、文学性也不再是区别文学与非文学、艺术与非艺术的根本的或惟一的特征。”[①] 其次，进一步强调审美不仅不再专属于文学、艺术，而且出现了从文艺向生活的位移，并渗透到大众日常生活的方方面面：“就文艺学专业而言，审美化的意义在于打破了艺术（审美）与日常生活的界限：审美活动已经超出所谓纯艺术/文学的范围而渗透到大众的日常生活中。占据大众文化生活中心的已经不是传统的经典文学艺术门类，而是一些新兴的泛审美/艺术现象，如广告、流行歌曲、时装、电视连续剧乃至环境设计、城市规划、居室装修等。”[②] 可以看出，“审美泛化论”预设了一个理论前提：审美过去专属于文学、艺术。正是在这样的理论前提之下，它将当下的日常生活审美化看作文艺审美向日常生活渗透的结果，实际上，也就将二者定位在源与流的关系上，文艺审美是源，日常生活审美化是流。这样一来，“审美泛化论”就巧妙地将日常生活审美化问题转化成了与文艺审美紧密关联的新审美问题，又以文艺审美为中介，将日常生活审美化问题与研究文艺审美的文艺学勾连在一起。

从第二个层面上讲，“审美泛化论”主要是探讨文艺学如何应对日常生活审美化问题。“文艺学应该正视审美泛化的事实，紧密关注日常生活中新出现的文化/艺术活动方式，及时地调整、拓宽自己的研究对象与研究方法。”[③] “结合中国的实际，创造性地建立中国的文化研究/文化批评范式，这样才能有效地解释当代文艺与文化活动的变化并对其深刻的社会原因作出分析。”[④] 可见，此论认为，一是新时期以来以“审美”为基点的文艺学主导研究范式，难以应对生活中的泛审美现象；二是文艺学只有转型走向文化研究，才是解决问题的出路。这就呈现出一个问题：此论为什么

① 金元浦：《别了，蛋糕上的酥皮——寻找当下审美性、文学性变革问题的答案》，《文艺争鸣》2003年第6期。

② 陶东风：《日常生活的审美化与文艺社会学的重建》，《文艺研究》2004年第1期。

③ 同上。

④ 陶东风：《日常生活的审美化与文化研究的兴起——兼论文艺学的学科反思》，《浙江社会科学》2002年第1期。

会认为文艺学难以应对日常生活中的泛审美现象呢？

从第三个层面讲，“审美泛化论”揭示了文艺学为什么难以应对泛审美现象而需要转型的原因。原因之一是文艺学本身固有的立场。“其囿于经典文学、坚守艺术自律立场已经严重阻碍文艺学及时关注与回应当下日新月异的文艺/审美活动。”[①] 那么，文艺学“囿于经典文学、坚守艺术自律立场”具体又是指什么呢？其实，就是康德所倡导的“审美无功利性”的立场，就是文艺审美应该坚守的精神超越性。原因之二是日常生活审美化与文艺审美的本质差异。此论明确指出，“日常生活审美化不仅意味着审美从精英化的文化趣味转向了传媒时代审美的民主化，而且也是审美内涵的根本转变。审美距离的消逝使其原有的震撼力逐渐被感观的刺激所替代……这里，对‘审美’一词的运用重在对日常生活审美化所带来的界限的消逝以及生活空间的虚拟化进行描述，这时审美代表一种感知，在其内部并不存在审美与欲望、高级趣味与低级趣味的划分”。[②] 在“审美泛化论”看来，既然日常生活审美化与文艺审美之间存在根本的差异，那坚守文艺审美精神的文艺学主导范式，自然难以对前者进行有效的言说。

从以上三个层面来看，“审美泛化论”形成了这样的理论逻辑：通过自身的理论预设，建立起文艺审美与日常生活审美化之间的源流关系，从而将后者纳入文艺学的理论视域，但又认为文艺学难以有效地言说泛审美现象，所以需要转型走向文化研究。而这个理论逻辑的形成，得益于预设的逻辑起点：审美过去专属于文学、艺术。值得追问的是，在“日常生活审美化”出现之前，是不是审美就专属于文艺呢？是不是就不存在生活审美的问题呢？是不是文艺审美真的可以向日常生活渗透呢？

2. 审美泛化论的悖结

应该说，审美专属于文学、艺术的观念有其自身的理论渊源。在西方美学史上，康德的“审美无功利性”思想出现后，逐渐成为占主导地位的美学观念，而文学艺术因为自身的精神超越性，更在这种“审美无功利”思想的保护下，拉开了与生活审美的距离，甚至在很大程度上消解了生活

① 陶东风：《日常生活的审美化与文艺社会学的重建》，《文艺研究》2004 年第 1 期。

② 陶东风等：《当代中国文艺思潮与文化热点》，北京大学出版社 2008 年版，第 476 页。

美学应有的现实意义和理论意义。黑格尔就明确指出美学是“美的艺术的哲学”，把生活排除在审美之外。19 世纪的唯美主义思潮认为不是艺术摹仿自然（生活），而是自然（生活）摹仿艺术，并强调艺术是无功利的，它唯一目的就是审美。这些理论观念都会直接或间接地影响当代文艺学的理论建构，那么，审美泛化论对审美专属性的理论预设就不难理解了。

但是，毕竟以文艺审美来遮蔽生活审美的观念仅仅是一种价值判断，事实上，生活审美的问题从来都没有消失过。从审美的发生、发展过程来看，审美最早孕育于原始人实用化的生活行为，也就是说，审美从一开始就是日常生活的一个组成部分。只是随着文学艺术的诞生，“审美”出现了分化和增殖，审美性逐渐成为文艺的本质特性，但是文艺审美的出现只能说明审美领域的拓展和审美样态的增加，并不能说明文艺审美就取代了生活审美，这是两个有着质的差别的问题。而且在理论观念上，倡导生活美学的思想也是时时闪现。车尔尼雪夫斯基就提出了著名的“美是生活”的命题，为生活美学的演进贡献了理论智慧；实用主义美学家杜威更是叫响“艺术即经验”的口号，要求“恢复审美经验与生活的正常过程间的连续性”。[①] 而在国内的当代美学领域，对艺术美和生活美的分类研究，其实早已是基本而普通的美学问题。权威的美学教材《美学基本原理》，将美主要划分为现实美和艺术美，而现实美又包括社会美和自然美。这一划分已经得到美学研究者的普遍认同，而成为一个美学常识。从这个意义上讲，艺术中有审美，而生活也有审美，确是不需要再争辩的问题。而且更进一步说，“美的最基本、最重要的领域存在于人的现实生活之中，没有现实美，也就没有艺术美”[②]。总之，从审美发生、发展的事实和理论观念对生活审美的倡导来看，审美不是专属于文学、艺术的。生活审美不仅存在，而且是早于文艺审美并具有独立审美价值的审美形态，甚至从某种意义上说，文艺审美还是以生活审美为基础和源泉发展起来的。

也许，会有人辩解：即使审美专属于文艺的说法不能成立，那也不能连带否定文艺审美向日常生活渗透的可能性。对此，我们可以从生活审美

① 杜威：《艺术即经验》，高建平译，商务印书馆 2005 年版，第 9 页。

② 刘叔成、夏之放、楼昔勇：《美学基本原理》，上海人民出版社 1987 年版，第 106 页。

与文艺审美的区别上做进一步的探讨。《美学基本原理》概括了社会美的三个主要特点：一是与社会实践密切联系；二是与社会功利性密切联系；三是与社会历史条件密切联系。可见，隶属于社会美的生活审美无疑也就有这三个特点。具体而言，生活审美与艺术审美的区别可以从审美的起点、性质和作用等方面来考察。一是从审美的起点来看，生活审美的起点是丰富多彩的真实世界，而艺术审美的起点是含蓄蕴藉的虚构世界。二是从审美的性质看，生活审美是依附性和功利性的审美，服从和服务于社会的实践水平和生活的功利性诉求，从某种意义上看，生活审美只是一定历史条件下社会生活的某种存在表征和外在形式，生活本身的需要才是其实质和内容；而文艺审美是具有自身的独立性、自足性和纯粹性的审美，表现为对社会实践、社会功利和具体社会历史条件的疏离与超越，营造了独立的审美时空，传达了纯粹的审美精神，激发了异于生活感受的主体审美情感和审美想象。三是从审美的作用看，因为生活审美的依附性，所以，生活审美主要是以表象化的审美形式作用于人的感官娱乐，满足的是浅层次的审美需要，难以达到悦志悦神的深层审美体验；其次，因为生活审美紧密关联着现实的社会实践活动，而能够在一定程度上实现人对生活实践水平与物化成果的认同和满足，而激发人投身于社会实践的本质力量，但是由于这种认同和满足中包含着较多的物欲诉求，所以有可能消解本身的实践品格，甚至于在一定程度上，会使人沉沦于物欲快感而走向人性的异化。而反观真正意义上的文艺审美，则是通过对现实和历史生活的诗意创造，形成对人的精神世界的审美感召，使人达到精神的自由游戏状态，而精神的自由调和了感性与理性的失衡，进而促进人性的完善、完满与和谐。

既然生活审美与文艺审美存在这么明显的差异，难以通约混合，那么，“审美泛化论”关于文艺审美向日常生活渗透的说法岂不让人费解？

当然，具体到日常生活审美化问题，我们还应该注意其生成的当下的特殊性。首先，不能像某些学者那样，不顾其出现的社会背景，简单地认为日常生活审美化问题古已有之，而忽视之甚至否定之。其次，应该进一步追问的是，在消费主义文化语境中生成的日常生活审美化，到底是生活审美的当下表征还是文艺审美的生活化拓展呢？其实，日常生活审美化的种种表征，像广告、时装、环境设计、居室装修等，主要是通过抢眼夺目的外在形式作用于人的视听快感，以诱惑人陷入对其所代表的物的迷恋，所以有学者认为，“这种泛审美意识……包含着自我意识的丧失和审美理想的落空，因此，它实现为一种伪审美精神——审美活动失去了超越力量，沦为纯粹形象的物化追求”[①]。其实，西方研究日常生活审美化问题的代表人物迈克·费瑟斯通先生就曾明确指出，它“意味着一种欲望的美学，意味着感受和即时体验”[②]。看来，当下的日常生活审美化是与消费主义相关联的物化审美，仍然属于生活审美的范畴，是生活审美的一种时代表征，并且，由于它可能更多地将人引向对物欲的追求，而在一定程度上扩大了生活审美的负面效应，呈现出与文艺审美明显相悖的价值诉求。

其实，“审美泛化论”已经认识到文艺审美与日常生活审美化的差异，在这种状况下，如果它意图证实日常生活审美化是文艺审美向生活渗透的结果，甚至打破了文艺（审美）与生活的界限，那就必须解决三个问题：一是文艺审美如何向日常生活渗透并形成日常生活的审美化？二是日常生活审美化又如何异变出与文艺审美相悖的价值诉求？三是既然文艺审美作用于人的精神解放，而日常生活审美化会引发人的物欲诉求，二者可谓界限分明，那后者到底打破了哪个界限？又是怎样打破的呢？但是，“审美泛化论”并没有对这三个重要的问题作出回答，这又如何能够让人信服呢？看来，“审美泛化论”是在缺乏必要的学理根据的状况下，勉强把日常生活审美化问题与文艺学勾连在一起，将本应归属于美学和文化学的日常生活审美化问题，转变为一个当代文艺学的前沿话题，使其成为颠覆文艺学主导范式和解构文学定义的导火索，并抓住文艺学难以解释前者的理论困窘，构设了它的学科危机，推出了文化研究，这无疑具有难以调和的矛盾性。虽然“审美泛化论”存在明显的理论悖结，但它在学界出场后，得到了许多积极的回应和认同，“审美泛化”一说，对当下的文艺学研究确实产生了强大的冲击，这种冲击的背后，难道不存在文论研究需要重视的问题吗？是不是这些问题的存在，

---

① 肖鹰：《泛审美意识与伪审美精神——审美时代的文化悖论》，《哲学研究》1995年第7期。

② 迈克·费瑟斯通：《消费文化与后现代主义》，刘精明译，译林出版社2000年版，第101页。

在某种程度上造成了“审美泛化论”的悖结呢？

3. 审美泛化论引出的深层问题

新时期之初，“审美”在反驳“工具论”和“从属论”的背景中重返文学自身，自此，文艺审美论就一直显示出蓬勃有力的发展态势，“审美特性论”、“审美反映论”、“审美活动论”、“审美意识形态论”、“审美形式论”等的先后出现，不仅说明了审美论在新时期文论中占据至关重要的地位，而且显示了自身丰富多样、立体建构的发展格局。但是在这个过程中，也暴露出一些不容忽视的问题，正是因为这些问题的存在，才在客观上为“审美泛化论”的出现创造了契机。

一是“审美”内涵的漂浮不定。在不同的理论背景中生成的“文艺审美论”，其各自的逻辑起点、理论资源、言说方式等是不同的，呈现出较为明显的理论差异。甚至在各个具体的理论观念内部，也存在激烈的论争，同一概念具有多种不同的理解，比如审美意识形态论，就有“审美加意识形态”“审美意识的形态”等不同的阐释，而且就是“审美加意识形态”这一说法，对于是以审美为主还是以意识形态为主，以及如何理解二者的结合又有不同。这一方面说明“审美”和“文艺审美”的概念，在实际的运用过程中表现出了自身的理论活力和理论张力，而另一方面也说明大家对“什么是审美”“怎样理解文艺审美”这些基本而又重要的问题，并没有达成理论共识。著名文艺理论家王元骧先生就曾明确指出：“‘审美’是当今美学界和文艺理论界使用频率很高的一个概念，但是到底什么是‘审美’？它的具体含义和要达到的目的是什么？迄今人言言殊。”[①] 李志宏教授也提出了类似的观点：“新时期的文学理论研究有个很有意思的现象，即，虽然人们普遍认为文学的本性是审美，经常在谈论着审美性，但对于审美性的内涵并没有进行过深入的探讨，人们甚至没有想到过要对审美性的内涵加以清晰而具体的说明和界定。”[②] 可以说，新时期文论的一

① 王元骧：《何谓“审美”？——兼论对康德美学思想的理解和评价问题》，《社会科学战线》2006 年第 2 期。

② 李志宏：《新时期文学本性研究：以审美性和意识形态性为中心》，吉林大学出版社 2010 年版，第 9 页。

个重要贡献就是为文艺重新找回“审美”这个确证自身价值的本体存在，但是这个贡献中却隐藏着一个缺陷，那就是对“审美”自身的价值定点的寻找，没有得到足够的重视。“审美”和“文艺审美”的含义就在众说纷纭中，变得模糊不清、漂浮不定甚至混乱驳杂。这种意义上的“审美”只是一个漂移的能指，处于无根的状态。

二是“审美本质主义”的存在。应该说，把“审美”看作文艺的基本特性，认为“审美性”是文艺区别于其他事物的本质属性，都不为过。但“审美本质主义”是将“审美”绝对化，把审美看作文艺的唯一、根本和恒定的特征，甚至不由分说地将审美与文艺捆绑在一起，将文艺与审美等同为一，认为文艺就是审美，审美就是文艺。正如有学者所谈到的那样：“新时期以来理论界重视对文艺审美特性的研究，确有对以往极端政治化文艺观进行反拨的意义。但与此同时，也出现了把文艺的本质归结为审美，把审美等同于文艺，进而否定文艺意识形态本性的极端审美化的理论倾向。”[①] 按照这种理论观念，如果要解释文艺，必须经由审美这个进口，如果脱离了审美，似乎就脱离了文艺；这也就意味着，无论是哪种话语形态，只要是被称为文艺理论，都必须以“审美”为建构话语体系的出发点和归结点。

因为，文艺的审美本性到底如何理解，仍然还是一个悬而未决的问题，所以，要坚守“审美”本质却又不知“审美”为何，这本身就带有悖谬性，而审美本质主义的存在，进一步把这种悖谬推向了极端。那么，在审美本质主义影响之下，展开的关于文艺本质的言说，就会出现以文艺的“审美性”来溶解文艺的政治倾向性、意识形态性和历史文化性的情况，这不仅模糊甚至扭曲了“审美”本身的价值内涵，而且其他问题也会在“审美”的溶解中，失去独立的理论身份而显得晦暗不明。更有甚者，涉及与审美和文艺本质无关的问题，也难以放弃对“审美”的借用，索性都放进“审美”的箩筐里，以“审美”的名义来进行言说。这样一来，“审美”的内涵和外延就被无限地放大，而失去应有的理论效力，这种意义上

---

① 马龙潜：《对文艺、审美与意识形态关系的思考》，《高校理论战线》2006年第6期。

的“审美”，徒有“审美”之名，而无“审美”之实。以上问题的现实存在，为文艺审美论的发展留下了可以攻讦的软肋，而在当下，各种打着“审美”旗号的伪审美观，正是利用这个软肋，而混杂在文艺审美论的阵营中，使文艺审美问题显得更加复杂纠结。

“审美泛化论”的出场，与上述两大问题有着明显的关联，这可以从三个问题入手来进行论析。第一个问题：“审美泛化论”设置了一个怎样的逻辑起点？它的逻辑起点是审美专属于文学、艺术，整个的理论逻辑正是在这个基础上展开的，而这个观念恰恰是“审美本质主义”的典型表现。可见，“审美泛化论”对文艺学主导范式的批判，虽然带有反本质主义的理论色彩，但它其实是在本质主义立场上展开的反本质主义言说。这不仅暴露了自身的理论悖结，而且反映出当下文艺学研究的真正危机，并不在于难以应对泛审美现象，而是在于难以克服根深蒂固的本质主义思维方式，从这个意义上讲，文艺学的生机和出路，在于如何彻底摆脱形形色色的本质主义的束缚，而走向科学化的研究之路。

第二个问题：“审美泛化论”为什么需要建立起日常生活审美化与文艺学之间的关联？从“审美泛化论”的理论目的来看，它不仅是要推介文化研究，更关键的是，要在文艺学学科反思和重构的背景中，彰显文化研究的意义。而它要反思的文艺学主导范式是以“审美”为支柱的，故而，抓住了“审美”，也就抓住了新时期文论研究的主脉，而“审美本质主义”对文艺审美性的偏执固守，又进一步强化了“审美”在文论话语中的核心地位。所以，以“审美”为切入点进入文论研究，就会使自身的理论言说显得更有说服力、辐射力和引导性，“审美泛化论”正是在这个意义上，将日常生活审美化问题与文艺学联系起来，进而，又凭借前者所表现出的“审美”新质，向固有的文艺学主导范式发起挑战，这样才能增强文艺学之危机说的可信度，才能凸显出文化研究置换文艺学主导范式的必要性和必然性。

第三个问题：“审美泛化论”为什么能够建立起日常生活审美化与文艺学之间的关联？由于“审美”这个概念的“悬空”和“虚化”，这一理论能够在没有经过切实的学理论证的情况下，就以“审美化”的名号来统摄日常生活中的新文化和艺术现象，其实所谓“审美化”的种种表征是否都能称为审美，恐怕还是一个问题。加之“文艺审美”本身也是一个漂浮的能指，所以，“审美泛化论”也就能够在似是而非之间，将“文艺审美”和“日常生活审美化”等量齐观，并据此认为文艺与生活的界限已经消失，况且，“审美本质主义”对审美与文艺的捆绑，会在一定程度上强化这种错误的观念：只要是审美问题似乎都与文艺乃至文艺学有着某种无法割裂的关系。基于以上的原因，泛审美现象与文艺学之间的关联才得以建立。

虽然，“审美泛化论”抓住“审美”这个关键点，来引出文艺学学科反思问题的理论旨趣，对于我们检讨文艺审美论乃至整个新时期文论，具有一定的启发作用。但是它选择了错误的言说路径，脱离了人学的立场，暴露出明显的理论悖结，而使文艺审美问题显得更加错综复杂。这也提醒我们，要改变文艺审美论研究众声喧哗、莫衷一是的状况，我们应该回到“文学是人学”、“什么是审美”、“怎样理解文艺审美”这些最基本的问题，在真正的反本质主义立场上，展开扎实细致的理论探索，为文艺审美论的当下建构提供坚实的学理依据，在自我疗救中推进当代文论的健康发展；更进一步讲，文艺审美论乃至整个当代文论的研究，如果真需要反思的话，恰恰是应该将由这种“审美的泛化”所引发的文学理论的泛化现象，作为审视和清理的重点，在维护文学审美精神的立场上，真正明确文艺学自身的理论身份、理论角色和理论价值，当然，这种维护不是故步自封、拒绝新知的保守主义，更不是放弃批判精神、虚化理想信念的犬儒主义，而是标举文学审美的人学品格和人性关怀的人本主义。

第五章

文艺审美功利性与非功利性问题

传统的理论观念倾向于认为，审美指向的是对此岸现实的诗意超越，文艺审美的意义在于超功利或无功利的精神自由。但是，当代审美的物化和娱乐化的现实状况，却与这种审美无功利的价值立场形成了尖锐的矛盾。日常生活的审美化和文艺审美向低俗娱乐的跌落，已经成为当前颇为抢眼的社会文化现实，文学和艺术似乎越来越深陷于世俗生活的包围中，而难以拉开与它的距离以实现其审美的超越性，“审美”仿佛已不再是文艺源于生活又高于生活的表征，相反，却在某种意义上变身为文艺与生活合流的中介，异化为刺激感官快感的工具，而愈加显现出功利化、物欲化的色彩。

如果以审美的无功利性为价值坐标，那么日常生活的物化审美恐怕是审美的异化；如果将日常生活的审美化看作审美的新生机，那么，审美的无功利明显缺乏直面当下生活的现世关怀，指向的只是那虚幻的精神自由。看来，并不是日常生活审美化自身具有相反相成的矛盾性，而是我们从不同的价值立场出发，将其视为“审美”的异化抑或“审美”的解放。如果按照现象学还原的方法，回到事实本身来看，无论我们的价值判断如何，日常生活审美化的功利性诉求都是显而易见的。问题在于，审美的功利性是仅仅存在于日常生活的审美化之中，还是在文艺审美中也隐藏着功利性，甚至是强烈的功利性？

从文艺审美的娱乐化潮流来看，功利化的价值诉求在当代的文艺审美中已经不是暗潮涌动，而是日益严重，不过我们已经对娱乐化背后的商业主义和物质主义给予了严厉的批判，这一方面说明文艺审美难以和功利撇开关系，另一方面，又说明肢解审美的唯功利主义并不是文艺审美真正的价值所在，那么，文艺审美到底应该具有乃至强化怎样的功利性呢？我们到底应该怎样认识和理解文艺审美的功利性？这一系列似乎并不新鲜的问题又重新摆在了我们面前。应该说，通过对这一问题的系统考察，有利于在新的文化现实和理论背景中，更准确地把握文艺审美的价值和功能，而且有助于重新理解文艺与生活的关系，从更深层的意义上探求文学和艺术存在的理由。

一　西方审美无功利论的历史回溯

长期以来，审美无功利思想对我国理论界的强势影响，在很大程度上遮蔽了我们对审美功利性的认识，也使我们在文艺审美的功利化事实面前，显得理论准备不足。所以，要想深入认识文艺审美的功利性，对审美无功利论的历史考察，实属必要。这不仅有利于我们全面把握这一问题的来龙去脉，深化对审美与功利之间关系的认识，而且有助于我们以更加宏观的视野和更为客观的态度，来阐释文艺审美的功利性。

什么是功利？《现代汉语大辞典》将其解释为：功效和利益。[①]《辞海》解释为：1. 功业所带来的利益；2. 指眼前物质上的功效和利益。[②] 可见，功利主要是指广义的功用和利益，并不专指物质功利。功利的英文对应词是 utility，词根 ut＝use，表示“用”，依此而论，功利性在英文中基本就是指有用性。而所谓功用自然是对人而言，所以从广义上讲，能够满足人的需要和对人产生功用的事物，都可以说是具有功利性的。

有学者曾从审美的有用和无用的区分上，认为柏拉图是西方美学史中最早谈到审美无关功利的思想家。柏拉图在《大希庇阿斯》篇中，借用老师苏格拉底和希庇阿斯的对话，提出了美善分离的观点，“我恐怕我们的美就是有用的，有益的，有能力产生善的那一套理论实在都是错误的，而且比起我们原来的美就是漂亮的年青小姐或其他所提到的东西那些理论，

① 中国社会科学院语言研究所词典编辑室编：《现代汉语词典》，商务印书馆 2005 年版，第 475 页。

② 夏征农主编：《辞海：缩印本》，上海辞书出版社 1999 年版，第 1464 页。

还更荒谬可笑”。[①] 柏拉图的学生亚里士多德也表达了类似的观点。到了中世纪，神学家托马斯·阿奎那进一步提出了美善相异的思想，他指出：“美在本质上是不关欲念的”，“凡是只为满足欲念的东西叫做善，凡是单靠认识就使人愉快的就叫做美。”[②] 不过我们应该注意的是，柏拉图和阿奎那对美与善的区分，虽然带有关注美的无功利性的色彩，但是他们的探讨是在对“美是什么”的本质追问中展开的。柏拉图认为美的本体是理式，而阿奎那所代表的神学美学将美的本体确认为上帝，或者说，在柏拉图和阿奎那看来，只有理式之美和上帝之美是无关乎功利的，这其实是构设了一个超绝现实功利的客观精神，高悬了一个与脱离现实世界的美的本体，而以人为主体的审美活动具有怎样的特性和价值等问题，仍然处于被遮蔽和压抑的状态。

1. “审美无利害”思想的功利内涵

到了17世纪经验主义美学那里，审美无功利论就发生了一个意义重大的转向。如果说在此之前关于美是否关涉功利等问题的探讨，是集中在抽象的美的本体论层面，并且多是从美与善的区别上入手，那经验主义美学家则是把形而上的美本体还原为审美的感性体验和主体的感性直觉，将审美无功利问题与人的主体心理和人性完善紧紧关联在一起。

“审美无功利”也常被学界称为“审美无利害”（aesthetic disinterestedness），在西方文论史上，“审美无利害性”这一命题的明确提出，可以追溯到17、18世纪的英国美学家夏夫兹博里（又译舍夫茨别利）。美学家斯托尔尼兹认为，夏夫兹博里“描述具有美德的人作为一个旁观者在自己的举止行为和美德上注重去‘观察和静观’美，那么‘无利害性’本来所具有的那种‘实践’的意义就在知觉中被完全排除了。这个术语在此时也就只是指‘观看和赞赏’的状况。这是破天荒第一次给‘审美’一词以语源上的意义。其最贴切的说法也就是‘审美的无利害性’”。[③] 在夏夫兹博

① 柏拉图：《文艺对话集》，朱光潜译，人民文学出版社1963年版，第198页。

② 北京大学哲学系美学教研室：《西方美学家论美和美感》，商务印书馆1980年版，第67页。

③ 斯托尔尼兹：《“审美无利害性”的起源》，《美学译文》，中国社会科学出版社1984年版，第23页。

里之后，哈奇生、爱迪生和柏克等人进一步将“审美无利害性”论的探讨推向深入。

伊格尔顿曾说：“美学著作的现代观念的建构与现代阶级社会占统治地位的意识形态各种形式的建构、与适合于那种社会秩序的人类主体性的新形式都是密不可分的。”[①] 而在经验主义美学所倡导的“审美无利害”思想出场的17、18世纪，意识形态领域又在发生着怎样的历史性变革呢？那就是资产阶级的思想启蒙运动正在如火如荼地进行。那什么是启蒙呢？康德在《答复这个问题：“什么是启蒙运动?”》一文中指出：“启蒙运动就是人类脱离自己所加之于自己的不成熟状态。……要敢于认识！要有勇气运用你自己的理智！这就是启蒙运动的口号。”[②] 而启蒙运动所要破除的人的不成熟状态，不是别的，正是中世纪以来宗教理性对人的蒙蔽和异化，也就是要用资产阶级的科技理性来破除旧的封建理性和宗教理性，换言之，这时启蒙的意义在于“去魅”，去除封建礼教之魅，宗教迷信之魅，照亮人的理智，张扬人的主体精神，实现人的自我救赎，寻求人性的和谐完善。这也正是资产阶级为了上升发展而必须扫清封建残余的时代吁求。

那么，美学思想的更新作为思想文化转向的一种有力表征，就存在这样一个问题：如何凸显具体时代背景下资产阶级的进步理性精神，以及表现出启蒙理性对人的主体价值的张扬？首先，就是要打破古希腊罗马美学和中世纪美学所构设的，以“理式”和“上帝”为代表的关于美的绝对理性或者说是美的本质主义，从而使“美”的意义获得新生，使审美从美的本体论的理论框架和价值体系中真正独立和分化出来；其次，不是以形而上的绝对理性精神来压抑人的感性生命，而是正视人的主体性价值，重视人的感性生命与审美的天然关系，以审美的感性生命经验来反拨美的形而上学；再次，彰显审美的感性本义，又能够回应启蒙理性之时代精神的召唤，在审美之中消除感性与理性之间的对抗和疏离，实现感性与理性的共融与和解，进一步讲，就是要呈现出以美启真、以美储善的价值取向。

---

① 伊格尔顿：《美学意识形态》，王杰、傅德根、麦永雄译，广西师范大学出版社 1997 年版，第 3 页。

② 康德：《历史理性批判文集》，何兆武译，商务印书馆 1990 年版，第 72 页。

那么，经验主义美学所标举的“审美无功利”思想是否具有以上的特点呢？在“审美无利害”的理论口号之下，是否隐藏着功利的成分呢？有学者认为：“‘审美无利害’（aesthetic disinterestedness）是指主体在审美过程中放弃了与对象的利害关系，是在审美时对于对象的内容质料的放弃和不感兴趣，是主体以一种放弃功利和目的的知觉方式和意识状态对对象的纯粹形式和表象的观赏。它是审美和非审美区别及其审美独立的关键所在，它的提出标志着审美对前现代社会中形而上学和宗教的统一理性的分化，是对启蒙以来相对于认知理性和实践理性的审美判断的独立，更是审美现代性的关键所在。”[①] 概括而言，“审美无利害性”思想具有两大意义：一是打破了中世纪以前在理式或上帝那里寻求美的根源的客观美论的思想传统，宣告了对追问绝对本质的旧形而上学审美观的扬弃和对人的精神主体性的张扬。审美得以从对模仿形而上本体和分有上帝之美的异化中复归，外在于人和异化人的绝对精神被收回到人的主体精神上，回到现实的感性的人自身。可以说，“审美无利害”思想预示着西方主体论美学的初萌。二是从主体审美心理的表现方式上确证了审美过程的无功利性，并以这种无功利的审美独立，彰显了审美的感性学意义。“审美无利害”思想主要是在审美心理学的层面上，肯定了感性直觉的审美价值，言说了主体的审美态度和审美情状，把审美的情感化和直觉化看作审美的价值根据。总而言之，经过经验主义美学家的理论创造，西方审美论的研究由此进入一个新的时期：“美”是什么的本体论追问从前台走向幕后，而以人的主体完善为目的，围绕着“审美为什么”“审美应如何”等问题展开的特征论和价值论探讨逐渐成为美学热潮。

但是，我们应该看到，“审美无利害”思想并不是一种抛离功利诉求的绝对感性主义。为什么这么讲？原因有二：一是经验主义美学家提出的审美无利害论，在某种意义上是一种以美储善的道德美学；二是“审美无利害”思想以审美涵纳道德的价值诉求，其实也就是将审美的感性意义赋予了理性的内涵，其目的在于人性的完善和人的全面发展，从而鲜明地体

---

① 吕宏波：《夏夫兹博里“审美无利害”思想与审美现代性》，《新疆大学学报》（哲学人文社会科学版）2006 年第 5 期。

现出对启蒙运动之“人学”主题和理性精神的美学响应，具有以思想文化推动社会变革的功利色彩。

我们先来分析第一个原因。“道德的功能是求善，善即功利。”① 那么，经验主义美学家是怎样在“审美无利害”思想中体现出以美储善的功利诉求呢？我们可以通过分析几位有代表性的美学家的思想观念来理解这一问题。夏夫兹博里和哈奇生师徒对无利害的美感的阐释，都是以“内感觉”这一概念为出发点的。夏夫兹博里认为独立于真与善的“内感觉”（又译为“内在感官”、“内在的节拍感”、“内在的眼睛”），凸显了审美的主体精神和主体能力，是一种不依从于道德理性和实践理性的直觉化情感，但又认为这种情感是一种通向真与善的中介，是真与善的价值依托，他甚至还把它称为“道德感”，并指出：“这种道德情感现象就其亲缘关系来说是审美的。”② 他还具体谈道：“眼睛一看到形状，耳朵一听到声音，就立刻认识到美，秀雅与和谐。行动一经察觉，人类的感动和情欲一经辨认出（它们大半是一经感觉到就可辨认出），也就由一种内在的眼睛分辨出什么是美好端正的，可爱可赏的，什么是丑陋恶劣的，可恶可鄙的。”③ 这里的“美好端正”、“可爱可赏”、“丑陋恶劣”、“可恶可鄙”，无疑是“内在感官”的直觉化的整体判断，其中即有对美丑的感悟，又有对善恶的分辨，由此来看，夏夫兹博里致力于美善统一的理论意图是显而易见的。所以，有学者干脆将夏夫兹博里称为道德美学家。

哈奇生作为夏夫兹博里的学生，在很大程度上继承了老师的观点。与自己的老师的观点很相似的地方在于，他仍是在直觉论的层面上看待“内感觉”的无功利性。哈奇生虽然谈到，对功利和实用的欲望诉求会抵消我们的求美之心，会损害我们的审美趣味，反过来说，他认为审美的情趣只有在与实用功利的欲望追求分离甚至对立的时候，才能真正进入审美的境界，乃至获得审美的意义。不过，哈奇生在《美和德行两种观念的根源》

① 吴云生：《道德美与功利观》，《广东教育学院学报》（社会科学版）1994 年第 1 期。

② 伽达默尔：《真理与方法》（上卷），洪汉鼎译，上海译文出版社 1999 年版，第 56 页。注释 3。

③ 北京大学哲学系美学教研室：《西方美学家论美和美感》，商务印书馆 1982 年版，第 95 页。

一文中又指出，人们对美和道德的追求，都不涉及利害计较和功利动机，那么，美与善就在“无利害”的基点上统一在一起。既然，美感和道德感都统一于这种并非人人都具有的高级的“内感觉”，这就给我们留下一个疑问：在“内感觉”中，如何分清美感和道德感呢？美感是如何撇开与道德感的任何关联，而实现审美的无功利呢？可见，在柏拉图和阿奎那那里，真与善是美的归宿，那么，在夏夫兹博里和哈奇生这里，审美却成了善与真的根基和归宿。

具体到休谟，我们应该注意伊格尔顿这样的一句评价：“对休谟来说，美的体验是一种交感力，是功利性的反映，富有审美魅力的客体因其功效而使全人类快乐。”[①] 休谟一方面指出事物的美“主要由于它们的效用而发生，由于它们符合于它们的预定的目的而发生，这是一条普遍的规则”。另一方面，又强调事物的美“与我们的利益没有丝毫关系”。[②] 他之所以这样讲，是因为他与艾迪生一样强调“想象的快感”，重视审美想象的超越作用，认为事物的功利性是在想象中被感受和体会到的，而不是直接影响和左右审美的。虽说休谟没有回到美善合一的功利主义的老路上，但是他的理论仍然受到夏夫兹博里和哈奇生提出的“道德感”一说的影响，给人一种在美与善之间游移的纠结感。所以，伊格尔顿指出经验主义美学“是道德意识通过情感和感觉以达重新表现自发的社会实践之目的所走的迂回道路”。[③] 经验主义美学已经很明确地告诉我们，在审美的过程中，直觉化的审美判断是无利害的，而在审美的社会效果上，它又成为人们抵达真理和幸福的通道和手段，使人求真向善，从而呈现出“审美无利害”思想的功利性悖论。

我们再来分析第二个原因。伊格尔顿指出：“审美之所以在18世纪逐渐显示了它实际具有的意义，是因为这个词的词义可谓整个统治方案的概

① 伊格尔顿：《美学意识形态》，王杰、傅德根、麦永雄译，广西师范大学出版社1997年版，第39页。

② 休谟：《人性论》（下卷），关文运译，商务印书馆1983年版，第401页。

③ 伊格尔顿：《美学意识形态》，王杰、傅德根、麦永雄译，广西师范大学出版社1997年版，第29页。

述，表达了通过感性的生活来对抽象理性进行的大量融合。首要的不是艺术，而是从内部改造人类主体的进程，以及传达主体的细腻感情的过程。”① 朱光潜先生认为：“‘内在的感官’毕竟不同于外在的感官，而是与理性密切结合的。”② 朱先生还特别列举了夏夫兹博里的一段话来说明问题：“如果动物因为是动物，只具有感官（动物性的部分），就不能认识美和欣赏美，当然的结论就会是：人也不能用这种感官或动物性的部分去体会美或欣赏美，要通过一种较高尚的途径，要借助于更高尚的东西，这就是他的心和他的理性。”③ 所以，我们不难看出，“审美无利害”思想所张扬并不是一种感性至上的审美诗学，它实际上是以新的审美感性论颠覆了形而上学和宗教神学的理性压迫，与这种旧理性实现分离，而代之以主体的道德理性来充实审美感性的内涵，并将这种涵纳了新的理性内容的主体感性，视为人区别于动物以及人之所以为人的价值基点。这种“美学即人学”的人学美学思想，隐含着资产阶级思想启蒙的文化旨趣，具有鲜明的现代性意义，对后来的康德的实用人类学思想、克罗齐的直觉主义美学、马尔库塞的“新感性”说，以及马克思的人学思想都有着不同程度的影响。

可见，经验主义美学一方面强调审美过程中主体情感与想象的作用，在这一点上体现出启蒙运动对人的主体性的解蔽；另一方面，它又不是走向反理性主义的感性诗学，而是一直在寻找感性与理性之间的平衡点，寻找以美来统摄真与善的人性救赎之途，所以也没有真正褪去功利的色彩，只不过它的功利诉求不是在于物欲和实用，也不是甘为形而上学的美学奴仆，而是致力于作为主体的人之完善的价值探寻，而对主体价值的关注正是资产阶级启蒙运动的思想核心。所以说，“审美无利害”思想的出场，绝不仅仅意味着美学自身的革命与转向，它是启蒙现代性在思想文化领域的积极表现，或者说，经验主义美学家推出“审美无利害”的美学新概

① 伊格尔顿：《美学意识形态》，王杰、傅德根、麦永雄译，广西师范大学出版社 1997 年版，第 32 页。

② 朱光潜：《西方美学史》，人民文学出版社 2002 年版，第 207 页。

③ 同上书，第 208 页。

念，实现了资产阶级启蒙思想的紧密对接，更进一步讲，“审美无利害”的美学新话语，是资产阶级与封建势力进行生存博弈的一种意识形态策略，它与正处于上升时期的资产阶级在政治、经济、文化以及道德等方面的价值诉求形成互动的关系。

虽然有学者将康德的审美无功利思想视为美学史上的“哥白尼式革命”，但实际上，他并没有真正摆脱夏夫兹博里等经验主义美学家们的理论影响，更准确地说，康德的“审美无功利论”是对前者的深化和拓展。为什么这样讲？康德在《判断力批判》中，将审美无利害原则界定为审美判断四个契机中的第一个契机，强调指出：“每个人都必须承认，关于美的判断只要混杂有丝毫的利害在内，就会是很有偏心的，而不是纯粹的鉴赏判断了。”① 并且他还区分了美的愉快和善的愉悦，认为后者是与利害相关的，“善是借助于理性由单纯概念而使人喜欢的”。② 以此来说明审美快感的意义正是在于无关功利。但是，我们不要忘记，康德撰写《判断力批判》的初衷，是为了以审美判断力来沟通纯粹理性和实践理性，也就是以美为桥梁来弥合真与善的分裂。从这一点来看，康德的“审美无功利论”本身就是一个功利化的结果。有学者就认为：“康德是从主体认识能力的完整性来设想审美的，产生这个设想的背景是资本主义主体需要在自身内寻找征服世界的合法性证明，即证明人的主观意志与客观世界规律的一致性。”③ 更为紧要的是，康德关于美的理想并不在于无利害的精神自由，而是在于“美是道德的象征”，所以，他虽然区分出纯粹美和依存美，却又认为前者很少存在，后者才是审美的现实，而依存美就关乎人的理性判断了，难以摆脱与现实功利物的关系。

2. 唯美主义的功利诉求

到了唯美主义那里，“审美无功利”论就发生了某种微妙的变化。唯美主义之于19世纪并不是以一个简单的时间关联。19世纪，随着资本主义的深度发展，科技理性、实用主义、拜金主义在意识形态中的作用越来

---

① 康德：《判断力批判》，邓晓芒译，人民出版社2002年版，第39页。

② 同上书，第42页。

③ 任真：《建构审美的主体——从康德到尼采》，《社会科学研究》2007年第2期。

越明显，而依托审美化的道德理性，构建理想化的同一性国度的梦想已然破灭，活跃的生命和丰富的人性，在庸俗不堪的社会氛围中，更多地受到科技理性的量化和拜金主义的物化。一部分文化精英厌恶世俗社会对人性和艺术的污染，为寻求精神自救，以艺术来反抗现实的异化，提出“为艺术而艺术”的口号。唯美主义正是在这样的时代和文化背景中诞生的。而唯美主义的一个基本的思想特征就是极力倡导艺术审美的无功利性。法国唯美主义的倡导者戈蒂叶指出：“音乐有什么用处？绘画有什么用处？……只有毫无用处的东西才是真正美的；一切有用的东西都是丑的，因为这表明了某种需要，而人的需要就像他那可怜的、残缺不全的本性一样，是卑鄙无耻、令人恶心的。”[①] 英国唯美主义的代表人物王尔德也提出来艺术之美是无用的观点。那么，这种近乎带有精神自闭症的审美无功利论是不是就真的没有功利的诉求呢？

首先，从审美现代性的意义上看，如果说，在17和18世纪，审美现代性和启蒙现代性具有一致性，审美本身就担负着启蒙的要义，那么，到了19世纪，审美现代性就逐渐从启蒙现代性当中分裂出来，走向对启蒙理性所造成的负面影响的批判和反思，努力救赎在资本主义进程中沦落的感性生命。而唯美主义理论家们以孤芳自赏的精神气质，大力张扬唯美的艺术形式，实际上就包含着对资本主义物化世界和实用理性的强烈控诉和激烈反抗，具有鲜明的意识形态色彩，是一种反现代性的审美现代性。既然唯美主义在解构资产阶级主流意识形态的思想斗争中，扮演着这么重要的角色，那我们又如何能说它是超越红尘、绝世独立的呢？怎能不具有功利性呢？其次，唯美主义天生就具有二重性，一方面是以艺术上的唯美自恋反拨物化现实；另一方面又渴望以这种卓尔不群的文化姿态，引起大众的关注和承认。唯美主义对形式的唯美追求也因之从艺术扩展到世俗生活，生活的审美化与中产阶级文化情趣的碰撞融合，使唯美主义产生了从救赎到反救赎的严重变调，逐渐走向生活上的纨绔主义、享乐主义和消费主义。唯美主义的这种裂变已使自身融入生活的世俗功利之中。

---

① 戈蒂叶：《莫般小姐·序》，林同济译，伍蠡甫主编《西方古今文论选》，复旦大学出版社1984年版，第223页。

总而言之，通过对审美无功利论之发展历史的简要回顾，我们可以发现它是存在着明显的功利性的，这主要体现在两大方面：第一，它作为一种美学意识形态，与资本主义社会发展状况存在着隐喻关系。正如有学者所谈到的那样："毫无疑问，18 世纪的英国美学担负起了夏夫兹博里的理想和责任，以美学话语构建资本主义社会的政治、道德和文化体系，以图协调传统贵族与资产阶级之间的种种矛盾；到了德国古典美学那里，审美实践俨然成为认识真理、完善社会的最佳方式，这也不能不说是继承了夏夫兹博里的遗风。所以，西方近代美学的形成和发展不仅是哲学发展的逻辑结果，更是资本主义社会发展的内在需要。"① 第二，"审美无功利论"最大的功利诉求，在于提倡人性的健全发展和和谐完善。无论是经验主义的道德美学观，还是康德的先验自由论，以及唯美主义的救赎之图；无论是以感性直觉来沟通道德人格，以美的自由象征善的真谛，还是以纯美的艺术形式激活异化的感性，都凸显出对人何以为人的思考和探求，所以，这也给我们带来一个有益的启示：从审美无功利论隐藏着功利性的事实来看，有必要引发我们去思考文艺审美的功利性问题，而问题的出发点和归宿点都应该集中到对文艺审美与人性建构的价值关系上。

二　文艺审美功利性的价值向度

文学是人学，从人学的视域来看，文艺审美的价值根据无疑在于人的需要。不过，人的需要往往具有浓厚的功利色彩。有学者认为："除审美需求之外，人的所有需求都具有实用功利性。一般而论，实用功利性的表现有三种形态：第一，生理需求。生理需求与人的自然性生存直接相关，如温饱的状态，是最基本的、最首要的功利性需求。第二，社会需求。社会需求是人的社会存在的反映；在现实社会中，人的社会地位如何，决定其生存状态如何。……第三，精神需求。精神需求略微复杂，可分为两类：一类是审美性的精神需求，即审美需要，我们把它排除在实用功利性需求之外；另一类是完全意义上的实用功利性的精神需求，例如荣誉感、

---

① 董志刚、张春燕：《审美化的政治话语——夏夫兹博里的美学解读》，《哲学动态》2010 年第 4 期。

道德感、幸福感、亲情、爱情、尊严、理想、自我价值的实现等。功利性的精神需求是自然生存状态和社会存在状态的直接反映，因而具有功利性需求的性质，归属于实用功利系列。文学的功利性，特指与上述实用功利相关联的特征和属性；文学不具有这些功利性的状况就是非功利性。”[①] 对文艺审美功利性的探讨，关键在于要去追问以上这些归属于实用功利的生理需求、社会需求和精神需求，会不会在文艺审美的产生、展开以及效果上发挥作用。如果会，是怎样产生作用以及产生了怎样的作用。

1. 审美发生与功利因素的关联

我们首先来看文艺审美的发生问题。文艺审美的发生可以从两个层面上去理解：一是艺术起源学意义上的发生，二是某一个具体的审美活动的产生。这两种意义上的审美发生与功利因素是否有关系？如果有，是怎样的关系呢？首先，从艺术的起源来看，我们在马克思主义唯物实践观的指导下，主要认同的是这样一个观点：文学、艺术起源于以物质生产劳动为基础的原始人的生存活动。既然，文艺的发生依据在于物质实践活动，那自然与实用功利紧紧相关。普列汉诺夫曾举出北美印第安人的例子，来说明文学、艺术的发生最早是出于功利性的目的而不是单纯的审美需要。他指出印第安人喜欢用绘画和文字来创作和交流思想，不过“用这种方式表现的思想通常是同狩猎、战争和其他各种日常的生活关系有关的。因此，绘画文字在他们那里首先是服务于纯粹实际的、功利的目的的”[②]。他还谈道：“那些为原始民族用来做装饰品的东西，最初被认为是有用的，或者是一种表明这些装饰品的所有者拥有一些对于部落有益的品质的标记，而只是后来才显得是美丽的。”[③] 所以，他得出这样一个结论：“从历史上说，以有意识的功利观点来看待事物，往往是先于以审美的观点来看待事物的。”[④] 鲁迅先生也持类似的观点。他曾提出“杭育杭育派”一说，认为在

① 李志宏：《新时期文学本性研究：以审美性和意识形态性为中心》，吉林大学出版社 2010 年版，第 197 页。

② 普列汉诺夫：《论艺术》（没有地址的信），曹葆华译，生活·读书·新知三联书店 1964 年版，第 136 页。

③ 同上书，第 125 页。

④ 同上书，第 108 页。

原始人的生产劳动中出现的“杭育杭育”的口头创作，似乎代表了最初的诗歌和音乐的混合体。

从文学和艺术概念史的角度看，在中国，“文学”一词最初与文章是基本同义的，它的审美意义并不被看重。在西方，1747 年巴托（又译巴多）把手工艺和科学从“美的艺术”中区分出来，这是一件有着标志性意义的事件。艺术史家塔塔尔凯维奇认为，“巴多所建立之艺术的定义……在 19 世纪成为被众人接受的规范。……但是，美乃是一个歧义多端的概念”。[①] 这一方面说明，大家越来越重视文学、艺术与美的关系以及文艺区别于其他事物的审美特性，但另一方面也说明，美与审美是在逐渐淡化了文学的功利性之后，才凸显出来，并且对美与审美到底应该如何理解仍是棘手的问题。

所以，我们应该看到，文学、艺术一开始就与功利性纠缠在一起，当然在文艺最初的功利性之中，是包含着审美的因子和可能，只是其审美价值没有被充分发掘和认识，这也更说明审美是一个变量，是一个关涉审美主体的生存状态、情感状态和认知水平的价值范畴。并且，这里还存在一个问题：艺术发生学层面上的文学功利性与审美性的关系问题，是一个与文艺审美的功利性既有联系又有区别的问题，对前者的论析，只能说明功利先于审美以及功利性对审美性的渗透和影响，还不能完全说明文艺审美的功利性问题。

那么，从具体的文学审美活动来看，它的产生和出现是否具有功利因素的作用以及如何作用呢？审美活动之所以产生的最直接原因是审美需要的出现，这种审美需要也可以说是获取精神愉悦的心理需求，从纯粹性上讲，这种心理需求应该是超越现实功利的，朱光潜先生就曾经谈到对于古松的三种态度，第一种是商人的实用态度，第二种是科学家的科学态度，第三种是画家的审美态度，朱先生以此来说明审美的无功利性，这种分析是很有道理的。但是，如果我们换一种思路，假设一个人兼有这三种身份或是既有审美的态度又有功利的态度，那审美与功利双重诉求的纠结复

---

① 塔塔尔凯维奇：《西方六大美学观念史》，刘文潭译，上海译文出版社 2006 年版，第 31 页。

合，是否一定就会影响他的审美过程和审美效果呢？比如一件历史久远的名人墨宝，如果在没有人知道它是赝品的情况下，会有很多人把它当作真品去鉴赏，并花大价钱去收藏，那么这件足以乱真的仿造品，自然实现了审美与功利的双赢，甚至在很大程度上，是这幅画本身的名人效应、历史文化意义等带有功利性的附加值，使它获得审美上的极大关注，反之，如果大家已然知晓它不是真品，那它的审美认同度会随着货币价值的丧失而大打折扣，以致无人问津，再设想一下，如果请这位仿造者以真名实姓创造出一幅花费了更多精力和才情的新作，呈现在公众面前，恐怕也很难达到前者那样的审美评价。这虽然是一个文艺审美中的特殊情况，但是也足以说明，文艺审美产生的动因是何其复杂。所以，从实际情况看，审美需求的纯粹性往往并不纯粹。

在这一点上，我们首先可以排除接受者为了满足生理需求和从文学中获取生活知识、了解历史文化、学习处世态度（不管是积极的为人处世方法还是消极有害的厚黑学）等单纯的功利目的。即使接受者是出于真正的审美娱乐和美感愉悦的需要，但他作为一个社会化的人，身处于各种各样的现实利害关系的包围中，虽然能够在审美之初暂时摆脱功利关系的纠缠，那这种摆脱是不是就完全彻底呢？应该说，任何一个人去审美恐怕都是基于一定的审美兴趣，带有一定的审美偏好，会自觉不自觉地做出自己的审美选择。比如《红楼梦》，它的艺术水平和审美价值自然毋庸置疑，但却不是每一个人都喜欢去审它的美，即使某一个人喜欢这部作品，那他在不同的年龄阶段、文化水准和接受心态下，也难以进入同样的审美境界以及达到同样的审美效应。我们特别要注意到这种情况，当某一个人对其他类型的文艺作品漠不关心或是浅尝辄止，只是钟情于某一类型的作品，或是反复阅读某一文本，那这种审美偏好的产生，就与接受者的世界观、人生观、价值观紧密相关了，这种审美偏好的深处，可能潜藏着这样一些功利性因素：与性欲相关的爱欲冲动，对亲情、爱情和友情的理解和看法，对人生价值目标的设定和追求，所处的社会阶层和社会地位以及自身的社会关系，受教育的程度和文化视野，具体的经济收入和经济独立程度，过去的生活经历，曾经获得的荣誉、快乐以及受到的伤害和痛苦等。

比如当下在青年人中引起强烈共鸣的电视剧《蜗居》，我们姑且不论它的艺术水准有多高，如果它不是聚焦于现实生活中人们极为关注的住房问题以及由此引发的种种生存困境，它能够获得火爆的收视率和广泛的审美认同度吗？或者说，这部热播剧的题材选择与当下都市生活中尖锐问题的紧密关联，是掀起审美热潮的现实功利基础。看来，文艺审美的产生是难以完全撇开与现实功利的关系的。

2. 审美过程中的功利性

从文艺审美过程来看，审美的直觉化体验似乎和功利无关。根据康德的观点，审美是不涉及概念而具有普遍性的，也就是说，审美具有共通感，不属于私人且可以与他人共享，所以，有人可能会据此认为，审美的共通感和共享性与现实功利的私人占有性和排他性形成鲜明的对比，故而，审美无法兼容功利。克罗齐的审美直觉主义，也认为艺术之美在于直觉而与功利无关。但是，有一个问题却很难解释清楚：虽然面对同一个审美对象，人们会有相似的审美体验，但也存在差异性，就像我们常说一千个读者眼中有一千个哈姆雷特，那么，具有共通性和共享性的审美之中存在的个体差异，又该做何解释？而且，这一问题，对于内涵深厚的文艺作品特别是文学经典，表现得尤为突出。文学经典能够成为一面引领我们的精神旗帜，关键就在于它言说不尽、挖掘不完的审美意蕴，从而形成对一代代人的审美感召力。更进一步讲，文学的魅力在于它给我们呈现出一个鲜活而富有独创性的生命，它渴望且呼唤着另一个独特而自由的个性生命的介入，以达到精神的契合和灵魂的共振。可是，这种审美境界往往可遇而不可求，很多时候，审美的过程并非完满而达到高峰体验的状态，而是片面的、浅层的和残缺的，不少读者是因为在现实功利场中遭遇到困惑、疑虑和矛盾，而通过文学作品寻求某种解答或是慰藉，当这种需要一旦满足，他的审美过程就可能戛然而止，我们当然不能说这样的过程完全不具有审美性，但可以肯定的是，这离主客合一、神与物游的理想状态还是相差甚远。即使在一个相对自由的时空环境中，审美主体尽可能抛开现实功利需求的缠绕，而以虚静空灵的审美心态，全身心地投入审美之中，超越功利自我而进入审美自我，那是不是这个过程中就没有功利因素的作用呢？问题恐怕没有这么简单。审美是一种诗意化的体验，体验是一个心灵不断融入作品的动态化过程，或者说，是一个接受者不断被打动、被感动的精神变奏的过程，这个过程并不是空洞虚幻的，更准确地说，它是一个载体，承载着审美主体所收获的精神果实，这些成果会沉淀下来，并转化成他的审美力量和精神气质。那这些成果主要是什么呢？笔者以为，可以称之为审美认识和审美理解。所谓审美认识和审美理解，主要是指在审美主体针对创造者表达的世界观、人生观、价值观所做出的趋于理想化的判断、思考和彻悟。这些内容之所以会产生，与接受者所处的生活环境、人生阅历、现实境遇、社会关系甚至经济状况等功利性因素有着一定的关系，而且，当这些审美认识与审美理解一旦形成，就具有稳定性，不只是滞留在审美的范畴内，而是会融入人的整体思想观念之中，对人的社会实践活动产生实际的功利性影响。所以，审美过程中超功利的直觉体验，潜藏着功利的暗流。

3. 审美的功利效果

从文艺审美的效果来看，其功利性可以从物质功利和人文功利来把握。所谓文艺审美的物质功利，我们过去常常将其放在被否定和被批判的立场上认识。但是，在经济全球化趋势日益明显的今天，特别是我国坚持以经济建设为中心的时代背景下，武断地否定文艺与经济利益的关系，是不负责的。当然，我们应该有正确的原则立场。一方面，要反对文艺审美创造和消费中的唯利是图和拜金主义，不能为了获取商业利润，而降低文艺的审美品格，甚至突破审美的基本价值底线，以牺牲审美为代价，使文艺沦落为媚俗、低俗和恶俗的文化垃圾。另一方面，又不能完全割裂文艺的审美价值与经济价值的可能性关联，因为我们不能否认二者在良性的文艺发展状态和格局中，能够呈现出成正比的关系，文艺的审美价值越大，是可以换来对等的经济效益的，从长远看，这种正比性关系将表现得更为明显。文艺经典的审美价值是世所公认的，它们一代代传承下去，产生了广泛的社会效益，不仅其审美价值历经时光的淘洗而愈见其光华，而且其经济效益也颇为可观。谁能说得清四大名著再版过多少次，创造过多大的经济效益，单从当下电视传媒不断地重拍新版四大名著，就很能说明问题。我们甚至可以在不同的卫星电视和热门网站上看到刚刚推出的不同版本的《西游记》。在这个追求经济效益的时代，电视媒体是最敏感于物质和利润的文化载体，四大名著能够被其捧得这么高、看得这么重，不正说明文艺经典的审美价值富含着巨大的经济回报率吗？此外，从文艺接受的角度讲，文艺作品的审美价值的实现虽然说是在于接受者的鉴赏，但是问题的关键是，作品一旦问世，只有进入文艺传播和流通渠道，或者更现实地讲，只有被纳入文化产业的运作链条和文化市场的运营之中，才有与读者和观众见面的可能性，否则，束之高阁又如何实现文艺的审美价值呢？在文化产业机制日益成熟和完善的今天，文艺审美所负载的功利因素无疑是有增无减。从这个意义上讲，一方面，文艺审美创造不能故步自封、闭门造车、孤芳自赏，无视大众的审美接受能力和审美需求，一味地追求所谓的阳春白雪，甚至是为了标新立异，标榜个性，故意生造出令人费解、意义晦涩、格调灰暗的作品，这种看起来是在维护审美纯粹性的做法，往往是一种伪审美或者是偏离正常的审美轨道的个人功利主义，不仅是不可取的，而且在一定程度上是对积极健康的审美趣味的扭曲和亵渎。另一方面，又不能走向另一个极端，认为文艺就是一种赚钱的工具，怎么赚钱怎么来，以极不严肃的玩文学的态度，无限制地放低审美的水准，一味迎合大众的低级趣味，热衷于情色、凶杀、搞怪、无厘头等，应该在保证审美质量的前提下，兼顾和开掘审美的商业元素，努力实现审美与商业的双赢。

所谓文艺审美的人文功利，主要是指它对于人自身的有益之处。第一，文艺审美可以陶冶人的情操，净化人的灵魂，疏导人的性情。亲沐审美的人，往往有一颗诗意化的心，这能够帮助他看淡许多物欲的诱惑，疏离充满铜臭味的生活圈子，提升自己的生活品位，以审美的诗意情怀来对抗物化现实，守护精神的自由性，不至于沦为物质的奴隶。第二，审美通向道德的善性。当文学世界中的真善美涤荡了人的灵魂中某些丑陋、低下和阴暗的东西，人的道德品格也就自然趋向于美好和完善，能够用一种与人为善、开朗阳光的处世心态对待他人和社会，这就有利于良好人际关系的建立与和谐社会的生成。第三，审美有助于人的全面解放。审美既有利于实现人的精神解放，也有利于人的肉体解放。在人们为生计奔忙而体乏力虚的时候，审美在一定程度上可以起到缓解身体疲劳，疏放身体的紧张感，以及调节身心平衡的作用。审美的这种效果，能够使人在解放自身的过程中，获得意外的身心快适，激发出新的实践动力、生活热情、工作灵感和生命智慧，从而以崭新的生命状态投入社会生活实践活动中。所以，我们应该承认文艺审美是存在功利性的，并且要格外重视审美功利性的人学尺度。

第六章

马克思的人性观与文艺审美问题

马克思主义理论体系中的人学思想，是在批判地继承黑格尔哲学和费尔巴哈人本主义的基础上发展起来的，超越了旧唯心主义的主观人学论和旧唯物主义的形而上学人学观，是建构于实践唯物主义之上的实践人学论。虽然我们不说马克思是以某一个理论著作为标志，专门论述了自己的人学思想，但是他在《1844 年经济学哲学手稿》《关于费尔巴哈的提纲》《德意志意识形态》《神圣家族》《共产党宣言》以及《资本论》等著作中都发表了关于人的问题的看法，涉及人性观、主体观、需要论、价值论、发展论、公平论和权利论等许多方面，而这一切又是在唯物史观的统率下，在人的物质实践活动这个逻辑起点之上，在批判资本主义异化人性的背景中，围绕着人的自由自觉性这一本质特性，以人的全面发展为旨归建构起来的，是具有自身的理论特色和逻辑理路的潜体系，对我们思考人学问题具有重要的指导意义。

文学是人写的文学、为人的文学，脱离了人学的立场，是无法真正洞察文艺审美的价值和作用的。而文艺审美娱乐化、世俗化和日常生活审美化等现实问题，以及审美快感论、审美泛化论等理论观念的出现，要么是在理解审美之于人的作用上出现了价值偏误，要么是抛开人的存在，将生活审美与文艺审美问题简单等同，使文艺人学问题在当代变得更加突出和尖锐。所以，无论是从文学的人学本性上讲，还是从当代文艺和理论观念中出现的人学问题上看，我们都应该将文艺审美问题重新置放于人学的视野下加以深入的考察，不仅要达到批判时弊、匡正偏失的作用，而且要廓清文艺审美的人学价值，以弘扬文艺审美真正的人学精神。

而之所以将文艺审美问题放在马克思主义人学而不是其他的人学思想的视野下来观照，原因有二：一是马克思主义自身的经典地位和其人学思想的先进性和精深性；二是马克思主义人学以人的自由解放和健全发展为目的的理论特点，与文艺审美给人带来的自由感，具有价值趋同性，所以从马克思主义人学立场上考察文艺审美问题，具有积极的理论指导意义以及现实的针对性和必要性。

一 马克思的人性观与文艺的欲望化书写

1. 共同人性与当代文艺的欲望化书写

我们常说“文学是人学”，那如何表现人性和表现什么样的人性，就成了文艺审美的基本问题。我们在文学、艺术中到底要“审什么美”，笔者以为，既要审语言之美、形式之美，更要审人性之美，可以说，文学的人性深度关涉着文学的审美深度。我们过去的理论观念，是不承认人具有一般、普遍和共同的人性的，往往只强调具体的、阶级的和社会的人性。那么，一般和共同人性的问题真的就不存在吗？

从人与文艺的宏观关系上看，文学、艺术是人的本质力量对象化的产物，并通过这个审美化的对象世界，实现人与人之间的精神交流与生命沟通，文艺的发生和发展是人之为人的内在生命需要。可以肯定地说，不论时代如何变，文艺如何变，但可以称为文学和艺术的基本社会存在不会消亡，相反，任何一个时代，文艺都是不可或缺的社会组成部分。因为，文艺因人而生，生命不灭，文艺不死。所以，从文艺与人的需要相伴而生的意义上讲，文艺的存在应该是有着基本和共同的人性依据的。

此外，某一种具体历史时期产生的文艺可以超越国家、民族、种族、阶层的局限，而产生深远甚至永恒的艺术魅力。这一方面说明文艺本身的艺术美感具有经久不衰的审美价值，另一方面，也不能否认由艺术手段传达出的人性感召力所产生的审美效果。特别是当文艺作品被跨国界传播，因为翻译的问题和语言的障碍，其艺术性有可能在一定程度上被弱化和消解，但仍能引起不同国度的人们的审美共鸣，这就更显示出人性的审美力量。在这种情况下，我们恐怕更难以否认文艺共同的人性基础。

再从现实来看，在全球化浪潮的席卷下，各种超越国家、民族、种族、地域、阶层的人类的共同问题，变得越来越明显和突出，而文艺作为一种现实的生命表现和生存表达方式，自然要观照这些全球化时代的人类共同问题，而这些共同问题就不可避免地涉及人性的相通之处。以上原因的存在，也就促使我们不能不思考，如何通过文艺审美来揭示一般人性或共同人性的问题。

有人认为人性就是自然性与社会性的统一，所谓人的一般本性或者共同人性就是人的自然性、生理性或者说动物性。而在当代的文艺审美实践中，也出现了与这种强调本性即本能的观念相呼应的创作倾向。一些文艺作品将共同人性的真善美内涵简化为抽象的、超越一切的情与爱，将人性等同为情，特别是等同于超越社会伦理道德的男女之爱。甚至于，在唯爱至上的价值误区中，抽离了爱情的社会内涵，将爱情的内涵生理化和本能化。“情”被俗化为“欲”，“爱”被等同于“色”，“人性”被抽空为“性”。一时间，被卸掉人性深度的生理本能，成为某些文艺作品描写人性的价值标尺，成为战胜一切的“人性法宝”，变成了人性解放的借口。正是在这样的借口之下，某些文艺作品，无视人的一切社会关系和社会属性，丢弃了人的家国意识、社会良知、道德底线和阶层归属，充斥着情欲宣泄和情色表演，这恐怕只是在低俗地展览最原始的动物真“性”，而不是对纯真而美好的“人性”“人情”的审美书写。我们不难看到，以“下半身写作”“私人写作”“身体写作”为代表的欲望化书写，可谓泛滥成灾；打着人之本性的幌子，着意于表现超越社会伦理道德的婚外情、一夜情、三角恋情甚至畸恋和虐恋的文艺作品，大肆流行。

比如电影《色戒》讲述了一个爱国女青年爱上汉奸的故事。本来这位女青年是身怀为民除害的任务而接近这个汉奸头目，在逢场作戏中与他发生亲密关系。影片却抛开了具体的历史情境和阶级仇恨，让这个女青年因为单纯的肉体关系，而稀里糊涂、莫名其妙地爱上了这个汉奸，甚至为了在互相利用与欺骗中产生的“爱意”，在自己的同志劫杀汉奸的当口放走了他，最后自己和革命伙伴都丧命于汉奸的枪下，而一切悲剧的根源都在于她所谓来自性本能的“爱”。这种以性来置换爱，以性取悦来超越一切是非善恶的价值观，何其荒唐，又何其不堪！这种以“性”来替代“人性”的价值观，恐怕只有弗洛伊德的泛性论才能勉强解释一二，可是，被抽空了人性的丰富性和复杂性的性之爱，与动物的本能活动又有什么区别呢？人作为真正意义上的人的情感又要去何处寻觅呢？

2. 马克思的人性观与欲望的审美化提升

针对文艺审美的欲望化、滥情化倾向，赖大仁先生指出“人性即性”“人性即欲”“人性即情”等人性观：“没有对人的现实关系的深刻理解，没有对人性复杂性之现实根据的深入把握……不仅无助于人物性格描写的创新与深化，更会带来人性价值观上的迷乱与误导，因而值得加以警惕。”[①] 结合马克思的人性观，我们需要追问的是：马克思是怎样理解人的自然性和社会性以及它们的统一呢？文学应该怎样表现人的本能欲望以及与人的本能紧密相关的男女情爱呢？

应该说，马克思从来没有否认过人与自然界的天然关系，也一直强调人本身就是一个自然的存在物。他认为人是自然界的一部分，人要依靠自然界来生活。“无论是在人那里还是在动物那里，类生活从肉体方面来说就在于人（和动物一样）靠无机界生活……植物、动物、石头、空气、光等……从实践领域来说，这些东西也是人的生活和人的活动的一部分。人在肉体上只有靠这些自然产品才能生活，不管这些产品是以食物、燃料、衣着的形式还是以住房等的形式表现出来。在实践上，人的普遍性正是表现为这样的普遍性，它把整个自然界——首先作为人的直接的生活资料，其次作为人的生命活动的对象（材料）和工具——变成人的无机的身体。自然界就它自身不是人的身体而言，是人的无机的身体。”[②]

马克思不仅认为人的存在要依靠外在自然的作用，而且受制于内在自然的存在和作用。这一点又包括两个方面：一是人是从自然界中分化出来，人无法摆脱自身的动物性和生理性的影响，人的自然属性是人的基本

① 赖大仁：《当前文艺与理论批评中的价值观问题》，《文学评论》2007 年第 4 期。

② 马克思：《1844 年经济学哲学手稿》，人民出版社 2000 年版，第 56 页。

规定性。他指出："人直接地是自然存在物。人作为自然存在物，而且作为有生命的自然存在物，一方面具有自然力、生命力，是能动的自然存在物；这些力量作为天赋和才能、作为欲望存在于人身上。"① 恩格斯也指出："人来源于动物界这一事实已经决定人永远不能完全摆脱兽性，所以问题永远只能在于摆脱得多些或少些。"② 二是人不能完全摆脱自身的动物性和肉欲，并不等于说，人只有动物性和肉欲，人的自然性和动物性只有成为真正的人性的组成部分，才是人的自然性和动物性。马克思强调的是人的动物性、自然性和欲望，而不是人作为动物的兽性和本能。马克思说："吃、喝、生殖等等，固然也是真正的人的机能。但是，如果加以抽象，使这些机能脱离了人的其他活动领域并成为最后的和唯一的终极目的，它们就是动物的机能。"③ "人不仅仅是自然存在物，而且是人的自然存在物，就是说，是自为地存在着的存在物，因而是类存在物。他必须在自己的存在中也在自己的知识中确证并表现自身。因此，正像人的对象不是直接呈现出来的自然对象一样，直接地存在着的、客观地存在着的人的感觉，也不是人的感性、人的对象性。"④ 关于这一点，袁贵仁先生就曾明确地指出："马克思一贯反对把人看成纯粹的自然人，反对把人的自然属性说成是人的唯一的或根本的属性，反对单纯用生物学的规律、自然法则来解释人的行为和社会现象。"⑤

马克思在肯定人的自然属性的基础上，进一步强调肉体的、感性的内在自然对外在自然的对象性实践活动，使人的生命力得以彰显，也使人的社会性逐渐生成。"人作为自然的、肉体的、感性的、对象性的存在物，同动植物一样，是受动的、受制约的和受限制的存在物，就是说，他的欲望的对象是作为不依赖于他的对象而存在于他之外的；但是，这些对象是他的需要的对象；是表现和确证他的本质力量所不可缺少的、重要的对象。"⑥ 可

① 马克思：《1844年经济学哲学手稿》，人民出版社2000年版，第105页。

② 《马克思恩格斯选集》（第3卷），人民出版社1995年版，第442页。

③ 马克思：《1844年经济学哲学手稿》，人民出版社2000年版，第55页。

④ 同上书，第107页。

⑤ 袁贵仁：《马克思的人学思想》，北京师范大学出版社1996年版，第59页。

⑥ 马克思：《1844年经济学哲学手稿》，人民出版社2000年版，第105页。

以说，人的外在自然与内在自然的互相制约和双向互动，是人作为一种生命存在的生动表征，进一步讲，人的社会化过程，在某种意义上，也是在人的双重自然的交互作用中不断建构、变化和生成的，而人的本质力量，也是在这样一个实践化的过程中，得以确证、完善、丰富和发展的。所以，马克思说：“人的感觉、感觉的人性，都是由于它的对象的存在，由于人化的自然界，才产生出来的。”① 这一方面说明，人的自然性是属人的自然性，是不断人化的自然性，而不是纯动物性的本能，人的感觉和欲望也只有从人之所以为人的意义上理解才能成立，才是人的感觉和欲望，否则，只能是“狼孩”那样的原始冲动；另一方面，当属人的社会逐渐从人化的自然界中剥离、生成和发展起来，也说明人的社会性的彰显离不开人的自然本性，而人的社会化又反过来促进内在自然的人化、社会化，使人的感觉和欲望不断向社会化层面提升、丰富和完善，使人的感性原欲变成人的社会性感觉，使人的生理欲望升华为人的社会化情感，故而，马克思强调了人的社会化之于内在自然人化的意义：“已经生成的社会。创造着具有人的本质的这种全部丰富性的人，创造着具有丰富的、全面而深刻的感觉的人作为这个社会的恒久的现实。”②

这样看来，马克思对人的自然性的理解就比较清晰和明确了。可以说，马克思从来没有仅仅从动物学的层面上谈人的自然性，而是在肯定人具有不可摆脱的自然本性和肉体需要的前提下，从人如何成为人的意义上，来理解人的生理性、自然性，从人的社会化生成和人的社会实践活动的角度，来理解人的感性的丰富性。既然如此，文学应该怎样表现人的爱情以及其他情感？文学到底应该怎样表现人的自然本能和肉体欲望？

马克思曾经说过：“男女之间的关系是人和人之间的直接的、自然的、必然的关系。”③ 这说明马克思看到了男女情爱所体现出的人际关系的重要性以及其中所包含的人性内涵。但他同时把男女情爱关系看作人的社会文明程度的表征，看作具体的社会化存在，他指出，“根据这种关系就可

---

① 马克思：《1844 年经济学哲学手稿》，人民出版社 2000 年版，第 87 页。

② 同上书，第 88 页。

③ 马克思：《1844 年经济学哲学手稿》，刘丕坤译，人民出版社 1979 年版，第 72 页。

以判断人的整个文明程度。……这种关系可以表现出人的自然的行为在何种程度上成了人的行为，或者人的本质在何种程度上对人来说成了自然的本质，他的属人的自然界在何种程度上对他来说成了自然界。这种关系还表明，人之需要在何种程度上成了人的需要，也就是说，其他人作为人在何种程度上对他说来成了需要，他在个人的存在中在何种程度上同时又是社会的存在”。①

在文学如何表现男女情爱的问题上，我们首先要充分肯定文学表现男女情爱的意义。古今中外许多世界名著，都涉及爱情这一文学创作的母题，爱情故事为文学创作提供了丰富而多彩的生活素材，而文学对美好爱情的诗意表达更把这种触及人之本性的情感需要，打造得摇曳多姿、令人神往。文学对诗意的追求，与爱情所蕴含的浪漫主义气息，都具有审美的意味，而二者在审美精神上所具有的相通性，决定了彼此的结合，所以，文学不仅应该描写爱情，而且应该把这种描写同人对真善美的追求结合起来，去挖掘其中可能蕴含的人性的丰富性。进一步讲，完美的爱情生活是人的一种生命理想，对这种生命理想的向往和追求，是人的本质力量展开和表现的过程，而这一理想的实现，是人的生命情怀的生动确证，给人带来的是生命的愉悦感和自由感。而文学所应该表现出的对现实生活的超越精神和对庸常人生的理想化重构，是人对虽不能至而心向往之的生命理想的审美化寄予，所以，文学与爱情在作为人的生命理想的价值层面上体现出更深一层的契合关系，这样一来，文学的爱情书写，更能烘托出美的情趣和意蕴，丰富审美的向度和深度，更能使文学获得普遍的人性认同和产生广泛的人性关怀。

但是，我们需要强调的是，文学表现的爱情，应该是具体的和现实的，更应该是美好的、纯净的、和谐的和高尚的，应该彰显出人在一定社会关系中真实的情感状态和情感诉求，更应该表现出人立足现实而追求情感完善的人性光彩。而一旦脱离社会历史语境和人的具体社会关系来进行爱情描写，就可能将人性的社会具体性和丰富性，孤立化和抽象化，其实

① 马克思：《1844年经济学哲学手稿》，刘丕坤译，人民出版社1979年版，第72—73页。

是将具体丰富的人性简单化为完全抽象的人性，甚至有可能以这种完全抽象的人性，来否定人的社会存在的复杂性，以及模糊对人的整体人格和真善美的理解，这样一来，不仅失去了人自身存在的社会合理性，而且会颠覆人的道德底线和善恶的基本尺度。推而言之，对亲情和友情的表现也应置放在具体的社会关系中，以积极向上的人性尺度来考量，才能在促进人合乎人性地生活的意义上，彰显出情感的审美潜润性，实现文艺养心和文化化人的人学价值。那么，从这个意义上推而言之，人的欲望存在就完全不具有审美的价值吗？或者说，文艺的审美表达只能表现美好的情感，而必须把人的欲望排除出去吗？如果不是，那么文艺审美又应该怎样实现对欲望的审美化书写呢？

马克思曾经说过，情欲是人强烈追求自己对象的本质力量。但是我们不能对其做简单的理解。应该说，情和欲是人的感性本体的两个互动的反映面。欲望的升华为情感，情感的投影是欲望，经过社会道德和生命伦理把关的欲望，往往就转化为情感；而情感的本能化和冲动化宣泄，就很可能沦为欲望。欲望是人的本能，而人的本能性欲望主要被压抑在潜意识深处，它只有经过社会文明的审查，并与社会和人的健康发展结合起来，才能成为真正的人的欲望，成为人的本质力量。一方面，文艺作品不能片面地为表现欲望而表现欲望，一味鼓吹欲望的绝对合理性和生命终极性，甚至将欲望本能化、生理化和低劣化，而使文艺沦为迎合、刺激和放大人的动物性和生理性的欲望书写；另一方面，因为欲望与情感的矛盾纠结关系和欲望之于人性复杂性生成的潜在作用，文艺又不能无视欲望存在的现实性，还是需要发掘欲望之于人性生成的关系，使自身的审美表现更能凸显出人性的社会现实性和丰富复杂性。所以，文艺对欲望的审美表现应该注意以下两大方面。

一是从欲望表达如何审美化的意义上讲，文艺对欲望的表现，应该是审美化的艺术书写，不能对人的兽欲进行赤裸裸的原始化、动物化纪录。上文已经论到，当代的文艺创作有这样一种欲望书写的原始化甚至变态化的倾向，不惜笔墨地展览、表现人的肉欲宣泄，以鼓吹、赞赏和把玩的态度描绘所谓的情色游戏，其中还掺杂着人的阴暗、低级、不能示人的变态心理，将人的伦理道德完全抛在脑后。这种文学创作不仅不是审美意义上的文学，而且比生活本身的原生态还要低俗，在这里，不是文学实现了对欲望的审美化提升，而是一部部肉欲的宣教书，在对欲望的恶意张扬中吞噬了文学的良性，导致了文学的畸变。当然，人作为一个欲望的存在物，按照马克思的观点，是无法摆脱欲望对自身的影响的，文学去表现人，如果完全忽视和回避对人的欲望，这也会减弱文学审美对人性的表现力。我们既不能恶意放大欲望的低级的一面，也不能无视欲望存在的真实性和合理性的一面，那应该如何把握这个度呢？笔者以为，应该在一个理性的审美高度上，对欲望的原罪性进行深入观审，去发现其中可能转化成生命爱欲的美感成分。批判兽欲的宣泄对人性的亵渎和对他人和社会的危害，以此来反衬爱欲的美好，将兽欲之恶提升到爱欲之美的层面上去进行审美展示和艺术表现。劳伦斯的《查泰莱夫人的情人》等作品就是这方面的经典范例。我们应该在对爱欲的价值探寻上，找到对人的原欲的审美救赎之途。

二是从欲望所可能关涉的人性深度上讲，欲望的本能化特点不可能被社会的文明法则所接纳，所以，它要么转化成社会可以接受和包容的情感表达，要么深深地埋藏在人性结构的潜意识深处，处于一种压抑和沉睡的状态。那么，人如何在社会生活中实现对自我欲望需要的情感包装，如何克制本能原欲对相对平衡的人性结构的破坏和冲决，如何调和人的生理欲望与社会身份、角色之间的对立和矛盾，就很容易暴露出人性的复杂性和人性的深度。所以对于文学审美之于人性的探查和表现，就应该抓住这些人性的纠结点，进行深入地审美开掘和艺术展示。

具体而言，可以从三个方面着眼：一是应该着力表现欲望的自然化、本能化向欲望的人化，特别是人化情感的转化过程。要着重突出在这个过程中，人的社会化爱欲与情感的生成如何受到生命原欲的影响和左右，美好的人类情感又是如何实现对欲望本能的积极改造，而促进人性的升华与激发出生命的自由性。那么，人性觉悟和生命完善所产生的审美价值，自然是带有形而上意义的精神陶冶。二是要着力于表现欲望本能与社会生活之间的对立与冲突。具体而言，应该表现出欲望与情感、欲望与伦理、欲望与道德、欲望与文明的矛盾冲突，表现出人在这种冲突中的毁灭、沉沦、苦闷、挣扎以及解脱、救赎和超越，发掘出这种人性的冲突中，可能包含的审美张力和艺术价值。三是着力于表现相对平衡的人性心理结构，在社会化生活中突然发生变化的时候，欲望本能所产生的隐与显的作用。特别是要表现出人的欲望燃烧，在怎样的社会环境、时代背景和生活情境中，超越了社会化情感的规约，而导致人性的裂变，进而改变了人的社会生活常规、相对和谐的社会关系和未来的生活走向以及个体命运，以至于产生本来不应该出现的人性裂变和人生悲剧，这样一来，就凸显出欲望的悲剧性效果。总之，要在人的社会性关系和社会化行动中，凸显出人的自然本能的潜在作用和影响；在人性的纠结和变异中，凸显出人的欲望之真、情感之真、生活之真和生命之真，书写出人性之善恶的社会历史性和必然性。

二　马克思的人性观与文艺的真善美诉求

朱立元先生在近年来先后发表了《略谈马克思主义文艺理论的人学基础》、《马克思主义人学理论与当代文艺学建设》、《略论人、人性和以人为本——马克思主义文艺理论中国化的人学基础初探》等文章，反复强调在当代文化语境中发掘马克思的人学思想，特别是我们过去所忽视的关于一般人性、共同人性的论断，来充实中国文艺理论建设的人学基础。那么，马克思是怎样认识一般人性或者说共同人性的问题呢？在马克思主义人学的视域中，我们应该怎样把握和理解文艺审美共同的人性基础呢？

1. 真善美是共同的人性诉求

马克思在《资本论》一书中，提出了他关于人性问题的一个至关重要的观点，而这一观点是他在批判英国哲学家边沁的人性观时具体提出的。他认为：“假如我们想知道什么东西对狗有用，我们就必须探究狗的本性。这种本性本身是不能从‘效用原则’中虚构出来的。如果我们想把这一原则运用到人身上来，想根据效用原则来评价人的一切行为、运动和关系等，就首先要研究人的一般本性，然后要研究在每个时代历史地发生了变化的人的本性。但是边沁不管这些。他幼稚而乏味地把现代的市侩，特别是英国的市侩说成是标准人。凡是对这种古怪的标准人和他的世界有用的东西，本身就是有用的。他还用这种尺度来评价过去、现在和将来。”[①] 在这里，马克思强调要根据效用原则来研究人的问题，首先要研究“人的一般本性”，其次研究“历史地发生了变化的人的本性”。看来，马克思明确承认人是具有一般本性的。既然承认有一般、普遍和共同人性的存在，那又应该对其做何理解呢？

上文已论，我们不能将人的一般人性、普遍人性和共同人性，简单地理解为人的自然性和动物性，理解成与人性相脱离的动物本能和纯生理需要。根据马克思的观点，一般人性或者说共同人性主要是指在人的自然性与社会性的互证和互动的基础上和过程中，作为一个类的存在物，所表现出的相同或相似的人性倾向和人性认同。那么，从这层意义上扩展开去，马克思所说的“然后要研究在每个时代历史地发生了变化的人的本性”，也可以从两方面来把握，一是一般本性在一定社会历史情境中的具体表现，二是超越一般本性，更为社会化和历史化的具体人性，这种具体人性不会像共同人性那样具有相对的稳定性，而是会随着时代和历史的变化而变化甚至消亡。

依据马克思主义的唯物史观，人为什么会产生这些相同或相似的人性倾向呢？简要地说，原因有二：其一，人性的建构是根源于人的物质实践活动，虽然人的实践活动形式多样，但是万变不离其宗，都不能摆脱作为劳动而存在的物质实践性，所以，人性无论多么丰富、复杂和具体，无论在不同的历史和社会阶段会发生怎样的变化，在实践的生成性上都是高度统一的，我们也就据此认为，共同人性的产生是可能的；其二，人是一个区别于其他自然存在物的社会化的类存在物，作为类存在物，有着相同的生理结构以及与此相关联的基本心理结构，这点相通之处也为一般人性和共同人性的产生提供了可能。

马克思在《1844年经济学哲学手稿》中强调指出：“一个种的整体特

① 马克思：《资本论》（第一卷），人民出版社2004年版，第704页。

性、种的类特性就在于生命活动的性质，而自由的有意识的活动恰恰就是人的类特性。”[①] 有的译本把“自由有意识的活动”译为“自由自觉的活动”。而许多学者对人的一般本性或者共同人性的理解正是从人的自由自觉的类特性上着眼的。我们也认为自由自觉性是人的一般本性的理想化状态。为什么说是理想状态而不是现实状态？那是因为马克思对人的这种类特性的认识是在批判资本主义对人的异化中提出的，而当人处于异化状态时，人是不自由的，只有到了共产主义社会，人才能达到充分的自由和自觉，所以，我们把它称为理想状态。笔者认为，人的自由自觉的生命活动恰恰是真善美相统一的生命活动。为什么这么说呢？马克思曾经说过："动物只是按照它所属的那个种的尺度和需要来构造，而人却懂得按照任何一个种的尺度来进行生产，并且懂得怎样处处都把内在的尺度运用于对象；因此，人也按照美的规律来构造。”[②] 这段话的第一层意思，指出人“按照任何一个种的尺度”进行实践活动，这说明人能够认识和发现事物的内在规律，实现“真”的自由；第二层意思，谈到人还能运用“内在尺度”作用于客观事物，使外在事物符合人的主体要求，而所谓“内在的尺度”就是人自身的需要、意图和目的，这就意味着“善”的自由的彰显；第三层意思，当人的实践活动达到合规律性与合目的性的统一，也就契合了“美的规律”，确证了自由的“美”。这样看来，人的自由与自觉不正是确证真善美的自由自觉性吗？即使在异化社会，人的自由性不能得到充分彰显，真善美的实现未必那么充分全面，但我们不能否定人们追求真善美的自由本性，也正是对真善美的不断企盼和追求，才勾勒出共产主义社会的美好蓝图。换句话说，如果人们追求真善美的一般本性都不复存在了，那么共产主义的理想愿景又从何而来？因何而生呢？袁贵仁先生就曾明确强调：“根据马克思的这一看法，自由离不开真善美，自由活动就是真善美的活动，自由状态就是真善美的状态，自由王国就是真善美的王国。自由王国是真善美的统一，同假恶丑无缘。”[③] 所以，现实生活中人们对真善

① 马克思：《1844 年经济学哲学手稿》，人民出版社 2000 年版，第 57 页。

② 同上书，第 58 页。

③ 袁贵仁：《马克思的人学思想》，北京师范大学出版社 1996 年版，第 219 页。

美的追求，是内化了人的自由本性的自觉追求。

所以，笔者以为是否可以进一步来对共同人性做这样的理解：共同人性主要是人所具有的追求真善美的社会禀性，具体包括对生活的热爱和对生命的关爱，对真理、真知、真情、真性、真趣的渴慕和追求，对张扬着真善美的事物的情感维护和认同，对正义和良知的守望，对一切假恶丑的唾弃和批判，对生命激情、生命活力的赞美和颂扬，对一切被侮辱和被损害的生命的惋惜、同情和扶助等。总之，共同人性的存在，说明了我们可以在人性方面寻求人性的某些一致性和趋同性。但是，需要强调的是，共同人性或者说是一般人性，不是一个先天、先验的东西，它既不完全是人的自然性、生理性的表现，又与完全社会化和阶级化的人格、人性有别。马克思曾经强调："人的本质不是单个人所固有的抽象物，在其现实性上，它是一切社会关系的总和。"[①] 李泽厚先生在《美学四讲》中也论述了共同人性的问题，并认为它"并非天赐，也不是生来就有，而是人类历史的积淀成果。所以，它不是动物性，也不只具有社会（时代、民族、阶级）性，它是人类集体的某种深层结构，保存在、积淀在有血肉之躯的人类个体之中。它与生物生理基础相关（所以个体的审美爱好可以与他先天的气质、类型有关），却是在动物性生理基础之上成长起来的社会性的东西"。[②] 所以，我们应该把共同人性、一般人性和普遍人性的问题，放在具体的社会历史情境中，从人的社会行动所结成的现实的社会关系中来考察。

结合马克思的观点，笔者认为，可以共同人性称为融合了人的自然感性的"社会本性"。王元骧先生认为社会本性不是压抑和束缚人性的东西，"无非指人进入社会之后，在社会生产和交往活动中所形成的人的一种本性，它与人性是内在统一的，从而使得人性也就成了指人有别于动物的一种类本性"[③]。当然，在这里把共同人性称为"社会本性"，可能还有待商榷，不过其用意旨在强调共同人性与人的自然感性紧密相关，但又是在社

① 《马克思恩格斯选集》（第 1 卷），人民出版社 1995 年版，第 56 页。

② 李泽厚：《美学三书》，安徽文艺出版社 1999 年版，第 510 页。

③ 王元骧：《关于文学评价中的"人性"标准》，《文学评论》2006 年第 2 期。

会化过程中逐渐生成的，同时，又与国家的更迭、阶层的分化、时代的变迁保持着一定的疏离关系，也不会因为民族、种族和地域的不同而有明显的差异。或者说，它在一定程度上具有超国家、民族、种族、阶层和时代等社会因素的特点，但是这种超越又是相对的。这种超越最明显的体现，主要存在于这样一种情势下：国家之间、民族之间、阶层之间不存在尖锐的利益冲突，甚至是生死存亡的矛盾对立，而是保持着相对平等、尊重、友好和合作的关系。但是，当这种融洽和谐的关系一旦被打破甚至反转成仇视与对抗，那么，共同人性的实现也就会变成空中楼阁，所以，共同人性的存在是相对的、有限度的，不能一概而论地认为，全世界所有人在任何情况下，都可以产生由共同人性引发的人性关怀和人性认同。另外，共同人性的内容也有相对性。共同人性的存在虽然可以说明人确有追求真善美的一致诉求，但是在不同国家、民族和社会历史背景中，真善美的具体内涵不是一成不变的，应该说，“真善美”这三个字是带有一定的社会和历史烙印的，当然也会有许多相通的东西，在时间的淘洗中积淀下来。不过这些相通的东西，在不同时代的表现会有差异，而人们对它的理解和认同也会相应地发生变化。

2. 当代文艺应弘扬真善美

既然追求真善美是共同的人性诉求，那么，以文学、艺术的审美方式来表现真善美、讴歌真善美，又具有怎样的价值意义呢？这可以从两个方面来看。

第一，着眼于文学、艺术自身的审美意义。首先，文学、艺术对真善美的亲近，自然就意味着对假恶丑的摒弃，意味着远离粗俗、低俗和恶俗的文化趣味。可以说，真善美的价值内涵提升了文艺的审美品位和审美旨趣，有利于形成纯净、雅致和高尚的审美精神，并以这种审美精神涤荡我们的灵魂，促进人性的净化，培育出良善的人性；其次，既然对真善美的追求是人的社会本性，是人性的相通点和契合点，那么，文艺的审美创造应该抓住这个共同点，以精妙高超的艺术形式和含蓄蕴藉的审美内容，对真善美进行艺术传达，这样一来，就有效地实现了以真善美为价值平台，来唤起广泛的情感共鸣和审美认同的目的。如果一部文艺作品能够以如此的审美特色和艺术策略，影响不同时代和不同国度的广大民众，那么，它很有可能成为脍炙人口的美感文艺，甚至成为世所公认的文学经典，而给予人们深彻的精神洗礼，焕发出恒久而绵长的艺术魅力。可见，文艺审美对真善美的弘扬，既有利于建树真正的审美精神，又有利于扩大审美的感召力量，实现自身的审美价值，最大限度地发挥文艺审美的社会效应。

第二，着眼于文艺审美与人的关系。首先，从文艺之于人的需要的意义上讲，文艺审美是超越了人的基本生存需要，并体现了人之所以为人的高级需要。人的自然性和社会性、人的动物兽性与美好人性永远都是处于一种悖论性的张力关系中。人也正是在人性的二重性的矛盾斗争中，上演着善与恶的变奏、美与丑的合影。如果说，人直接和完全只是一个自然存在物，一个动物性存在，那它的生命活动是和它自身直接同一的，自然也就不会产生超越动物性之外的人的需要，更不会有文学、艺术的产生，因为动物是不需要文学、艺术的，更不知文艺为何物。既然人是在如何更加合乎人性的生活的意义上需要文艺，那文学、艺术的价值和作用就不在于对低于人性的兽性的刺激、满足甚至放大，相反要致力于对兽性之恶的清理和对人性之美的建构，促进人性的丰富和完善，那么文艺审美致力于弘扬真善美不正是契合了这种人性建构的需要吗？其次，从文艺审美之于人的精神作用上讲，在现实生活中，人既有对理想人性的向往，又有对动物本性的迷醉，而人之所以不会再退回到原初的动物状态，原因在于社会实践活动对内在自然的人化与社会意识形态对人的精神引导，而文艺作为审美意识形态，应该发挥自身独特的审美优势，来实现对人的精神引领，而文艺对真善美的讴歌，恰恰可以彰显对人的精神引领的作用。真善美在文学、艺术中的弘扬，表达出审美主体对理想化生命境界和人性完善的祈望和探求，使审美主客体在真善美的价值层面上获得生命的沟通、交流，通过这种审美沟通，帮助人们摆脱对动物本能的贪嗜，摆脱人性堕落的危险，引领大众从俗世的沉沦和异化中挣脱出来、超越出来，不断向生命的理想王国飞翔，向人性的完美境界升华。正如邓晓芒先生所说："文学艺术本质上是在一个异化社会中趋向和促进着人性同化的因素。我们历来强调文学艺术有阶级性，这诚然不错，因为在阶级社会中，阶级性正是人的现实生活的重要内容。然而这种强调往往忘记了，文学艺术的本质就是要从现实生活中提升起来，上升到一般人性的觉醒，将阶级关系中所暴露出来的人性的深层结构展示在人们面前，使不同阶级的人也能超越本阶级的局限性而达到相互的沟通。”①

对于这个问题，我们可以通过几个例子来进一步说明，文艺对真善美的书写所产生的审美效果。关汉卿的《窦娥冤》是我国戏剧史上的艺术杰作，具有永恒的艺术魅力和审美价值。那么，它体现出怎样的人性特点呢？首先，我们可以看到人性的阶级性和具体性的表现，窦娥所许下的三个愿望：血溅白练、六月飞雪、大旱三年，都奇迹般的得以实现，这种违背生活常理的艺术真实，生动地反映出劳苦大众对封建剥削阶级的控诉与反抗。其次，随着历史的推移和社会的变迁，这种人性的阶级性逐渐淡化甚至消退，但是《窦娥冤》的艺术魅力仍然历久弥新，从人性的角度来看，只能有一种解释，除了人性的阶级性和社会具体性之外，还应该存在一种社会本性的共同人性倾向，从某种意义上讲，正是这种共同的人性倾向或是人性结构，使不同历史时代和社会背景乃至不同国度的人们，能够读懂窦娥身上的真、善和美，能够对窦娥的三个心愿所寄予的情感诉求感同身受。《窦娥冤》所包含的艺术感染力和人性震撼力，充分说明了人在成为人的过程中，能够培养起一种对被侮辱和被损害的弱者的同情和关爱，更何况，窦娥这个被冤屈的弱者身上，闪烁着那么多的人性光彩，所以，这个人物能够唤起的广泛而积极的人性认同，更鲜明地体现出对凝聚着真善美的生命体的尊重和珍视的普世情怀。

而另一部中国古典戏曲的杰作《赵氏孤儿》，同样具有这样以传达真善美而获得的审美效果和文化效应。程婴救孤的大义之举，有着感动人心的永恒力量。由这个故事改编的各种新剧也不断走出国门传播到国外，获得一致好评。而在消费主义盛行的物化时代，第五代导演陈凯歌又投入巨资把它拍成电影，搬上银幕。这一切不都说明人们对真善美的共同人性诉求，不仅历史而现实地存在着，而且潜藏着巨大而深远的审美价值吗？

① 邓晓芒：《艺术作品的永恒性——马克思、海德格尔和当代中国文学》，《浙江学刊》2004年第3期。

再来看当下文艺消费中的“海岩热”，仍然可以说明这个问题。海岩的作品，虽然一直都没有受到精英文化阶层的青睐和重视，但却成为大众文化消费的文学范本。他的作品不断地被改编成影视剧，而且新近又掀起了重拍的热潮。其实，从艺术特色上讲，海岩的作品惯于戏剧性和巧合的设置，但这种设置并不具有多么高超的艺术精妙性，反而是超溢出了生活本身的真实度和真实性，暴露出许多人为编造的痕迹，给人一种虚假的感觉，但为什么大众在审美过程中，往往忽视了这种违背生活逻辑的虚假而深陷其中呢？这就给我们带来了许多值得深思的问题，其中关键的一点，就是这种虚假背后是潜在的情感真实，更进一步讲，是这种真实的情感深深触及人们企盼和向往的人性缺失，比如见义勇为、仗义相助的英雄精神，勇于同恶势力相抗争的牺牲精神，不追求金钱、名望和权势等世俗功利的纯洁爱情观，守护和追求真爱的执着、奉献和坚忍精神等，所以，大众忽略了艺术上的虚假而钟情于其中的人性魅力，这不仅说明人性之美的感染力比艺术技巧的美感，更具有审美价值，而且说明这些张扬着真善美的共同人性的审美感召力是如何强大，在物欲横流的当代社会中显得那样真实和珍贵。不过，我们需要强调的是，这种人性的同化倾向，是在物质实践活动中所结成的社会关系中彰显出现的，是人在社会关系中展开的社会化行动中逐渐生成的，是与人的具体的社会处境、社会地位、民族身份以及现实的生存和生活境遇交织在一起的。

第七章

文艺审美与人的自由全面发展

一　人的自由与文艺审美

1. 如何理解人的自由

按照马克思的观点，我们可以得知，自由自觉性是人区别于动物的类特性、本质属性，是人之所以为人的根源和依据，是人性中核心、内在和根本的东西。那么，马克思是怎样理解自由自觉的问题呢?

首先，马克思不是把人的自由看成抽象的绝对精神，而是从实践方面来理解，将物质实践活动看作人的自由生成的起点。马克思曾提醒我们："从前的一切唯物主义（包括费尔巴哈的唯物主义）的主要缺点是：对对象、现实、感性，只是从客体的或者直观的形式去理解，而不是把它们当作感性的人的活动、当作实践去理解，不是从主体方面去理解。"① 可以说，马克思是从实践存在论的意义上理解人的自由自觉性的，所以，从根本上讲，马克思所理解的自由是实践的自由。

其次，马克思把人的自由看成活生生的生命自由。他指出："一个种的整体特性、种的类特性就在于生命活动的性质，而自由的有意识的活动恰恰就是人的类特性。……人则使自己的生命活动本身变成自己意志的和

① 《马克思恩格斯选集》（第 1 卷），人民出版社 1995 年版，第 54 页。

自己意识的对象。他具有有意识的生命活动。……仅仅由于这一点，他的活动才是自由的活动。”① 可以看出，当马克思把人的自由放在实践层面上考察时，就没有将自由看成静态的、一成不变的东西，而是将其与人的生命活动紧紧关联在一起，这种生命活动不是与动物相似的本能生命活动，而是一种通过自己的意志和意识将自己的生命活动作为自身的对象，是对自己的生命活动进行反观、反思的生命活动，或者说是在理性层面确立自己的生命需要、愿望、目的、追求等，并贯彻到自己的实践过程中的对象化生命活动。而正是这种对象化活动，才确证了人是类的存在物，确证了人作为类存在物的自由自觉性，这样一来，人的自由就呈现为人的物质实践活动与精神实践活动相统一的生命活动。

再次，马克思认为人的自由要遭遇异化的扬弃，而人的充分和完整的自由只有借助异化的中介性才能和谐生成。马克思是在批判资本主义异化劳动的理论语境中，展开关于人的自由本质的言说，而马克思之所以将异化问题与人的自由联系起来，主要包含这样几层意思：

一是异化的二重性为人追求自由创造了条件。异化一方面使人同自己的劳动产品、生命活动、类本质和他人相异化，人沦为异化的动物性存在；另一方面，虽然人的主体性异化出自身，但人在异化过程中也客观地创造出丰富的社会财产，为人向更加合乎人性复归，奠定了物质基础，在这个基础上，对异化的扬弃，使人能够在共产主义社会实现自身的自由全面发展。

二是异化与自由之间形成了反向对照性，从人的异化存在中，我们更能发掘出自由的价值和意义。如果说，马克思仅仅为我们从理论上预设了自由的人之本性，那我们恐怕还很难理解自由的含义和价值。自由是随心所欲、为所欲为？自由是脱离现实的精神幻想？自由是沉溺于酒色财气的物欲满足？自由是反自然、反社会、危害他人的利己主义？自由是逾越一切社会法制、法则和道德的本能放纵？恐怕这一切都不是马克思对自由的理解，这关键就在于，马克思为我们理解自由，设置了资本主义的异化劳

① 马克思：《1844年经济学哲学手稿》，人民出版社2000年版，第57页。

动这个反面的参照系，既然在资本主义条件下，人的种种异化状态都是非自由的，那么，什么才是充分和全面的自由呢？马克思就顺理成章地给出了答案，也就是通过对人异化的扬弃，在以往社会历史成果的基础上，人对人本质的真正占有，人向合乎人性的人的全面复归，“人以一种全面的方式，就是说，作为一个总体的人，占有自己的全面的本质”。[①]

三是马克思从异化的中介性中分析出自由的内涵和意义，不仅仅是借助对资本主义异化劳动的批判，提供给我们一个理解人的自由的社会人类学的视角，而且帮助我们建树了一种批判的精神和立场，从而以反对异化的生命姿态追求我们的生命自由度，在现实社会中，警惕各种人的为物所役、为利所役的异化现象，珍惜自由的可贵，守护生命的自由本真，寻求人的自由化生存，为实现完整和全面的人的自由而不懈努力。在这一点上，朱立元先生的观点很有代表性，他认为：“马克思的异化劳动理论关于‘人—异化—完整的人’的历史概括，确实有一个关于未来目标的明确指向，这就是向共产主义——对一切私有制的扬弃和在新的高度上向完整的人和普遍人性即人的一般本性的复归。这的确是一个理论预设，同时又是一个总结过去、引领现在、指向未来的理想性尺度。这个一般人性的尺度作为一种社会理想，同时具有对资本主义现实的强大批判力量，并烛照现实、引领人们走向人（个人和全人类）彻底解放的共产主义社会。”[②]

2. 文艺审美确证了人的主体自由

既然人的本质体现在有意识的自由活动，而人之为人的存在价值也在于对自由的不懈追求，那么，文艺审美又是怎样体现出人的自由自觉性的？概括而言，文艺审美确证了人的主体自由。

马克思特别强调“人始终是主体”，[③] 并且指出“我们的出发点是从事实际活动的人”，[④] 这就意味着，在马克思看来，对人的理解应该从作为主

① 马克思：《1844 年经济学哲学手稿》，人民出版社 2000 年版，第 85 页。

② 朱立元：《略论人、人性和以人为本——马克思主义文艺理论中国化的人学基础》，《东方丛刊》2006 年第 4 期。

③ 马克思：《1844 年经济学哲学手稿》，人民出版社 2000 年版，第 91 页。

④ 《马克思恩格斯选集》（第 1 卷），人民出版社 1995 年版，第 73 页。

体的人和人的主体性意义上展开，而对主体又必须把其放到人的现实的实践活动中来认识和把握，凸显出人作为主体在实践活动中的自为的存在性，从这个意义上说，马克思主义哲学可以被称为实践主体论哲学。那马克思又是怎么认识主体与自由的关系呢？马克思曾把“完整的主体”的表现表述为：“从全部才能的自由发展中产生的创造性的生活表现。”① 可见，主体的实践作用主要在于主体的创造性表现，而主体的创造性的发挥又在于“全部才能的自由发展”。这就说明，自由性不仅仅是人的一般本性，人作为人的类特性，而且是人作为主体的根本特征。主体是自由的主体，自由是主体的自由。同时，马克思的话还有一层意思，那就是，人的主体性是一个历史的变化和生成过程，是一个自由发展的过程，所以，我们可以说，人的主体性是人的自由发展性，是人在不断发展和完善中彰显出的自由性，是人在自由发展中表现出的实践创造性。那么，文学、艺术的审美活动又是怎样体现出人的主体自由呢？

首先，文艺审美是主体的对象化活动。这种对象化活动，是主体与对象的双向建构。主体之所以能够成为主体，必然要有与之形成对象性关系的客体存在。从文艺审美创造的角度讲，怎样理解主体与对象的双向建构呢？

一是对象建构主体。在审美创造中，审美主体面对的对象是客观存在的物质实存以及以物质实存为基础的意识构造，简而言之，就是现实地呈现出来的社会生活。主体只有投入其中，去感受他所选择的对象的特点和性质，也就是说，把握社会生活表象之流以及其中隐藏的客观规律和诗意蕴涵，才能为下一步的创造提供丰富而真实的社会生命内容及其意蕴。在这层意义上，主体是受动的，受制于社会生活给他提供的必要的可能性，这也正是我们常说文艺来源于生活，社会生活是文学艺术的源泉。当然，社会生活是人的生活，是人与人在其中结成社会关系并创造自身的社会生活。正因为社会生活不是脱离人的存在，而恰恰是确证自身存在价值的存在，所以，它能够成为人的对象，能够使审美主体产生介入其中的审美愿

① 马克思、恩格斯：《马克思恩格斯全集》（第3卷），人民出版社1960年版，第248页。

望，并把审美创造的冲动和愿望转化为进一步的审美观照、审美把握和审美理解，使主体选择的对象真正成为自己的本质力量对象化的现实。

二是主体创造对象。在文艺审美的创造活动中，主体的对象化又不同于一般的改造自然界和社会生活的物质实践活动，后者是主体对自然和社会进行实质性的对象化活动，能够起到改造自然界和创造新的社会生活的实践效果，而前者的特殊性在于，主体首先要与自然和社会形成对象性关系，但是这种关系主要是一种精神层面的感受、体验、认识和理解关系，其次需要依凭在这种关系中生成和积淀下来的生活经验、社会阅历、生命体验和精神感悟，并借助在物质实践活动中培养起来的丰富的本质力量以及遗传而得的天赋才能，从入乎其内到出乎其外，实现审美超越，重新创造一个对象世界。这个对象世界不是实实在在的物质成果，而是一个充满虚构和想象的审美世界，一个精神化的社会存在物，一个对象化的艺术生命体。审美主体通过这个艺术化的对象世界，彰显出自己的本质力量和自由自觉性，从而在审美对象中确证自身和反观自身。所以说，只有在对象主体化和主体对象化的双重建构中，才能生发出文艺的审美价值。

从审美接受的角度讲，接受主体面对一部文艺作品，同样存在主体对象化的问题。某个文艺作品只有实现了主体的对象化，也就是被接受主体纳入他的审美视野，才真正成为满足这个审美主体审美需要的审美对象，才能把自身潜在的审美蕴涵转化为现实的审美价值。而接受主体的对象化又存在什么特点呢？与创造主体的对象化活动的最大区别在于，接受主体的对象化活动，并不创造出新的对象性的艺术世界，而是接受者在自己的精神层面创造出一个与接受对象既有联系又有区别的审美想象世界。在审美想象之中，凝结着接受主体鲜明的审美态度，这种审美态度既包括主体对艺术审美对象的情感认同和情感参与，又包括主体对艺术审美对象的价值认知、价值选择和价值评价。

进一步讲，接受主体的对象化是在两个层面上展开的，一是主体感性的对象化，接受主体之所以要进行文艺审美活动，在很大程度是来自于自身的情感缺失需要补偿、情感需要寻求满足的感性冲动。主体带着自己的情感渴求和情感积淀投入审美对象，在与对象的审美沟通中获得情感满足、情感共鸣和精神陶冶，也就是获得新的感性体验，这种体验既是主体的又是对象的，是主体对象化的生动表现；二是主体理性的对象化，主体的审美活动不仅表现为感性的冲动与投入，而且体现为理性的选择与超越。主体在恰当的审美距离之外对审美对象进行全面的体认和审度，从而发掘出它的审美价值，剖析出它的审美缺憾，这样一来，对象真正成为被主体感受、体验、把握和理解的对象，主体也就在这个对象化的过程中，实现了自身自由性的确证。

其次，文艺审美体现了主体的能动性。袁贵仁先生认为主体的能动性包括三个方面的含义：一是主体的自觉性，二是主体的选择性，三是主体的创造性。[①] 在对以上三个方面展开论说之前，我们仍然需要明确一个问题：应该怎么理解主体的能动性？所谓能动性就是脱离客观事实的绝对精神主体性吗？就是无视自然和社会生成规律的盲动性和盲目性吗？如果这样理解的话，恐怕就扭曲了马克思的原意。马克思曾经说过这样一段至关重要的话："动物的生产是片面的，而人的生产是全面的；动物只是在直接的肉体需要的支配下进行生产，而人甚至不受肉体需要的影响也进行生产，并且只有不受这种需要的影响时才进行真正的生产；动物只生产自身，而人再生产整个自然界；动物的产品直接属于它的肉体，而人则自由地面对自己的产品。动物只是按照它所属的那个种的尺度和需要来构造，而人却懂得按照任何一个种的尺度来进行生产，并且懂得怎样处处都把内在的尺度运用于对象；因此，人也按照美的规律来构造。"[②] 从以上论述可以看出，"自由地对待自己的产品""处处把内在尺度运用到对象上去"和"人也按照美的规律来构造"，这三个短句似乎在强调着比较相近的意思，进一步讲，马克思紧紧地将"自由""内在尺度"和"美的规律"这三个概念联系起来，使它们之间形成了一个无法忽视和抹杀的逻辑关联，彼此之间形成了一种互证、互释的关系。不过学界历来对这三个提法以及它们之间关系的理解争议颇多，并无完全一致的定论。不过，我们可以基本推知，人的自由性的彰显，离不开内在尺度的运用，而内在尺度又被马克思

① 袁贵仁：《马克思的人学思想》，北京师范大学出版社 1996 年版，第 103—105 页。

② 马克思：《1844 年经济学哲学手稿》，人民出版社 2000 年版，第 58 页。

赋予了美的意义。可见，自由与美在马克思的观念中，即使不能完全等同，也具有极其重要的关联，而要理解这二者，那“内在尺度”的问题就成了关键。而具体到主体的能动性这一问题，也直接与“内在尺度”有关，也只有把握了“内在尺度”的内涵，才能真正理解马克思人学意义上的主体自由性。

那什么才是马克思所说的“内在尺度”呢？很明显，马克思已经指出动物只能按照它所属的那个种的尺度来生产，而人不仅能够按照任何动物的“种的尺度”生产，还能把“内在尺度”运用到对象上。“种的尺度”在这基本意指动物的本能特性和客观事物自身的内在规律，而人的“内在尺度”显然高于动物的“种的尺度”，是人之所以为人的尺度，但又不能曲解为人的动物性本能，如果那样的话，人的“内在尺度”就沦为了人作为动物的“种的尺度”，但是从马克思的理论逻辑看，人的“内在尺度”又不能完全脱离“种的尺度”。人是从自然界中通过自身的物质实践活动逐渐生成为人的，所以，自然界的客观规律是人的“内在尺度”生成和完善的基础和前提，在这个意义上，人具有受动性，人受制于客观的自然和社会规律，但人又可以在尊重这些规律的过程中，生成为具有能动性的主体存在，产生人的意愿、要求、目的和理想，使“内在尺度”成为合规律性和合目的性的有机统一。从这个意义上讲，人的能动性永远都不是完全脱离自然和社会的盲动和妄想，而是已经内化了的自然和社会的客观性于主体认识的能动性，是积淀了受动性的能动性。

为什么我们在论说文艺审美与主体自由的关联时，要强调这一点呢？其实，这需要从我们熟知的文艺常识说起。虽然说，达·芬奇是世界艺术史上公认的大师，但为什么他无论怎样发挥自身的能动性，都不能将蒙娜丽莎的原型画成断臂的维纳斯？为什么我们常说“一千个读者眼中有一千个哈姆雷特”，但终究万变不离其宗，哈姆雷特还是哈姆雷特，而不是贾宝玉呢？这就充分说明，主体的能动性是已经包含了受动性的能动性，是必须正视自然生态和社会规律的能动性，也只有牢牢把握这一点，我们才能正确理解主体的自由，特别是作用于文艺审美的精神自由。而不至于夸大文艺审美的精神作用，为大众构筑一个脱离和逃避现实的审美乌托邦，甚至是编织一个否定人实践活动的审美救世神话。惟其如此，才能更为准确恰当地把握文艺审美的人学价值。

那么，文艺审美活动又是如何体现出审美主体的上述特性而彰显出主体的自由呢？先看主体的自觉性。在马克思的理解中，自觉就是有意识，人作为类的存在物，在某种意义上，正是以自身的自觉性来确证自我的自由性。主体的生命意识能够帮助他实现，对自身人类生存状态和生命样态以及社会发展状况和规律的深刻性体悟、超越性反思和批判性洞察，能够帮助主体发现庸常生活中人的麻木、苦闷、异化和沉沦，也能够帮助主体探查到生活中蕴藏的诗情画意和真善美的流动与传递，而这一切意识自觉的成果，会内化为主体的生命体验，当这些生命体验越来越丰富、越来越清晰，就会在主体的意识中生成宣泄、表达和抒发的需要，而在某个外在机缘或者灵感的触发下（而灵感本身其实也是主体的一种自我意识），会被深度唤醒和激活，转化为主体进行审美创造或是接受的动力和资源。主体的自觉性不仅会影响和左右文艺审美的发生，而且会制约整个文艺审美过程以及结果。主体在审美过程中一方面会以感性自我投入审美创造和接受之中，另一方面又会以理性自我观照和把握审美的进程、方向和前景，使审美按照主体的需要、意愿和目的来进行直至最后完成，从而形成属于主体生命的意象世界和物化成果，以及收获新的生命意识和人生感悟。如果说，主体的审美缺乏甚至没有这种自觉性的规范，那么艺术家创造出的文艺作品，恐怕就不是完美而又有生气的艺术生命体，而是胡乱涂鸦的满纸荒唐言，或者支离破碎的日记式材料了。

再来看主体的选择性。马克思指出："自由就是从事一切对别人没有害处的活动的权利。"[①] 应该说，主体的审美活动是充满了选择性的，这种作用于精神层面的审美选择正是体现自由本性的主体权利。从审美创造的角度讲，主体选择的表现对象不同，那么最后形成的文艺作品必然不同。吴承恩选择讲述神魔鬼怪的取经故事，自然就有了《西游记》；施耐庵选择了一个关于英雄好汉的故事，写出了《水浒传》；而曹雪芹选择了自己

① 马克思、恩格斯：《马克思恩格斯全集》（第 1 卷），人民出版社 1960 年版，第 438 页。

前半生的命运遭遇作为小说原型，创作了具有半自传体色彩的伟大杰作《红楼梦》。即使主体选择的生活题材相同，一旦遭遇到不同的艺术类型和体裁时，主体的选择性就进一步表现出来。同样是农妇告状的故事，陈源斌把它写成小说《万家诉讼》，张艺谋则是拍摄了一个更为现实主义的电影《秋菊打官司》，而进一步具体到艺术文本内部，从艺术结构、艺术手法、艺术语言，直到每一个细微的艺术上的推敲和打磨，都是审美创造主体的心智成果和审美选择的结果。我们需要追问的是，审美主体的艺术选择，到底具有什么特点呢？

一是主体的选择是有意识的审美选择。主体的选择性与主体的自觉性是紧密相关的，主体选择的艺术表现对象、类型、体裁、语言、结构以及手法等，既与审美主体对自身的艺术才能和审美偏好的自觉认识和审查有关，又与审美主体对审美客体的洞察和理解有关，同时也与审美主体对如何将自身的艺术才华和审美旨趣，与审美客体的内在规律和诗意蕴涵相契合的自觉有关，所以说，主体的艺术选择是有意识的自觉选择。

二是主体的选择是有追求和有目的的审美选择。虽然说主体的审美选择以主体的自觉为基础，但是丰富和复杂的审美过程是不可能被主体完全预知的，主体能够比较准确意识到的是当下审美主、客体的状况，而对未来审美过程中可能发生的情况，只能在对当下的认知中进行自信的前瞻，这种前瞻虽然具有一定的风险，但并不是盲目的，而是寄予了审美主体的理想化追求，这种理想化追求最直接的表现就是主体一贯的审美旨趣和审美理想，同时也可能包含着更多的理想信念，比如主体的人生理想、文化理想、道德理想和政治理想等，而在越来越强调文艺审美的经济效益和商业价值的当代文化语境中，很有可能也包括主体所期望的商业回报。所以，主体的审美选择是有着他自身的价值追求和预期目的的。马克思说：“在社会历史领域内进行活动的，全是具有意识的、经过思虑或凭激情行动的、追求某种目的的人；任何事情的发生都不是没有自觉的意图的，没有预期的目的的。”①

① 马克思、恩格斯：《马克思恩格斯全集》（第21卷），人民出版社1960年版，第341页。

三是主体的选择是基于自身需要的选择。文学、艺术长存不灭的根本原因是什么？回答无疑是人的需要，因为有人的需要所以有文艺的发生和嬗变，同时又是因为人的需要的多样性推动了文艺的多向度发展，逐渐形成文学、戏剧、音乐、美术、舞蹈、影视等风格迥异的艺术审美形态。总之，文艺的存在是以人为目的的。那人都有哪些需要呢？按照恩格斯的理解，“一有了生产，所谓生存斗争便不再围绕着单纯的生存资料进行，而要围绕着享受资料和发展资料进行”。[①] 可以看出，人除了维持肉体生存的需要之外，主要是享受的需要和发展的需要。而恩格斯特别把生存资料与享受资料和发展资料区分开来，其用意在于强调单纯的生存资料满足的主要是人的肉体需要，或者说，人单纯的生存需要在恩格斯这里主要是针对人的肉体性存在而言的，那么，人的享受需要和发展需要作为区别与生存需要的更高层次的需要，主要是指人之为人的精神需要。

从精神层面看，人的享受需要主要指人通过创造出丰富的物质实践成果，获得的确证自身生命价值的满足感、愉悦感和幸福感，而对生命的热爱会激发更大的创造激情和发展愿望，进而促使人们去追求生命价值最大限度的实现。这不禁让我们想起美国著名心理学家马斯洛把人的需要分为五个由低向高的层次，而其中最高层次的需要就是自我实现的需要。马斯洛的自我实现的需要也就类似于恩格斯所说的发展需要。而文艺审美之于人的意义，在很大程度上体现在满足人的精神享受和寻求人的全面发展或者说是自我实现的需要上。恩格斯曾在《德国民间故事书》一文中谈道：“民间故事书的使命是使农民在繁重的劳动之余，傍晚疲惫地回到家里时消遣解闷，振奋精神，得到慰藉，使他忘却劳累，把他那块贫瘠的田地变成芳香馥郁的花园；它的使命是把工匠的作坊和可怜的徒工的简陋阁楼变幻成诗的世界和金碧辉煌的宫殿，把他那身体粗壮的情人变成体态优美的公主。”[②] 这段话已经比较形象地指出了文学、艺术作为人的“享受资料”，在人进行获取“生存资料”的繁重劳动之外，为人们所提供的精神娱乐、愉悦和享受作用。马克思也曾强调了文艺审美之于人的精神需要的紧密关

① 马克思、恩格斯：《马克思恩格斯选集》（第 3 卷），人民出版社 1972 年版，第 572 页。

② 马克思、恩格斯：《马克思恩格斯全集》（第 41 卷），人民出版社 1982 年版，第 14 页。

联，他指出，"植物、动物、石头、空气、光等，一方面作为自然科学的对象，一方面作为艺术的对象，都是人的意识的一部分，是人的精神的无机界，是人必须事先进行加工以便享用和消化的精神食粮"。[①]

为什么说文艺审美能够给人带来精神安顿呢？一是因为文艺审美呈现的是一个虚构的艺术世界，它不能直接影响人的物质生产和现实的吃穿住行，而是致力于人的心灵塑造，二是因为它以超越现实的审美世界开启了人的审美想象，使心灵在无拘无束的审美想象中自由飞翔，从而实现了人的精神自由。当人们在现实生活中因为各种异化因素的左右，而陷入不自由的束缚和苦闷时，这种精神自由的实现，显得更为难能可贵，它使人在精神的维度上，确证人的自由本性，以精神的自由度来对抗和反拨现实的异化，摆脱人的单向度生存，走向诗意的栖居。所以，马克思说："他们的需要即他们的本性。"[②] 文艺审美带来的精神自由解放，既是对人的精神需要的满足，又通过这种满足确证了人的自由本性。

从发展需要的层面上讲，马克思把人的自由全面发展视为理想社会的重要标志。看来，人的自由与人的发展这两大问题在马克思的观念中紧密相关。可以说，正是因为人的自由本性推助人不断地寻求发展机遇和空间，而人的每一步发展又使人不断向丰富、独特和完善的人跃进，人在发展过程中从蒙昧走向文明，从动物向人生成，获得越来越多的自由度。文学、艺术的诞生本身就是人发展到一定阶段的社会成果。而每一次真正的文艺审美创造，都是艺术家在社会发展的大格局中，个人发展要求和自我生命价值的表达方式和实现方式。所以，我们才说，审美主体对文艺的选择是基于自身需要的主动选择。不管怎么讲，只要是真正体现出审美主体的世界观、人生观、价值观和审美观的艺术选择，都是自由的选择和选择的自由。

最后来看主体的创造性。可以说，主体的创造是自觉的创造，在选择中创造。那么，文艺审美又是如何体现出审美主体的"内在尺度"，彰显他的自由创造性呢？我们可以从以下几个方面来分析。

---

① 马克思：《1844 年经济学哲学手稿》，人民出版社 2000 年版，第 56 页。

② 马克思、恩格斯：《马克思恩格斯全集》（第 3 卷），人民出版社 1960 年版，第 514 页。

一是主体对生活时空的审美重构。作为芸芸众生中的一员，我们是在一定的社会历史空间中，按照自然的时间流程生活的，生活时空的流逝性，决定了任何人都不可能两次踏进同一条河流。而且我们在日常生活中感受到的主要是生活的表象，但是这个表象并不意味着就是真相，人们在生活中的表现，可能会因为社会环境和世俗伦理的制约，因为生活的庸常和琐碎，而呈现为一种虚假和雷同的表象，掩盖了人的心灵诉求和精神隐秘，遮蔽了生命独特的本真。而审美创造主体往往会反生活之道而行之，将心灵世界对生活应如何的理解和向往艺术地展现出来，这种展现很明显地表现为对生活时空的打破，而按照心灵的审美想象加以重组和改造，所以，在文艺审美过程中，我们常常会领略生活时空的重复、延宕、交叠、错位、缩小、放大和省略等艺术化处理。审美创造主体对生活的这种创造性表达和艺术化呈现，不仅带给接受者新奇、陌生、鲜活、震撼的审美享受，而且通过这种诗意化的心灵超越，会让我们进一步揭开生活的表象而感悟到更为深切的人性之真和生命价值。李泽厚先生认为："人类和个体都通过时间的体验而成长，人经常感叹人生无常，去日苦多，时间一去不复返，总希望把时间唤醒、逆转和凝冻，艺术便能满足人的这种要求。时空从人们现实地把握世界的感性知觉变而为体验人生的心理途径，它直接地唤醒、培育、塑造人的自觉意识，丰富人的心灵，去建构这个艺术—心理情感的本体世界，以确证人类的生存和人的存在。"①

二是主体对形象的审美重塑。如果说艺术的审美展现是点与面的结合，那审美时空的创造可以理解为艺术的面，而艺术形象的创造无疑就是这个面上的闪光点。生活中的形象大多是平凡的和普通的，即使是具有一定的独特性和诗意蕴涵，那也需要审美主体的艺术点化，才能彰显出其审美的光彩。艺术形象最可贵之处，就在于这个形象，既表现出在一定的社会环境和历史背景中存在和生活的真实性，又表现出自身生命的个性魅力，具有人性的丰富性和立体感，而成为真实而独特的"这一个"。这就要求审美创造主体发挥自身的自由创造性，对具有审美潜质的生活形象

① 李泽厚：《美学三书》，安徽文艺出版社1999年版，第592—593页。

进行艺术加工、修饰、提炼和整合，创造出真实感人的艺术形象。可以说，艺术形象所彰显出的历史真实性、生命典型性和人性丰富性这三个维度的综合审美效果，是评判审美创造主体的艺术创造力和审美自由感的重要尺度。

三是主体对心灵世界的自由展现。无论是审美主体对生活时空的重构还是对生活形象的重塑，都体现了他源自生命自由的审美自由性，而文艺审美价值的体现，既在于审美主体自身自由性的彰显，又在于审美主体以自身的审美自由性，表现出艺术形象的自由性。所以，文艺审美对人的自由之美的传达，应包括两个层面：首先是审美主体的自由创造，其次是审美主体自由地创造人的自由性。而人的自由关键在于通过物质实践活动中培育和表现出来的心灵自由。文艺审美恰恰在表现人的心灵自由性上，具有无可比拟的长处和力量。我们常常可以在由抽象的文字组成的文学文本内部，具体而清晰地触摸到艺术形象的精神波动和心灵告白，可以摆脱和超越生活世界中的各种世俗障碍和文化芥蒂，去感受人物最隐秘的心灵深处的真情和真性，去洞察由复杂的矛盾冲突所引发的人性冲突和精神纠结。文学、艺术也正是以对心灵真实的自由表达，成为最能彰显人性自由和抒发生命情怀的审美存在。

四是主体对艺术技巧的创造性运用。审美主体的自由创造性，会进一步落实到对各种艺术手法和技巧的运用上，从表面上看，艺术审美技巧的运用似乎只是和审美创造主体的先天艺术禀赋以及后天的反复技艺操练有关，是一个形而下的问题。但按照格式塔心理学美学的观点来看，主体的审美心理结构和外界事物的生命结构，有着“异质同构”的关系，所以，主体能够感受到大千世界万物的生命律动，并加以生动、准确和形象地艺术呈现，虽然，格式塔心理学美学还带有神秘主义的色彩，但还是有一定道理的。它从一个方面说明了，主体生命的自由伸张应该是全方位的，只有这样才能实现主客体的异质同构性。所以，艺术技巧的运用其实紧密关联着艺术家的主体自由，凝结着主体对外在生命之美的深切感悟，是主体自由性最直接的呈现和最直观的外化。这不仅是艺术时空和艺术形象得以成就的基本保证，而且能够使艺术的审美自足性和自由性，得到全面的充实和完善，从而直接增强艺术的审美感染力，以及充分确证艺术家进行艺术创造的自由度。

总而言之，文艺审美对主体能动性的确证，充分彰显了人的精神自由。虽然说，文艺审美创造是一个包含着“眼中之竹—胸中之竹—手中之竹”三个递进环节的艺术过程，但文艺审美接受关键是在于“胸中之竹”的审美生成。创造和接受的共同点聚集在精神层面的审美体验、运思、审美想象和审美感悟上。那么，文艺审美与主体自由的关联，最紧要之处，就是主体之精神自由的伸展。正是精神的自由无羁，才将生活从艺术中超拔出来，将生活之真升华为艺术之幻，将生活之实提炼为艺术之诗，将生命之善转化成艺术之美。

马克思曾经着意强调了这一点：“事实上，自由王国只是在由必需和外在目的的规定要做的劳动终止的地方才开始；因而按照事物的本性来说，它存在于真正物质生产领域的彼岸。”[①] 在这里，马克思讲到了“自由”的两重超越：一是对满足自身必需的超越，二是对外在目的的超越。前者是强调自由的真正实现不在于人仅仅为了自身的生存而进行的生产，或者说，不是为了满足自身的肉体需要而进行的直接生产，后者是强调自由的实现不是外在目的的强加和逼迫，不在于将人从自身异化出去的异化劳动，人只有超越了本能的欲望诉求和各种异化因素的束缚、制约，真正以人自身为目的，才能看到自由的真正曙光。人作为类的存在物，有物质和精神的二维存在性，而物质生产劳动一方面可以满足必需和外在目的的规定，另一方面，也在这个满足的过程中，因受制于本能和异化的束缚，表现出的更多是人的受动性的一面，所以，马克思指出真正的自由王国在物质生产的彼岸，这个彼岸就是人的精神世界。当然，马克思不是要否定自己的唯物史观，否定物质实践活动对于人之生成的意义，而是看到在物质生产领域，在异化劳动中，人难以充分彰显出自身的自由性。物质的此岸性是精神彼岸存在的依托，人应该在这种依托中逐渐实现对异化的扬弃，而走向精神的超越。精神的彼岸意义就在于，确证了人如何能够摆脱

① 马克思、恩格斯：《马克思恩格斯全集》（第25卷），人民出版社1974年版，第926页。

此岸的重重枷锁，而彰显出充分和完整的自由。而文艺审美开启的自由想象的精神世界，不正是契合了马克思对自由王国的祈望吗？这样来看，文艺审美的人学意义已是不言自明了。

二　文艺审美有利于人的自由全面发展

1. 文艺审美有利于人的本质力量的确证、展开和丰富

文艺审美有利于人的本质力量的确证、展开和丰富。马克思不仅提出人的类本质是人的自由自觉性，更把这种自由本性的实现同人的社会实践活动联系起来，而要在实践活动中确证人的自由，自然离不开人的本质力量的对象化，或者说，正是人的本质力量的对象化，才有了人的社会实践活动，才能够在实践过程中彰显人的自由。如果说，人的自由自觉性是人之为人的本质内涵，那么人的本质力量的对象化则是这一内涵的现实表征。所以马克思指出：“一方面为了使人的感觉成为人的，另一方面为了创造同人的本质和自然界的本质的丰富性相适应的人的感觉，无论从理论方面还是从实践方面来说，人的本质的对象化都是必要的。”[①] 而且，马克思把人的全面而自由的发展看作理想社会的基本原则，那人的本质力量的确证、展开和丰富，既是人达到理想状态的必要保障，又是实现人的全面而自由发展的题中应有之义。既然，人的本质力量具有这样的重要性，那么，真正的文艺审美之于人的本质力量又有着怎样的积极作用呢？笔者以为，可以从确证、展开和丰富三个维度上来考察。

所谓确证，前文已经谈到文艺审美是主体的对象化活动，只不过这个对象化活动，是不同于物质实践的精神实践活动。那么，文艺审美是怎样确证以及确证了哪些人的本质力量呢？从人性结构上讲，人是感性和理性的结合体，所以说，人的本质力量是感性力量和理性力量的融合。人的感性倾向于指人的肉体、自然性和感受力，包括马克思所说的“有音乐感的耳朵、能感受形式美的眼睛”等五官感觉和人的情绪、欲望、先验的想象力等精神感觉以及意志、愿望和爱等实践感觉，正因为人的感性的丰富

① 马克思：《1844年经济学哲学手稿》，人民出版社2000年版，第88页。

性，所以人作为人具有从事文艺活动的感性潜能；从理性的层面看，人有灵魂、智性和反思力，能够产生超越肉体的灵魂之思和精神求索。人虽在感性层面能够感觉到自身的需要，更能在理性层面思考人为什么活，怎样作为一个充分意义上和完整意义上的人而生活，这样一来，审美主体才能把文艺审美作为生命完善的自觉追求。所以说，文艺审美是对人的感性力和理性力的全面确证。其中对想象力的确证自然最为重要，与想象力相结合的还有人的情感力、体验力、感受力、观察力、记忆力、思考力等，正是它们的自由结合才使文学、艺术成为灌注着人的生命意识的本质力量的生动确证。

所谓展开，主要是指人的本质力量在文艺审美活动中实现了束缚中的解放和压抑中的升华。人在现实生活中，为了满足欲望而进行各种实用功利活动，而实用功利的态度使人的某些本质力量受到物欲的压抑和束缚。马克思深刻地认识到这个问题，他说："对于一个挨饿的人来说并不存在人的食物形式，而只有作为食物的抽象存在；食物同样也可能具有最粗糙的形式，而且不能说，这种进食活动与动物的进食活动有什么不同。忧心忡忡的、贫穷的人对最美丽的景色都没有什么感觉；经营矿物的商人只看到矿物的商业价值，而看不到矿物的美和独特性；他没有矿物学的感觉。"[①] 特别是在资本主义异化社会，人在创造出丰富的物质成果的过程中，自身的本质力量也得到了较大的发展，只可惜这种发展是异化劳动带来的畸形和片面的发展，并不是全面和自由的发展。而文艺审美又如何改善这种状态呢？从审美接受的层面讲，文艺审美将人从功利化的生存状态提升到纯净平和的精神境界，在这种精神境界中，人们重新用一种新的眼光来打量世俗生活，实现对异化现实的审美超越，审美超越将诗意和美感注入人的生命，引领人摆脱世俗功利主义的羁绊，进入自由无羁的精神游戏状态，而以往被功利欲望所遮蔽、压抑和束缚的本质力量，也在诗意氛围中被解放出来，变得活跃、灵动和舒展，而共同参与审美之中，成为审美向更高远境界跃升的推动力，从而使生命的诗境更加充盈和完美。从审

① 马克思：《1844 年经济学哲学手稿》，人民出版社 2000 年版，第 87 页。

美创造的层面讲，审美主体之所以需要并能够创造出对象化的艺术审美世界，而实现人的本质力量的生动表达，首先在于他意识到自身以及他人在世俗功利包围中产生的人性缺失，其次在于这种自我意识激发了他弥补这种缺失的生命需要和生命激情，“人作为对象性的、感性的存在物，是一个受动的存在物；因为它感到自己是受动的，所以是一个有激情的存在物。激情、热情是人强烈追求自己的对象的本质力量”。[①] 在激情的作用下，他可以尽其所能地调动起更加丰富的本质力量，通过本质力量的运动和展开，而进入诗意化的审美生存状态和审美创造境界，实现对异化现实的精神超越，进而，还是借助本质力量的展现，将心灵的意象世界物化为一个自足的艺术生命体。

所谓丰富，首先从文学、艺术的产生和发展来看，文艺的诞生是在人的物质实践水平发展到一定阶段之后，而其出现的关键在于人能够在自我意识中将人自身以及人的生活当作的对象。这样看来，文艺审美本身就是人的本质力量丰富发展到一定程度的产物。而艺术样态和类型的增加，更体现了人们认识世界和创造世界的本质力量的丰富性。如果人仍然处于原始化的动物阶段，那人只是一个完完全全的自然存在物，不会有社会的出现和人的社会生活，更不会有与人的文明进步相匹配的各种艺术类型的产生和发展。

其次，从具体的文艺审美创造来看，真正凝结着审美主体之生命追求的艺术创造，无不充满着苦难和忧思的艰难求索。主体只有积极而充分地调动全部的生命力量，才能彰显出审美创造之旅的奇峻与卓绝，所以我们常用“梅花香自苦寒来”“数年辛苦不寻常”“都云作者痴，谁解其中味”等诗句来形容创造的艰辛。创造的艰辛换来的必然是丰硕的收获，成功而杰出的艺术创造自然带给审美主体丰富的生命提升。那么，这种洗礼和提升，从某种意义上讲，难道不具体表现为他对更为丰富和全面的本质力量的拥有吗？

再次，从审美接受上看，文艺审美同样具有丰富接受者的本质力量的

① 马克思：《1844 年经济学哲学手稿》，人民出版社 2000 年版，第 107 页。

作用。马克思曾经指出："只有音乐才能激起人的音乐感；对于没有音乐感的耳朵说来，最美的音乐也毫无意义，不是对象，因为我的对象只能是我的一种本质力量的确证，也就是说，它只能像我的本质力量作为一种主体能力自为地存在着那样对我存在，因为任何一个对象对我的意义（它只是对那个与它相适应的感觉说来才有意义）都以我的感觉所及的程度为限。"[①] 这也就是说，一个人只有自身具有相应的本质力量，才能作为审美主体与文学、艺术建立起审美关系，而进一步讲，既然只有音乐才能激起音乐感，要想培养有"音乐感的耳朵"，丰富这种本质力量，就必须借助音乐艺术的熏陶和教育，推而广之，对任何审美类型的欣赏，都要以一定的本质力量为基础，同时，文艺审美的人学价值也就很鲜明地体现在这个方面，即能够建立和丰富人的本质力量。

前文已论，文艺审美确证了人的自由本性，人的自由性体现在审美创造和接受的方方面面，人的本质力量正是在对自由本性的彰显过程中，在复杂而立体的审美系统中，得以丰富和完善。正如马克思所言："只是由于人的本质客观地展开的丰富性，主体的、人的感性的丰富性，如有音乐感的耳朵、能感受形式美的眼睛，总之，那些能成为人的享受的感觉，即确证自己是人的本质力量的感觉，才一部分发展起来，一部分产生出来。"[②] 在世界电影史上，法国的卢米埃尔兄弟，第一次在公众场所放映了《水浇园丁》、《火车到站》、《婴儿喝汤》等纪录短片，这标志着电影的诞生。在当时却产生了惊世骇俗的效果，许多观众被银幕上轰鸣而来的火车吓得跑出场外。而在大片充斥的现时代，3D、4D电影都已经不能再带来这样的审美效应，甚至观众仍觉这些新的视听冲击不够过瘾。电影发展的审美事实已经很能说明一个问题："五官感觉的形成是迄今为止全部世界历史的产物。"[③] 总而言之，文艺审美是人彰显自由自觉的类特性的精神实践方式，这一方式促进了人的本质力量的确证和展开，并且使人的本质力量在艺术实践中得到充实和完善。

---

① 马克思：《1844年经济学哲学手稿》，人民出版社2000年版，第87页。

② 同上。

③ 同上。

2. 文艺审美有利于培养自由个性

文艺审美有利于人的个性的自由发展。马克思曾经描述了人类社会发展的三大形态：“人的依赖关系（起初完全是自然发生的），是最初的社会形态，在这种形态下，人的生产能力只是在狭小的范围内和孤立的地点上发展着。以物的依赖性为基础的人的独立性，是第二大形态，在这种形态下，才形成普遍的社会物质交换，全面的关系，多方面的需求以及全面的能力的体系。建立在个人全面发展和他们共同的社会生产能力成为他们的社会财富这一基础上的自由个性，是第三个阶段。第二个阶段为第三个阶段创造条件。”① 在这里，马克思把“自由个性”的生成，看作理想社会形态中的人的完美境界，“‘自由个性’所标示的则是人的个性发展的最高境界，在这种境界中，人们已经完全控制了自己的生存条件，人的个性极其丰富，构成人的个性的各种因素包括人的体力、智力、才能、兴趣、品质等都得到全面发展。作为人的个性发展的最高境界，自由个性也就是人的发展的理想状态，而具有自由个性的人也就是恩格斯所说的‘自由的人’”②。

而“自由”与“个性”的结合，也说明人的自由本性不能不通过人之为人的个性化发展来加以现实地呈现。而且马克思还认为：“代替那存在着各种阶级以及阶级对立的资产阶级旧社会的，是这样一个联合体，在那里，每个人的自由发展是一切人的自由发展的条件。”③ 可以看出，马克思强调“一切人的自由发展”是以“每个人的自由发展”为前提和基础的，这里所说的“每个人”主要是指每个特殊的生命个体，而“每个人的自由发展”又可以看作生成“自由人性”之动态和渐进的必要过程。看来，要想实现“每个人的自由发展”以最终达到“自由人性”的完美境界，应该从培养具有独立人格和独特个性的生命个体入手，这是实现“自由人性”的基础和保障。既然个性的自由全面发展具有这么重要的人学意义，那么，文艺审美与人的个性之间又有着怎样的关系和联系呢？文艺审美对于

① 马克思、恩格斯：《马克思恩格斯全集》（第 46 卷），人民出版社 1979 年版，第 104 页。
② 汪信砚：《论马克思的“自由个性”概念》，《学习与探索》2004 年第 5 期。
③ 马克思、恩格斯：《马克思恩格斯选集》（第 1 卷），人民出版社 1995 年版，第 294 页。

培养独立和独特的生命个体有何意义和作用呢？

对于文艺作品我们通常会有写得好与不好的评价，这个评价其实就是对其审美价值和艺术水准的认定。那些彪炳文学艺术史册的文艺经典，都是不可替代和重复的，都是丰富、深沉和独特的艺术生命个性的审美凝结。即使是表现相似的生活情境，也会因艺术家的生命个性的差异，而生成审美内容与审美旨趣都不尽相同的艺术审美文本。朱自清与俞平伯同作《桨声灯影里的秦淮河》，前者在对秦淮河的意象书写中融入了文化追思的意味，而后者更主要是用欢快洒脱的语言再现了当时的情境。通过这个典型的例证，我们就可以看出，艺术家的个性对于文艺作品审美价值和审美风格的生成，具有重要的影响。

再从反面来看，一般被大家认为是不好、不美的作品，与个性又有怎样的关系呢？一般来说，我们都会排斥主题先行之作、平白肤浅之作、复制雷同之作，究其原因，从表面上看，是缺乏深切感人、含蓄蕴藉的审美价值，而向深层探析，其实主要在于创造主体的审美个性的缺失。主题先行之作，往往是外在的政治、经济或者其他非审美主体自身的需要，强加给创造者的任务，创造者要完成借助文艺作品来宣传某一主题的要求，必然要压抑自身的审美个性，而只能充当传声筒的角色，整个创造过程不仅不是审美主体的自我确证过程，还是自我的异化过程。平白肤浅之作虽然可能是创造者基于自身需要和喜好的创作，但是明显暴露出创造者缺乏丰富的审美能力和成熟的审美个性，往往以无病呻吟和低级幼稚的伪个性示人，难以实现自由个性的价值诉求。复制雷同之作不仅体现为审美个性的严重缺失，而且会助长反个性的抄袭之风。

如果文坛艺苑到处都是东拼西凑的赝品和形似神离的仿作，如果艺术家们都沦为了机械复制时代的文化工匠，人们只能像吃麦当劳和肯德基那样，去消费这些缺乏审美营养的文化快餐，那文学[①]、艺术的审美意义又何在？文艺审美又如何凸显它不同于衣食住行的独特价值？文艺审美又如何实现人的精神自由性呢？这也充分说明，审美个性与审美价

① 周宪：《走向创造的境界——艺术创造力的心理学探索》，南京大学出版社2009年版，第75页。

值之间是成正比的关系，在某种意义上，文艺作品的审美价值就是对艺术家生命个性的生动确证。“个人灵性越是伸展，生命力就越是自由洋溢，就越是富于艺术的创造性。……从本质上讲，艺术创造是最富于个性化的人类活动。”[①]

从审美创造的角度看，艺术家的生命个性是内化了他的天赋、理想、情趣、意志、才能、阅历等因素的凝结体，是他的生活积淀、生命智慧和认识觉悟相统一的精神主体性的体现，是他不役服于物、不受制于外力压迫的独立而又自主的生命表达。他以这样的个性特质投身审美创造中，也就赋予了审美活动以生命的气息、生命的活力和人生的意蕴，或者说，是以自身的个性化生命体验赋予审美以终极关怀的意义。正是在这样一个充溢着生命意义的审美创造活动中，对象化的审美世界成为艺术家确证生命个性的现实。“随着对象性的现实在社会中对人说来到处成为人的本质力量的现实，成为人的现实，因而成为人自己的本质力量的现实，一切对象对他说来也就成为他自身的对象化，成为确证和实现他的个性的对象，成为他的对象，而这就是说，对象成了他自身。对象如何对他说来成为他的对象，这取决于对象的性质以及与之相适应的本质力量的性质；因为正是这种关系的规定性形成一种特殊的、现实的肯定方式。”[②] 艺术家不仅通过本质力量的对象化确证了自身的生命个性，获得生命的自由感，而且得到更进一步的生命感悟和生命提升，而进入一种涅槃和重生的境界，在这种境界中，主体的生命个性再度得以丰富和完善，更加切近了马克思所祈望的“自由个性”的理想目标。

从审美接受的角度看，接受者能够通过艺术文本而与创造主体产生情感共鸣，或者说创造主体与接受主体在文艺审美活动中实现了生命的沟通与交流，而这种交流，关键在于接受者是以自己的个性偏好来选择钟情的文艺作品，是自己的个性审美诉求与创造主体的个性审美表达的有效对接。应该说，在审美的意义上实现某种对接是至关重要的，一方

---

① 周宪：《走向创造的境界——艺术创造力的心理学探索》，南京大学出版社 2009 年版，第 75 页。

② 马克思：《1844 年经济学哲学手稿》，人民出版社 2000 年版，第 86 页。

面，这种对接体现了接受主体和创造主体自由个性的双重确证；另一方面，凝结着创造主体自由个性的艺术文本，会通过审美的展开和推进，发挥出艺术的审美感召力，而对接受主体的审美心态和审美取向，起到这样或那样的影响和引导作用，乃至推动接受者的生命个性向着更为全面自由的方向发展。

结　语

审美的魅力曾经使无数学人为求解其奥秘而贡献了理论智慧，这是因为大家不愿意相信美永远常青，而理论却是灰色的。在此，我们再次展开对审美的言说，是因为在新时期以来中国社会文化的变迁过程中，产生了新的审美问题，这些问题既包括理论问题，又包括实践问题。应该说，任何的理论言说，都不能脱离一定的语境，正如有学者所言："任何话语行为都是生成于具体的语境之中的，语境的差异性与特殊性必然造成话语构成的差异性与特殊性。"① 那么，新时期中国的文化语境是怎样的呢？概括而言，在中国进入以经济建设为中心的社会主义新时期之后，文化呈现出前现代性、现代性和后现代性多样化并存交融的态势，主流文化、精英文化和大众文化三脉汇流，共同形成当代中国的文化大潮。那文艺审美又与新时期的文化转型有着怎样的关联呢？应该说，新时期中国文艺的繁荣，在某种意义上是从新时期初期"审美"回归文学自身开始的，或者说，"审美"的出场，作为新时期思想文化解放的一种标志，对文艺观念的变革和文艺实践的创新，都起到了重要的作用。所以，新时期的文化转型与文艺的审美变化，有着某种相互映照的关系。正是出于这个原因，我们将对新时期审美问题的探讨置放在文化语境中来考察，以凸显出新时期审美观念和实践的文化角色。

---

① 谭好哲：《语境意识与中国美学现代性研究》，《山东社会科学》2003 年第 6 期。

从新时期文化语境出发，我们选择了审美意识形态论问题、审美快感论问题、审美娱乐化问题、日常生活审美化问题以及文艺审美的功利性和非功利性问题作为考察对象，这种选择是为了更好地显现出审美与新时期文化语境的互动关系，显现出新时期文化语境中审美问题的具体性和特殊性。概括而言，审美意识形态论体现了主流文化与精英文化的文化诉求，而审美快感论和审美的娱乐化是大众文化和消费文化的文化显影。而对文艺审美功利性和非功利性问题的重新探讨，是因为传统文化观念所认同的超越性审美与后现代文化观念推崇的世俗化和功利化审美之间呈现出了明显的文化冲突。

不过，我们的目的不仅仅是对新时期文化语境中的审美问题进行理论描述，而是要进一步给出价值判断。或者说，面对审美问题，言说的意义不在于一个放之四海而皆准的答案，而在于我们如何去言说，在于求解的过程和言说的立场。那么，这个价值立场又是什么呢？因为文化是人的文化，任何文化创造都是从人的需要出发、以人为主体的，又是为人服务，以人为目的的。正如我们常说“文学是人学”，所以，关于文艺审美问题的探讨，也应该从人学的立场上加以审视和观照，才能廓清文艺审美应该具有的价值意义。

什么是人？人既有沉重的肉身，又有超脱的灵魂。现实中的人往往被七情六欲所困扰，时时会遭遇异化的危险，理想状态中的人应该是超越重重羁绊，而实现自由全面发展的人。所以，文艺审美应该有助于实现人之所以为人的理想性诉求，才能充分彰显它的人学价值。正如有学者所言：“艺术的审美追求是以人的自由全面发展的尺度去体验和审视在现实人生中具体的生存的个人的存在状况。”[①] 只有如此，文艺审美才有利于促进人性的丰富与完善，抵御人性的异化，守护人性的和谐，促进人合乎人性地生活。这正是我们需要秉持的价值立场，也正是马克思主义的唯物史观所包含的人学立场。

基于这种立场，我们才能够不在日益更新的“审美”面孔中迷失自

① 冯宪光：《“以人为本”与审美意识形态》，《文学审美意识形态论》，中国社会科学出版社2008年版，第204页。

我，才能够以人的自由全面发展的价值尺度，去批判文艺审美可能会存在的价值偏失，在人何以为人的价值追问中，守护真正的审美理想。而且，从加强社会主义文化建设的现实意义上讲，“面对市场经济，或说处于大众审美经济时代，包括文艺在内的一切文化活动更应该自觉注入审美精神。惟其如此，坚持引领、反对迎合，警惕文艺媚俗化、功利化倾向，培育全民族健康向上、兼容和谐的审美心胸、审美能力和审美情趣，实在是促进文化大发展大繁荣的关键一环”。[①] 总之，以审美的自由彰显人的自由，以文艺的自觉呼应人的自觉，这是我们的审美实践和审美理论应该永远坚守的人学精神。

① 李韵、仲呈祥：《文艺不可放弃审美追求——访文艺评论家仲呈祥》，《光明日报》2010年6月20日。

附录一

从怀旧电影的审美特征看消费时代的审美新变

摘　要：在当前的消费文化景观中，怀旧电影是一个值得关注的现象。这里所说的怀旧电影，主要是指以叙述个人化的生命记忆来表现怀旧情感的影片。这一类型的影片在影像美感上，着力于打造“视觉装饰性审美范式”，释放出“无暇之美”；在声音叙事上，多以画外音的形式设置讲述人，引导出画面的过去时空，营造怀旧的情境，形成独具特色的现代传媒中的“说书人”；在审美意蕴上，流溢出具有小资情调的感伤之美。怀旧电影的这些审美特征，明显体现出消费时代审美实践的新变化。

关键词：消费时代；怀旧电影；视觉装饰性审美范式；画外音叙事；新说书人；小资情调；感伤之美

一　怀旧电影的审美文化背景

当下中国社会的文化生活呈现出两大鲜明的特点：一是消费主义理念已经深入日常生活的肌理，成为这个时代进行文化选择和文化建设的重要价值杠杆，成为徘徊在当下中国文化时空中无处不在的幽灵；二是生活时尚的消费牵动力与文化影响力日益增强，可以说，时尚孕育于生活又反过来创造生活、经营生活。英国社会学家安东尼·吉登斯在《现代性与自我认同》一书中提出了两个著名概念：解放政治和生活政治。“解放政治是一种生活机遇的政治，而生活政治便是一种生活方式的政治。”① 解放政治是要消灭剥削和不平等的政治要求，通常以阶级斗争的方式来实现；生活政治是一种自我实现的政治，它所关注的核心是人在社会中的生存状态和生活质量问题。当下的中国社会早已从解放政治的社会模式中摆脱出来，生活政治的特征日益彰显。总之，消费主义与生活政治的纠缠纽结，构成了社会生活前台上的风景线。时尚、商业、市场等成为文化消费的关键词。

在消费意识形态和享乐化生活主题的影响下，当下的中国电影正在以自身的艺术传媒手段满足大众的声色之娱，努力成为消费文化大旗统率下典型的都市享乐主义艺术，正在实现从标榜精英的美感文艺向娱乐大众的快感文艺的转折。这种转折有两大体现：一是实施“以大搏大”的战略，以武侠大片对抗好莱坞大片，试图打造中国自己的电影大片产业。十几年来，好莱坞进口大片在中国电影市场上独领风骚，已经把中国民族电影挤压到非常狭窄的生存境地。中国本土电影的严重失语已是很长一段时间以来不得不面对的残酷事实。求索生存之道是无奈而又必然的选择。中国电影人在“生或者死”的自我逼问下，在“何去何从”的迷茫和困惑中，努力在迷雾重重的穷途之境和阳光灿烂的通变道路之间寻求艰难的转身。在痛苦的嬗变与转折过程中，中国电影开始以好莱坞电影为镜，在模仿中创新，在借鉴中求变，力求打造出自己的民族大片。《英雄》、《七剑》、《无极》、《夜宴》、《满城尽带黄金甲》、《投名状》、《画皮》、《赤壁》等中国武侠大片，用现代影像传媒续写着中国人的武侠梦，编织着中华民族整体认同和感知的“集体无意识”，初步形成了中国电影具有自身民族文化特色的大片类型。中国电影“以大搏大”的战略似乎使我们看到了在谁主沉浮的较量中，民族电影那指向苍穹的一抹亮色。二是实施“以小搏大”的战略，敏锐地捕捉都市文化的风向变迁，以小制作的情感类影片打造中国电影的时尚类型，开拓中国电影的市场疆域。怀旧电影是这一战略的重要代表。中国武侠大片的文化选择归根结底还是对历史文化的迷恋与重述，这

① ［英］安东尼·吉登斯：《现代性与自我认同》，赵旭东、方文译，生活·读书·新知三联书店 1998 年版，第 251 页。

正说明了现代影像传媒对当下中国都市中的时尚变迁、文化风向等的捕捉与展示还很不到位。从中国电影自身发展和都市文化建设的双重意义上来看，中国电影必须投入更多的热情来关注都市人群的悲欢离合，特别是关注都市新兴中产阶级的审美趣味与文化情调。怀旧电影的蔚为大观正是这种文化情势催生的结果。为什么中国电影需要以新的电影类型的创造来迎合新兴中产阶级的文化狂欢？又为什么这种迎合在当下较多地表现为对人的怀旧情感的唯美书写？这些都是需要继续追问的问题。

生活政治的强势之力带来了中国都市诸多引人注目的变化，社会阶层的分化重组乃至新都市社会阶层的闪亮登场是其中的重要变化之一。伴随着经济与社会的迅猛发展，一个由新型现代知识分子、新经济企业组织的白领人员、形形色色的都市自由职业者等组成的具有较高文化素养和职业声望的“小资”阶层逐渐形成。这个群体在现代都市中的文化影响力和文化消费力不可小觑，并有不断增强的趋势，那么他们的文化消费诉求自然需要并且应该得到当下文艺创作，当然也包括电影创作的积极表现。

“小资”是西方文化与中国小资产阶级融合后的产物。这个群体的共同特点是追求卓尔不群的生活品位、物质富足的生活水平、精致高雅的生活质量、自由休闲的生活方式和浪漫优雅的生活细节。“小资”阶层以它相对独特的生存方式和生存理念影响并逐渐促成一种更为普遍的小资情调。“‘小资’的扩展名虽然是小资产阶级，但是，小资产阶级或小资产者并不必要是‘小资’。当下流行的‘小资’一词实际上指的是一种生活情调、生活品位，在这种情调与品位中，渗透着对生活和生命的一种感悟和理解，作为这种感悟和理解，它是高于现实法则的一种浪漫情趣。”[①] 小资情调的产生应该归因于在物质生活相对满足的情况下，“小资”们转向对内心深处细腻的情感生活的强烈诉求。但是物欲横流的现代都市缺失的恰恰是浪漫而纯真的情谊，而已被深度物化和异化的都市单面人，就更加渴望以纯情之爱来充实个体心灵以达到自我和谐，在现实中求而不得就转而寄希望于艺术与过往，怀旧自然而然就成为都市小资群体共同追慕的生活方

① 包晓光：《小资情调》，吉林摄影出版社2002年版，第1页。

式和生活情调。小资的怀旧往往表现为对已经逝去的往昔岁月里流溢至今的情感积淀的追念和凭吊，对此情不再、覆水难收的情感喟叹和感伤，在虚化的过去时空中憧憬完美之爱、伤别理想之情。简而言之，就是坠入一种如梦如烟的怀旧情境，一种至美至纯的情感乌托邦，从小资到小资情调，从怀旧的小资到小资的怀旧，随着新兴中产阶级在都市经济和文化建设中力量的日益壮大，小资的怀旧情怀逐渐蔓延扩散开来，成为当下中国社会具有文化影响力的时尚情调。

所以说，肇始于20世纪90年代中期，并一直绵延至今的怀旧情调，已经渗透到姿态各异的文化时尚中，而消费主义的文化运作逻辑，鲜明地表现为对文化时尚所具有的消费牵动力的异常敏感和全面激发，以便尽可能地享用文化时尚所蕴含的消费能量，全面彰显文化时尚的商业价值和产业意义。进一步讲，消费主义的濡染则使生活的方方面面都打上了“消费性”的印痕，连私密性的情感也成为可以传播、共享和消费的商品，甚至情感越显得隐秘真挚，越具有呈送给大众、予以分享和引发感动的消费性价值。已经成为一种文化时尚的怀旧情调，必然会遭遇这种消费文化逻辑的运作计谋，而成为各种大众传媒表达的时尚主题。在产业化道路上越走越远的电影艺术当然也不例外，相反会更加自觉地借助自身的试听手段去迎合文化时尚，打造怀旧的影像。怀旧电影在这种情势下诞生，自然会呈现独特的审美风貌，并彰显出鲜明的当下意义。

二 影像之美：视觉装饰性审美范式的凸显

电影是视听结合的艺术。在视与听的二维格局中，视觉占有更为重要的意义和地位。视觉的表现形式就是影像。影像作为电影的基本叙事元素，就如同文学的语言一样，是电影表达的基本语言单位。排除黑白片的历史，中国电影总体上已经出现了两大视觉审美范式：一是视觉再现性审美范式，二是视觉表现性审美范式。

视觉再现性审美范式主要是指影像本身比较忠实于对生活的再现，在影像的整体风格上比较注意体现生活本身的质感，影像主要是为叙事服务，着意于讲好故事而不是寻求刻意的影像修辞，这种视觉风格体现的是中国“影戏”传统的美学规范，是一种最为大众化的电影影像风格。

视觉表现性审美范式则有意疏离戏剧对电影的影响，着力彰显影像本身在传情达意中的作用，通过艺术化地运用色调、影调和光线，以及采取独特的摄影角度和摄影机运动方式形成有意义的画面构图，使影像传达出导演个性化的生命体验和对国家、民族以及人性的形而上思考，影像成为带有理性评判色彩和哲性内涵的“有意味的形式”。这一视觉审美范式主要彰显艺术电影的独立性和先锋电影的个性化，具有强烈的“作者电影”的色彩，是一种完全精英化的电影影像风格。其在第五代导演的创作中尤为典型。第五代的标志性成果《黄土地》和《红高粱》正是这一影像风格的典型文本试验。

怀旧电影以充分唯美和饱含诗情的影像形式，对过去的生活去丑而溢美，通过亦真亦幻的影像叙事，创造出意境化的图景。《海上旧梦》的浮华富丽，《花样年华》的浓艳婉约，《我的父亲母亲》的亮丽清澈，《暖》的温润感伤，《阳光灿烂的日子》的青春狂放，《美人依旧》的妩媚妖娆，《一个陌生女人的来信》的迷离沉醉，怀旧电影以风情万种的影像景观将过去的记忆重新修饰，以幻美的召唤结构引领观众坠入无边的怀旧。而细加量察，可以发现，它们都是以唯美的影像将一段往事装点得情韵悠长、完美无瑕，将怀旧的唯美和唯美的怀旧推向极致。

怀旧电影的这种影像之美，与当下审美文化的新特点有着紧密关联，不再是亦步亦趋地模仿以上两大审美范式，而是深深地打上了时代文化思潮变迁的烙印。怀旧电影的这种影像审美风格既体现出消费文化时尚的影响，又确证了中产阶层特别是小资群体的文化诉求，是一种紧密关联当前文化时尚的新型视觉审美范式，依据其典型特点，我们可以把其概括为“视觉装饰性审美范式”。“‘装饰’……意味着适宜、形式化。……优秀装饰的直接效果就是以某种方式使这一表面更易视见。”[①] 视觉装饰性审美范式凸显出影像本身的视觉诱惑力和渗透力，强调对影像形式美的张扬，力图极尽唯美之能事，打造了唯美的形式主义盛宴，其最大的亮点是释放出

① ［美］苏珊·朗格：《情感与形式》，刘大基等译，中国社会科学出版社1986年版，第73页。

“无暇之美”。我们可以说电影作为一种艺术形式，本身就是对生活的装点和润饰，正如苏珊·朗格所说：“电影作品就是一个梦境的外观，一个统一的、连续发展的、有意味的幻象的显现。”[①] 而视觉装饰性审美范式的影像风格则将电影的造梦功能进一步张扬，其影像成为一种“影中之影”“镜中之镜”，成为具有无暇之美的完美形式。这正印证了英国文学家王尔德的一句名言：“艺术就是无暇之美和完美形式的表现。”[②]

视觉装饰性审美范式的生成有着深刻的原因，主要可以从影片的怀旧主题和当下流行的审美风尚两方面来寻找。

第一，充分彰显怀旧意蕴。从影片表达的怀旧主题来看，怀旧作为影片的题材选择以及主题内核，从很大程度上决定了影片的美学倾向和艺术风格，换言之，怀旧主题成为怀旧电影创造视觉装饰性审美范式的发生之源。作为一种心理活动的怀旧，是一种建基在回忆基础上的想象性的审美心理创造，是一种以感伤为内核的复合式情感和情绪状态。从美学的角度看，怀旧是一种想象化的时光追忆，一种情感化的生命体验，一种诗意化的生存艺术。怀旧的审美体验方式是一种形散而神不散的心灵化影像叙事。在怀旧的过程中，过去的一切以一系列无拘无束的意象来构成它的全部诱惑性，充溢着浓郁的诗情和唯美的色彩。怀旧主体对留存于心灵世界中的记忆影像进行激活并重组的过程，仿佛就是一部怀旧者自编自导的心理电影，怀旧电影在某种程度上似乎就是这部心理电影的物化成果。因此，可以推而言之，怀旧电影之所以能够被称为怀旧电影，关键在于它们恰切而鲜明地表现出怀旧的审美蕴涵，传达出怀旧对过去记忆的重新书写，张扬着怀旧的思忆色彩、诗意色彩和唯美色彩，以装饰性的影像之美将一段往事装点得情韵悠长、完美无瑕，将怀旧的唯美和唯美的怀旧推向极致。

第二，追随唯美的时尚风标。从流行的审美风尚来看，在当下的中国社会，生活政治的兴起在很大程度上推动了日常生活的“泛审美化”。“现实中，越来越多的要素正在披上美学的外衣，现实作为一个整体，也愈益

---

① ［美］苏珊·朗格：《情感与形式》，刘大基等译，中国社会科学出版社1986年版，第481页。

② 周小仪：《唯美主义与消费文化》，北京大学出版社2002年版，第94页。

被我们视为一种美学的建构。"[1] 如今的消费大众越来越习惯于以艺术化与审美化的眼光来设计生活、营造生活的审美氛围，日常生活审美化之风愈发浓厚。日常生活的审美化潮流指涉着处处皆美的装饰性生活世界，"意味着用审美因素来装扮现实，用审美眼光来给现实裹上一层糖衣。……这就是相应我们的形式感觉和形式情愫，对一个更美好现实的需求"。[2] 装饰美在日常生活中的主题化，牵动了艺术创作者的消费主义神经，深深影响着各种艺术创作的价值选择，成为指引文化艺术创造的市场风向标。处身于当下消费文化语境中的怀旧电影，虽然有别于一般的商业片，但亦不是曲高和寡的"作者电影"，实际上是带着艺术的面具来迎合小资群体的唯美主义想象。它无法逃避也无从逃避消费主义和审美时尚的影响。相反，通过增强自身视觉元素的唯美效果以顺应泛审美的形式美时尚，恰恰可以成为怀旧电影在消费主义路径上，实现商业利益最大化的有效手段。基于以上的原因，怀旧电影应鲜明地凸显出唯美而精致的影像风格，来顺应消费文化背景下的日常生活审美化潮流，以迎合都市小资阶层的情感呢喃和审美诉求，故而，视觉装饰性审美范式就应运而生。

应该说，怀旧电影的思想艺术主题与时代生活的审美文化主题共同促成了视觉装饰性审美范式的凸显，艺术与时尚在怀旧电影这里实现巧妙的共谋。可见，怀旧电影以独特的文化混杂性彰显出别具一格的审美面孔，以视觉装饰性审美范式建树了自我的美学角色。

不过，视觉装饰性审美范式凸显的这种"无暇之美"并不是无可挑剔的真正完美，其实，它具有优劣互现的两面性。从积极的方面看，视觉装饰性审美范式以异常精致考究、近乎完美无瑕的影像美感将怀旧情绪演绎得荡气回肠，将一段普通而又简单的往日旧事去粗取精，拭丑溢美，装点得情韵悠长、魅力无边。可以说，怀旧电影的形式美学不仅仅顺应了当下崇尚形式美的文化潮流，而且以唯美的形式创造表现出电影的怀旧意味，传达出怀旧对过去记忆的审美化重构，张扬着怀旧的回忆色彩、诗意色彩

---

① ［德］沃尔夫冈·韦尔施：《重构美学》，陆扬、张岩冰译，上海译文出版社 2002 年版，第 4 页。

② 同上书，第 5 页。

和意象之美。霍建起导演的《那山那人那狗》通过清新洗练的影像书写，将青翠欲滴、葱茏盈目的山村自然美景和一段发生在山村邮路上的父子亲情互糅展现。在摄影机的推拉摇移中，一幅幅美丽如画的乡村风光，一个个悦人眼目的自然景物，一条条蜿蜒崎岖的深山邮路，仿佛都在讲述父子两人感人肺腑、如泣如诉的情感故事。唯美而精致的影像召唤观众去怀旧，去怀想纯美的人间真情，去触摸情感的最深处。王家卫导演的《2046》则是更为典型的记忆碎片的拼合。主人公在深沉的自语中，为我们带来缤纷多姿、奇诡艳丽的影像之美，整个影片就在这种影像的无规则展现中，将怀旧的情绪推向高潮。观众仿佛直观地感受到主人公意识流般的记忆纷呈，仿佛感受到主人公对曾经刻骨铭心的爱情体验以及无法重温的深切感伤。张艺谋的《我的父亲母亲》无异于一首含蓄隽永、玲珑剔透的影像情诗。母亲一次次为追逐父亲的奔跑，一次次对父亲的深情回眸，象征母亲内心情愫的红棉袄，父亲任教的山村小学，静默娴雅的白桦林，一幅幅抒情的画面，一个个温暖的细节，演绎那段激情燃烧的岁月，将父亲和母亲的纯洁爱恋尽情诗化。可见，视觉装饰性审美范式以美轮美奂的视觉诱惑力激活观众的审美直觉，引领观众进入如梦如烟、亦真亦幻的诗意情境，在影像形式带来的美感体验中沉醉不归，物我两忘；以独特的唯美之道书写了凡俗生命的情感呓语，以平民化的亲切感召抓住了“小我”的审美情感，契合了小资群体的浪漫主义怀旧情结，在情感的浸润中唤起观众的心灵共鸣。

从消极的方面看，视觉装饰性审美范式少见线性故事逻辑的推进，多以唯美的物象呈现刺激观众的消费欲望，以炫美的影像碎片淹没了审美的理性深度，表现出媚俗化的倾向。法国著名哲学家、社会学家波德里亚认为：“今天，在我们的周围，存在着一种由不断增长的物、服务和物质财富所构成的惊人的消费和丰盛现象。……恰当的说，富裕的人们不再像过去那样受到人的包围，而是受到物的包围。”[①] 而物的丰盛以及对人的包围的目的，在于最大限度地满足和刺激人的物欲，并进一步实现物的消费价

① ［法］波德里亚：《消费社会》，刘成富、全志钢译，南京大学出版社2000年版，第1页。

值。而当下消费主义策略的实现，不仅仅在于物的丰盛本身，更在于物的外在形象对人的视觉诱惑力，这种形式上的视觉美感有意地消解了生活的粗鄙，而营造出一种精致、考究、唯美化的生活情调。而怀旧电影中对旧式物象的唯美修饰与反复表现，表达了对消费主义形式美学的积极认同。在《长恨歌》《花样年华》《2046》《一个陌生女人的来信》等影片里，导演们尽心地铺排老式楼房、餐馆、咖啡厅、舞厅和老式电话机、唱机、旗袍等具有旧上海生活味道的物象，它们不仅是小资怀旧情调的感性确证，而且唤起了观众对旧上海的浪漫想象，进而引发了他们对今日繁华上海的追慕，而上海正是当下中国走向消费化社会的生动象征。一场来自消费主义的商业图谋，就这样隐藏在怀旧电影的唯美影像中。

同时，形式美的繁复堆积，以唯美的艺术之轻遮蔽了凡俗的生活之重，造成了阿瑟·丹托宣称的“美的滥用”。在这里，虚饰超越了真实，建构了一个与真实分离甚至颠倒的景观世界。景观呈现着完美的形象，令观众陷入审美的迷醉与眩晕，不由自主地质疑生活的真实而对影像产生宗教式的虔诚与臣服。王家卫的《花样年华》正是这种意义上的典型范本。电影本身并无多少可供深究的故事和意义，导演着力于运用迷离幻美的影像语言，并结合大量的慢镜头叙事和重复叙事，表现了男女主人公在街道、走廊、楼梯和房间里的邂逅、擦肩以及对视，男女主人公欲说还休、暧昧难解的情感就这样氤氲而出。当然，被观众津津乐道的还有挥之不去的旧上海味道和女主人公频繁更换的锦绣旗袍，这些装饰性的唯美影像共同俘获了观众，使观众和男主人公一起陷入对那一段纯情往事深沉而感伤的怀念。但是，破碎的形式能指却容易成为漂浮的孤立者，内容所指往往在无法规范形式能指的窘境中被迫出走，造成形式与内容之间意义链的隔离与断裂，可能会产生的思想意义却被张扬的形式隐藏、遮蔽，甚至消解。这种感性情感的弥漫很明显地遏制了观众的理性反思力量，“在技术的煽情力操纵下，最终所实现的，往往是一份‘剧终人散’的空落，一种激情耗散之后的体乏力虚。当下的满足和安慰并不能就此成为永恒的回味、内省”。[①] 陈逸飞

① 王德胜：《扩张与危机》，中国社会科学出版社 1996 年版，第 152—153 页。

的怀旧经典《海上旧梦》无疑也是这样一部推崇形式美的电影。影片仿佛由一幅幅动态的油画组成，没有故事，没有对白，一位顾影自怜的女子，各种旧上海意象的流转与铺陈，在声光色的唯美修辞中传达出浓厚的怀旧气息，无须什么沉重的内涵，飘逸繁复的历史光影已经说明一切，陈逸飞要给我们的就是一场唯美空灵的旧日梦境。可见，导演们并没有认真考量形式美的悖论，其实，放弃追求深邃的思想内容而醉心于形式美感的雕琢已不再是艺术先锋的圭臬，而成为迎合时尚、向媚俗沦落的表征。

怀旧电影的视觉装饰性审美范式虽然在一定程度上表达了怀旧的意味，但是，我们很难说它是着力于帮助观众深入探测电影思想内涵的“有意味的形式”，问题就在于，它是以矫饰的形式主义美学来表现浪漫主义的怀旧情感。从西方唯美主义的渊源上看，矫饰美学与媚俗化之间本来就具有某种孪生性，而且，“媚俗艺术显然是靠了那些一般说来与浪漫主义世界观相联系的情感需求而得以繁盛的”。[①] 这样看来，从影像的装饰之美和这种矫饰美学所意欲表达的怀旧主题上判断，视觉装饰性审美范式主要遵从的是消费主义的游戏规则，而消费时代的审美主潮正是抽离深度、拒绝思考的形式饕餮。所以，从这个意义上讲，视觉装饰性审美范式并不是反抗现实和张扬精英化艺术审美精神的形式美学，而仅仅是通过凸显浅表形式美来媚从于消费主义和文化时尚的形式美学。

三　声音之美：现代传媒中的“说书人”

在消费时代的中国怀旧电影中，导演们大多以画外音的形式，塑造了一个别具风格、视角独特的叙述人。这个叙述人有些类似于中国传统文学形式——话本中的“说话人”。怀旧电影将中国讲唱文学中的“说书人”以电影化的形式加以转换，形成了一个具有自身独特审美特征的“新说书人”形象。

可以说，说书人是兼具作者和读者的双重身份，同时又在本文和读者之间起桥梁和纽带作用的媒介人。艾布拉姆斯在《镜与灯——浪漫主义文

---

① ［美］马泰·卡林内斯库：《现代性的五副面孔》，顾爱彬、李瑞华译，商务印书馆 2002 年版，第 258 页。

论及批评传统》一书中，提出了著名的文学“四要素”模式：作品、作家、世界和读者。但是，这个模式最大的盲点就是传播，没有给予传播在文学整体运作中应有的地位。这里的传播可以理解为文学作品的外部传播和内部传播。所谓内部传播就是读者和文本之间的互动过程，而存在于中国古典小说中的说书人，就是文学内部传播机制的一种运作策略和方式，是一个在经典中生成但又具有现代意义的叙事媒介人。

这个叙事媒介人，如果到怀旧电影中去寻找的话，就是电影中“我”这个叙述人。但这个叙述人与古典文学中的“说书人”既有相似之处又有些许不同。说书人是外在于故事的一个叙述人，他是以全知全能的视角介入故事，他的叙事态度是一种貌似主观的客观，他虽然在某种程度上可以影响叙事的时间和节奏，但无法对故事本身进行决定性改造；而怀旧电影中的“我”往往就是故事的主人公或剧中人，整个故事仿佛都是“我”的意识流动，是一种真实的主观化叙事，换言之，“我”这个叙事人是故事本身内在的重要元素，所以，可以称之为“新说书人”。《阳光灿烂的日子》中的马小军、《孔雀》中的弟弟，《我的父亲母亲》中的儿子，《一个陌生女人的来信》中的女主人公，《暖》中的井河，《长恨歌》中的程先生等，都是这种“新说书人”形象。

这个“新说书人”的主要艺术特征在于，以现在时态主观化的画外音叙事来引导过去时态的影像叙事，重构怀旧的情境，蕴酿感伤的情怀。怀旧电影之所以被称为怀旧电影，就在于影片明显地表现出过去的时空环境，这种表现，如果仅仅依靠画面本身的客观叙事，是很难给观众带来体验“旧事”的效果。画外音的介入有效地解决了这个问题。通过声音元素的叠加运用，有效地建构起一个现在时态的“我”，这个“我”往往就是剧中主角或是与剧中主人公相关的人物，影片通过“我”的画外主观解说和评述，逐渐展现出“我”或者是与“我”相关的人曾经经历的一段难以释怀的往事。在影片《那山那人那狗》的开头，男主角的第一人称画外音，伴随着乡间美丽景色缓缓摇移的全景镜头而出现：“我的乡邮员生活就是从这一天开始的。”《阳光灿烂的日子》一开场，就通过画外音提示观众，这段岁月是主人公“我”所经历的一段萦绕心间的青春记忆。电影

《台湾往事》的第一个镜头展现了“我”的阿公在乡间为人义务看病的全景镜头，画外响起“我”的旁白。这些都说明画外音的存在“表明或暗示出影像作为一种过去发生的事件或昔日形象的重现所具有的回忆性质”。[①]同时，确证了怀旧的主观化、私人化的情感指向。

进一步讲，这个“现代传媒中的说书人”的美学特征主要通过叙事态度表现出来。叙事态度包括叙事语态和叙事时态。

首先，叙事语态实际就是指叙事人称和视角。具体来讲，是主观叙事还是客观叙事，或者说是内视觉叙事还是外视觉叙事？上文已经提到，怀旧电影一个重要的美学特征就是带有主观叙事特点的一种内视觉叙事。怀旧电影叙事语态包括以下两个方面的特点。

一是感知虚构性。感知虚构性是指电影中这个画外叙述人，是主人公或者剧中人，他并不完全孤立于文本之外，整个影片的整体视角就是一个限定性的主观视角，电影以某段美好的往日经历为背景，“‘我’所讲述的，只能是“我”所经历、所听说、所了解的故事，或是“我”所体验到的、察觉出的、省悟到的情感、心理与意识（包括潜意识——无意识）”，[②]从而使影片贯注着强烈的主观情感。

不管影片是采用整体闪回（影片主要展现的是逝去的往日经历）或是局部闪回（影片采用过去时空与现实时空交错的手法，但仍以表现过去情境为主）的手法，都存在这样一个事实：声音层面的人物是现实的人、当下的人，而画面中的人主要是过去的人、旧时的人。现在的人物与过去的人物在影片叙事中形成审美的张力，现在的人通过声音层面的叙事将观众带入过去的美好的生活情境，“可以使画面解脱它的一部分表现和解说作用，尤其是可以表达画面难以表达的许多细枝末节”。[③]我们可以理解为，现实的这个叙述人是把过去生活的积淀从内心召唤出来，通过当下的生命对过去的情感体认和指向赋予记忆以新的意义，画面并不是依据物理时间对过去来做线性的流水式展现，而是以一种散文化的书写方式，将过去某

① 李显杰：《电影叙事学：理论和实例》，中国电影出版社 2000 年版，第 277 页。

② 同上书，第 272—273 页。

③ ［法］马赛尔·马尔丹：《电影语言》，何振淦译，中国电影出版社 1980 年版，第 154 页。

些普通事件、情境或是细节给予强烈的情感关照，甚至将某些并不突出或者在当时极其普通的事件和动作加以典型处理，实现对原始记忆的补充和虚构，形成电影的整体叙事。这里体现出画外音建构的这个主观叙述人在视角上的灵活性，在这种主观视角中实际隐藏着一个全知全能的视角，但它不同于说书人的全知视角，说书人是以第三人称的形式介入的评论者，是完全的“异故事”叙述者，它的全知视角是外在于故事本身的，是一种带有客观评述性质的客观叙事，怀旧电影中“我”这个叙述人在很大程度上是内在于影片本身的，是“同故事”的叙述者，是介入甚至整体演绎文本的人物；不同于说书人是故事之外的他者，“我”的全知则是根源于我的主观性。这样不仅使观众对过去的事实具有比当时的“我”更为全面的把握，同时在“我”的引领下，又给观众造成一种与“我”同在并且共同再度体验过去的审美错觉，使观众更轻松地进入故事。“他（观众）只需认同其中的这一个人便能真正体验这一故事，免去了过去在摄影机运动的任意支配下，逐个地注意和同情一个又一个角色，这种做法实际上耗费了相当多的感情力量。”①

二是反思评价性。前面已经提到，怀旧电影中的主观化叙事主要通过画外音的形式表现出来。“画外音在更大范围里发挥一种结构的作用。叙事的画外音可以随意地附着于开头的形象序列，解释形象和启动情节，此后便完全为视觉形象腾出空间。”② 而这个画外音的叙述者往往是剧中人，这样，画外音对主人公和剧中人过去的生活、行为和情感经历不仅集中在画面层面加以形象展现，而且在声音层面加以现实性的评点和反思。这个特点比较类似于“说书人”对小说中人物形象和人物命运的评论和预测，但说书人由于外在于故事，因此他的评述与怀旧电影中的“我”相比，缺乏对读者更大程度上的吸引力和感染力。怀旧电影中的“我”这个叙述人对过去生活的评价反思，“不是描述动作，而是独立地展开并同时起着增强视觉形象的冲击力和含义的作用”③，具有两极互动的审美张力：一方

① 李显杰：《电影叙事学：理论和实例》，中国电影出版社 2000 年版，第 271 页。

② ［美］戴卫·赫曼主编：《新叙事学》，马海良译，北京大学出版社 2002 年版，第 213 页。

③ ［美］李·R. 波布克：《电影的元素》，伍菡卿译，中国电影出版社 1986 年版，第 98 页。

面，通过画外音的评述表示叙述行为的独特性，把观众的注意力吸引到叙述方式上来，同时，通过进一步突出叙述行为而在观众与故事之间形成间离效果，使观众像现实状态中的“我”一样，以一种理性反思的眼光把握故事乃至理解人生；另一方面，画外音的评述不同于冷静的客观叙事，而是采用贴近观众的平易亲和的语气和富有情感的语调，仿佛形成一个话语磁场，将观众引导到故事当中，并使他们沉浸于故事中那份失落与感伤的情怀。这样一来，好像又完全没有了理性反思带来的间离效果，观众在感性的审美空间里与主人公合二为一。

在影片《草房子》中，很明显地体现出感知虚构性和反思评价性的结合。在开场第一个镜头中，儿时的“我”在前景对着镜头做了一个要求观众噤声的动作，而后景是一块黑板，上面写着：“第一课，我的梦”。其实这个镜头不是故事本身的镜头，而是一个开场白式的镜头，镜头中儿时的“我”是现实的“我”的化身，是现实的“我”在告诉观众，“我”要开始讲述“我”过去的故事，这个故事不仅是“我”过去的生活，而且是现实的“我”的一个美好梦想，一种对过去美好生活的审美重构。在接下来的故事叙述中，影像画面表现了以“我”为核心串联出的各种人物故事：纸月、陆鹤、蒋老师、爸爸以及“我”自己。同时，现实的“我”又以画外音的形式介入故事，以一种深沉而饱含情感的语调对故事中的重要人物和情境进行认知性评价，这种评价早已超越了过去的“我”的认知能力，是经过多年积淀以后产生的思考，这种思考交织着喜悦、感动、忏悔和彻悟的复杂情感。

影片《台湾往事》也有相似的体现。在影片的初始部分，有一段情节表现了母亲怀孕临产，作为医生的父亲在万般无奈下亲自手术的故事，而母亲生下的孩子就是“我”，而“我”还无法亲身感受这段自己出生以前的故事，这就显示了主观叙事中暗藏着的全知视角，这种全知视角完全可以理解为是“我”这个主观叙述人的重构想象，虽然影片中没有表现母亲将这段与“我”密切相关往事告诉“我”的情节，但观众仍然会理解这种重构的真实来源，并在“我”的引导下进入故事。电影《我的父亲母亲》中的“我”这个叙述人较之前两部影片更具有灵活性和特殊性。因为这个

“我”并不是怀旧情境中的母亲或父亲，而是作为他们的儿子的“我”，“我”作为后辈人绝对不可能亲身感受父辈的恋爱经历，这里好像“我”这个叙述人已经不再是我们所界定的叙述自己往事的主人公，而仅仅是与主人公有某种联系的边缘人——儿子，但作为儿子的“我”并不是外在于故事的外视角，他实际是作为主人公的母亲和父亲的转述人，是两个主人公身份的叠加，虽然他叙述的事件并非亲身感知，但也可以理解为是通过母亲和父亲的传达而形成的间接感知，然后在这种感知的基础上，进行了想象性虚构。因此，这个“我”仍然没有超越广义范畴的主观叙事视角。

其次，叙事时态主要是指叙事过程中所表现出的时间性。叙事时态的互渗性是怀旧电影通过“新说书人”的主观化画外音叙事体现出的一个重要特点。它具有两方面的具体特征：第一，时间的互渗具有明暗互见、显隐互为的性质；第二，这两种时间的互渗又统一于心理时间的完整性。

怀旧电影之所以被称为怀旧电影就是因为影片明显地表现出过去的时空环境，这种表现如果主要依靠画面本身的客观叙事很难给观众带来“旧事”的效果。“画外音是对逝去事件的评说。”[①] 通过声音元素的叠加运用则有效地建构起一个现时态的“我”，在声音和影像的二维空间中形成了现在和过去两种时态的对立互补，双向渗透：“主人公让现在时的解说词伴随画面（这种旁白似乎使回忆活动具体化），这就造成了两种时态并存的效果……通过声音与画面的相互作用（声音将画面带入往事和‘内心世界’之中），画面可以成为回忆内容的逼真再现……画面为我们展现回忆的内容，而解说词告诉我们回忆的意向性。”[②]

第一，时间的互渗具有明暗互见、显隐互为的性质。在怀旧电影中，影像的叙事是叙事的主体部分，处于显眼的地位。也就是说，通过影像表现的过去时间更为直观化和清晰化。而相反，现在时态的凸显则比较隐晦，主要通过画外音的形式使观众察觉到现在时间的存在。即使是像《暖》、《我的父亲母亲》和《阳光灿烂的日子》等影片在影像层面采用了过

① ［美］戴卫·赫曼主编：《新叙事学》，马海良译，北京大学出版社2002年版，第211页。
② ［法］克·麦茨：《当代电影理论问题》（上），崔君衍译，《世界电影》1983年第4期。

去和现实的时空交错，但从总体上看，影像中对现实时空表现的比重还比较弱，主要还是用来衬托过去时空的存在，特别是在《我的父亲母亲》和《阳光灿烂的日子》中，现实时空的出现仅仅是在开头或结尾，只是对引起怀旧的过去具有点染和收束的作用，而且，导演有意采用了黑白影像表现现在的时空与表现过去时空的彩色影像相区别，进一步突出过去时间。

第二，这两种时间的互渗又统一于心理时间的完整性。怀旧电影作为怀旧的影像表达，必然要体现怀旧的心理特征。从怀旧的特征看，怀旧者以心理时间的独立性来构建一个不同于过去和现在的心理时空，以一个新的心理时间纬度来统率过去和现在。画外叙述者代表的现在时间状态和画面所表现的过去时间状态实际上可以理解为根源于、统一于叙述者的心理时间。画内的影像和画外的声音表面上是两种不同的时空，但都可以看作来自叙述人的心理感发，是叙述人怀旧心理的瞬间体验和刹那凝结。它带给观众的时间感受和审美体验也是复杂而多维的：一方面，是现实和过去两个时间维度所牵引出的交错杂糅的审美体验；另一方面，在现实与过去两重时间线索的背后，观众仿佛可以感觉到怀旧者心灵时间的无限性，可以触摸到怀旧者的情感深度和浓度。

应该说，如20世纪80年代初的经典怀旧电影《城南旧事》等影片中，主观化画外音叙事也是一大艺术亮点，那么消费时代怀旧电影的画外叙事有什么具体的当下意义？或者说，画外主观化叙事的审美形式与消费主义之间有着怎样的价值关联？

一是，画外的声音叙述有利于充分彰显怀旧电影的消费功能。在当下的中国社会，消费化享乐主义生活观的日益泛滥对艺术审美的价值取向产生了重要影响。具体到电影创作而言，创作者大多是为了更好地实现电影的商业化和产业化而进行审美经营，而消费者也以电影能否给予自身更充分、更强烈和更直接的感官享受而进行审美选购。创作者和欣赏者，在如何更好地消费美和实现美的消费性上，达成文化共识。所以，无论是好莱坞大片还是中式大片都无一例外地以大制作、大场面和强音效，来充分彰显电影视与听的双重优势，竭尽所能地使观众获得强烈甚至超负荷的视听冲击，以全方位地满足观众的视听快感来刺激他们的消费欲望，为保证电影的高票房服务。对于像怀旧电影这样的小成本情感类影片，虽然缺乏大制作所具有的视听盛宴，但是同样面临在消费文化背景中如何实现自身商业价值的问题，并且，因为缺乏大片所具有的视听优势，如何激发观众的消费兴趣，就成了一个更为现实而棘手的问题。当然，打造装饰性的唯美影像，无疑是创作者实现电影消费性的筹码，但这并不能保证消费功能的全面彰显。美学家韦尔施认为，“如果说视觉是距离的器官，那么听觉就是结盟的器官”。[①] 听觉较之视觉更具有亲和力，更易于拉近审美距离。所以在声音层面，以设置画外主观叙事人的方式来俘获观众的听觉器官，就与唯美影像的视觉诱惑之间形成了价值合谋。

二是，怀旧电影的画外叙述暗合了当前审美消费化、审美日常生活化的文化情势，营造了观影的生活化氛围，消解了审美的理性距离，突出了审美的消费快感。在后现代的消费文化语境中，日常生活的审美化意味着张扬人的感性之维，而审美作用于人的感性，自然要抽离理性深度而追求审美的平面化，这种平面化表现为无深度的影像审美消费，还表现为肤浅、简单的情感消费。怀旧电影的画外音叙述很好地起到了满足这种情感消费的作用。其采用贴近观众的平易亲和的语气和富有情感色彩的语调，仿佛形成一个话语磁场、一个私人化的交流空间，有效地拉近了观众与影像的疏离感，以动人心扉的情感化介入加强了观赏的生活化质感，消解了观众的理性审视空间。可以说，其给予观众的，并不是生命价值的理性反思，而是感性情感的被动消费，一种降低审美难度的趋零体验。《一个陌生女人的来信》在这一点上的表现是比较典型的。电影的影像叙事相对比较平缓，情节也没有多少腾挪跌宕之处，如果隐去女主人公的主观叙述，影像本身的力量要弱化许多，难以形成对观众的精神感召。而影片的亮点就在于，画外音叙事起到了主导作用。女主人公感伤而深情的叙述，仿佛一个亲密的友人在向你倾诉她尘封心底的隐秘往事，使观众在无意识中放弃了本应具有的理性判断，被影片中仿佛至真至纯的生命情怀所俘虏，坠入感性情感的深渊。影片《孔雀》的画外叙述在这点上的表现也较为明

---

① ［德］沃尔夫冈·韦尔施：《重构美学》，陆扬、张岩冰译，上海译文出版社2002年版，第222页。

显。电影分三段讲述了姐姐、哥哥和我的故事，在每一段的开头，都以全家人在那个夏天围坐在走廊上吃饭的镜头开始，"我"的画外叙述往往在这时出现，以深沉感伤的语调怀念了平凡而幸福的生活，显得含蓄蕴藉而又真切动人。画外的情感叙述和影像的复沓叙事相得益彰，充溢着生活的烟火气和幸福感。而消费文化的负面效应就是易于使人丧失忧患意识和反思意识，使人陶醉于日常生活提供的浅表的幸福感。可见，怀旧电影是在怎样的意义上实现了与消费主义文化逻辑的价值关联。

三是，画外的情感化叙述以其私密性、纯真性，以及唯美的浪漫主义色彩，强化了怀旧电影的消费文化特征。在怀旧电影中，无论是《一个陌生女人的来信》中女主人公对男作家的一往情深，《暖》中井河对暖的深情爱恋，还是《阳光灿烂的日子》中马小军的青春爱情想象等，几乎无一例外的都是借助画外音，突出了情感积淀的私密性和真实性，心灵深处隐藏的情感纠结在画外音中被和盘托出。这种隐秘情感记忆的开放性叙述，无疑迎合了观众的窥视欲，在很大程度上调动起观众的心理期待，并在这种期待中完成自己的审美消费。此外，更为重要的是，画外的情感叙述表达出浓厚的感伤情怀，表现出对已经逝去的往昔岁月里，流溢至今的情感记忆的追念和凭吊，对此情不再、覆水难收的喟叹，在虚化的过去时空中憧憬完美之爱、伤别理想之情。比如《暖》中始终贯彻着男主人公井河的忏悔意识，结尾他那一番"我的承诺就是我的忏悔"的真情流露，伴以空灵忧郁的箫声，将失落青春爱恋之后的生命感伤表现得淋漓尽致。这样一来，怀旧电影就在浪漫主义的唯美想象中，为大众构筑了一个至真至纯的情感乌托邦。费瑟斯通指出："消费文化使用的是影像、记号和符号商品，……表现的是那份罗曼蒂克式的纯真和情感实现。"[①] 那么，怀旧电影的画外叙述对纯美情感的深情演绎，无疑强化了自身的消费文化特征。

四 意蕴之美：繁复的感伤

消费时代的中国怀旧电影以其唯美精致的影像风格、感人肺腑的声音

---

① ［英］迈克·费瑟斯通：《消费文化与后现代主义》，刘精明译，译林出版社 2000 年版，第 39 页。

特质和情韵舒展的叙事结构建构起一个令观众心醉而神迷的艺术世界。从观众审美的角度，主要产生了两种相互关联的艺术效果：一是点燃了观众的怀旧情感。在怀旧电影营造的艺术世界里，观众追随剧中人一起坠入深沉而含蓄的怀旧体验，在这种审美的情感体验中，艺术的魅力随着影片的进程慢慢渗入观众的审美神经。观众最终获得一种感性与理性交织互融的审美悟性，达到一种无拘无束的心灵游戏状态，一种空灵自由的审美境界。二是这种情感体验流溢的主要是一种感伤基调。怀旧电影带给观众的怀旧体验并不是宏大和昂扬的激情，而是交织着忧郁、悲愁、哀怨、怅惘和伤逝等的温情体验。如果我们透过这些复杂的情感表象向深处追寻，可以理出它们共同的源头，归拢在感伤的麾下，换言之，怀旧电影中的深沉的感伤之情是其所有情感质素的共同内核。进而，感伤通过对人的情感的潜润而升华为一种美感体验，转化为艺术作品本身的美感蕴涵。正如西方著名美学家鲍桑葵所言："美首先是一种创造……使一种新的情感获得存在。"[①] 感伤以其繁复的情感质素散发出动人的美感意蕴，以其美的包容性和独特性涤荡着我们的审美感官。

感伤是一个交织着美学、心理学，以及文化人类学等多重意义的诗性范畴。如果说，怀旧电影所展现的艺术世界营造了怀旧之情的聚合与裂变、感发与升腾的氛围和情境，那么感伤则表现为这些情感的启发点和凝聚点，成为怀旧电影的美感蕴涵。我们可以在感伤之美生成的直接原因、主要动力和美感特征这三个层面上，对影片所体现出的感伤之美加以分析厘定。

（一）感伤之美生成的直接原因是爱的痛失、完美之爱的消逝

从感伤的时间指向上来看，感伤往往指向过去的事情，特别是一份难以释怀的往日情感，或者说，感伤的情感焦点总是定格在已经逝去的往事。在消费时代的中国怀旧电影中，导演们创设的"新说书人"或是回忆晶莹澄澈的初恋故事，或是追念感人肺腑的人伦亲情，均表达了对人生无定、爱情短暂的咏叹，对完美无瑕、至纯至善的人生诗境的向往，而这些

① ［德］鲍桑葵：《美学三讲》，周煦良译，上海译文出版社1983年版，第57页。

都以一种感伤的情怀投射到已成云烟的历史中。既然感伤立足于过去完成时，那就说明这段历史具有渗透心田的力量，而这种力量的产生就是感伤生成的关键触媒：爱的痛失、完美之爱的消逝。怀旧电影所蕴含的感伤之美，主要通过唯美化的影像来展现过去所经历的爱与美的故事，同时，通过画外音的倾诉，表达理想之爱的失落和陨逝给怀旧者留下的感伤回望。怀旧者仿佛成为一个精神的漂泊者，寻求归家之路却求而不得，只有一份无处为家的感伤相伴。影像与声音的两重叙事在互动互为中，将感伤的情调与美感演绎得有声有色。可以说，从爱的痛失中孕育而生的感伤之美成为人在长久的时间流逝后，超越于感发性、短暂性的外在情感之上的人性完善。

（二）感伤之美发生的主要动力因素可以归结为怀旧

怀旧的心理呈现方式，我们可以把它界定为“回忆”。回忆带有强烈的主观化、私人化的情感指向。在回忆的过程中，怀旧个体首先是无意识地进入自己亲历的过去时空，以实际的物理空间和情感持存来感发意兴，召唤出心灵深处蛰伏的记忆，在潜意识中形成一种片断式、碎片化的图像心理结构。这就是现象学所说的“原图像”或是“自身图像”。同时，怀旧者进一步通过本质力量的对象化，在“原图像”或者说“自身图像”复现的基础上，依凭主观情感的投射，在意识流动中，展开对“原图像”的意象化重组和构造，逐渐从生理快感上升为美感体验。

怀旧的美学本质是指怀旧者对过去的生活经历在心灵当中的审美再造和艺术重构。怀旧的审美体验方式是一种形散而神不散的心灵化影像叙事。其所叙之事是往昔旧事，是被当下的情感渴求所点燃和激活的旧事，进一步讲，怀旧者的这种心灵叙事可能是对某一人、某一事或某一物的重复呈现，也可能是对不同时空中事、物和人的跨越式重组、连缀乃至复合，“呈现是某种自由物；它是一种自由的穿越。我们既可以较快地完成这种呈现，也可以较慢地完成它，既可以清楚明白地完成它，也可以混乱不堪地完成它，既可以闪电般地在一瞬间完成它，也可以缓慢的步骤一步一步地完成它……这样，呈现本身就是内在意识的一种显现”。[①] 通过怀旧者情感红线

① ［德］胡塞尔：《内在时间意识现象学》，杨富斌译，华夏出版社2000年版，第50页。

的穿插串联，以一系列精致唯美的意象构成它全部的诱惑性，无论在过去的某个时刻这一切给予怀旧者怎样的感受，在当下的复现中，都充溢着浓郁的诗意和唯美的色彩。

怀旧作为一种心理动态活动，是对过去生活和过去事件的一种心理情感投射。在怀旧电影中，影片对怀旧氛围的烘托和怀旧情境的营造，将怀旧的心理动式运作通过电影的视听方式直观地呈现出来，将怀旧的心理性进行直观化的转换。这样就以电影化的怀旧方式创造出绵延无尽的感伤之美。这里就牵涉一个问题：怀旧电影主要表达了怎样的怀旧内容？而可能正是这一怀旧内容的表达与感伤之美的生成息息相关。

通过纵览代表性影片，我们可以发现，怀旧电影主要表现两大方面的怀旧内容：忆情和怀乡。或是追忆刻骨铭心、韶华已逝的情感；或是表达魂牵梦绕、幽渺绵长的乡愁，即还乡意识和家园情结。其中忆情和怀乡都具有各自的内涵。那么，“忆情”为何呢？首先，忆情是指怀旧个体对自己曾经经历的一段感情无法释怀，一种情结埋藏在心，这种情感的缺席和不在场成为怀旧的心理前提；其次，这种情感是怀旧者小我的私人话语，而不直接指涉对国家和民族的热爱之情，即使两者具有潜在联系，也是一种无意识的勾连，也是在以大我的情感衬托小我的情感，最终指向对自身过去某段情感的回归和认同；再次，忆情是忆过去之情而不是现实之情，正是因为现实中怀旧者无法达到情感的满足才将目光投向过去，在对过去情感的再度体验中寻找自适、自慰，从而达到心灵的平衡。而“怀乡”又是何意？其实，怀乡彰显了怀旧者强烈的家园意识，一种历经漂泊和沧桑的归家渴望，一份萦绕心间的乡愁。乡愁，在希腊语中就是“返回家园”的意思，是指对过去曾经经历的人、事、物和环境，心怀着一种苦乐交织的渴望，寄托着一种离家后思慕家乡、追恋家园的忧郁感受和愁怨体验。而忆情和怀乡往往又互动运作合而为一：怀旧就是怀旧者怀念他或她认为在可以称为家园或乡土的地方，与某些人、某些物发生的某些事，特别是在这些事当中产生的人与人的情感，无论是痛苦还是欢乐，酸甜还是苦辣，经过多年的积淀叠加，在怀旧者的意识中成为荡气回肠、醇厚悠长的生命审美体验。以时间上的回溯、情感上的回忆和理念上的回思，建构一个在现实中缺席的心灵家园。

“爱是一种淡淡的忧伤，美是一种淡淡的‘乡愁’……乡愁的‘珍惜’意绪是人类美感的基地。”[①] 在怀旧电影中，忆情和怀乡怀旧内容得到比较充分的艺术展现，并且两者常常交织渗透，彼此融合，形成强大的情感冲击力，这种强烈的情感力量将过去演绎得近乎完美无缺、动人心魄，而正是这种完美的逝去和失落搅拌着千头万绪的情感之线，一起汇向感伤的源头。感伤体现为一种包容复合着悲愤、忧郁、怜悯和哀怨等多种外在情感质素的圆美和大美，一种含蓄蕴藉、深沉内敛的秀美和静美。观众在审美过程中自然受到影片所彰显的感伤之美的打动，而产生此情已逝成追忆、只是现实已惘然的感伤心绪。

霍建起导演的《那山那人那狗》和《暖》都是在一种大背景的中国式乡愁中展开叙事，也就是说，两部影片讲述的具体情感故事虽然不同（前者是重温父子亲情，后者是感怀初恋），但均将故事的发生地置放在美丽纯净的田园故乡，这就首先使故事浸染着挥之不去的淡淡乡愁，无形中给影片着上一层沉重伤感的情感底色，而具体故事的展开，是通过检览一段刻骨铭心的往事，使往事在岁月的淘洗中更见光华和魅力，这份魅力就是一种渗透心田的生命爱恋。整部影片在爱的激情与爱的失落两极运动中，追蹑着人生之旅中的美丽足迹，以跨越时空的影像书写营构了一个诗意化的怀旧情境，从而引领我们去品读阅尽沧桑之后的感伤之美。这样一来，影片就在乡愁铺就的感伤底色上，通过具体的情感追念增添一份难以言尽的感伤色彩。

（三）感伤之美的审美文化特质

在忆情与怀乡的怀旧氛围里，由于追缅过去的爱与美而形成的失落感所引发的感伤之美到底具有怎样的美感特质，是需要我们进一步追问的话题。笔者认为，感伤之美在于它是一种独特的审美悟性。感伤作为一种审美悟性，首先是一种充分的情感体验，一种情感的直觉化，一种审美感性的表征；其次，感伤之美作为一种审美悟性，体现出在感性化的怀旧体验

① 周月亮：《影视艺术哲学》，中国广播电视出版社2004年版，第240页。

中，积淀着理性的生命沉思和人性体悟。感伤之美生成的情感起点是怀旧主体曾经体验到的至真至善的幸福和快乐，而感伤之美生成的情感落点是这种幸福和快乐消逝以后的忧郁与愁怨。感伤之美的整个生成过程表现为爱的完美和爱的痛失两极情感的过渡与落差，而实际上在感性情感的变化和落差中深沉地表达了对过去美好情感生活的认同和回归，这种认同本身就是对现实情感状态的否定，内隐着对过去和现实的双重反思与评价，内隐着对生命存在的终极价值与意义的体悟与叩问，这就是感伤之美的理性层面。在感性情感和理性反思的交织互融中，感伤生成为怀旧者在对过去的爱与美进行再度体验时的情感归宿和美感蕴含。怀旧电影无一例外地通过影像层面的感性呈现和声音层面的理性评述，将感伤之美作为一种审美悟性的美感特质生动地展现出来。

在感伤之美的美感特质统率之下，我们可以进一步把握怀旧电影中所蕴含的感伤之美的私人化、潜润性和小资情调。一是感伤之美的私人化。怀旧电影有一个比较一致的共性，那就是每部电影都是个性化的生命传奇，是个体化的情感呢喃。无论是《我的父亲母亲》和《云水谣》对纯情初恋的深情追忆，《那山那人那狗》对血脉亲情的深度体认，还是《花样年华》《2046》和《暖》对昔日旧事的回望和留念，所有的一切都是小我的生命低语，具有鲜明的私人化倾向。正是这种私人化的情感流淌才抒发着一种真切而独有的感伤，才把那种情到深处的孤独与绝美传达出来，才使观众真正体会到那份细致而绵密的感伤之情和感伤之美。二是感伤之美的潜润性。怀旧电影的感伤之美并不具有一泻千里的恢宏气势，而是轻缓柔和的情感潜流。在影片浓重的怀旧氛围中，通过唯美精致的影像画面和深沉追思的画外叙述，感伤的美感如清淡的云烟慢慢升腾而起、弥漫开来，将观众紧紧裹挟而带入影片的怀旧故事，同影片的主人公一起去怀旧。在纯美的幻象世界中，感伤之美的无声潜润使观众坠入影像化的往日旧梦，在梦想中寻找心灵的慰藉，领略尘封的岁月里那摄人心魄的美。三是感伤之美的小资情调。小资们的感情世界是敏感精致而又多姿多彩的。他们在孤独中对感情包含着某种希冀，一种对于真实情感的渴望，渴望收获一份浪漫而又传奇的感情。但是现实生活往往难以给他们一份纯粹而唯美的感情，他们只能返归心灵深处，在自己的精神世界里缔造着独属于自己的浪漫，以及深切地体验着无法真实邂逅这份浪漫的感伤。“日常性提供了这样一种奇怪的混合情形：舒适和被动性所证明出来的快慰，与有可能成为命运牺牲品的‘犹豫的快乐’搅到了一起。这一切构成一种心理，或更恰切地说，一种特别的‘感伤’。”[①] 所以，小资的精神世界总与感伤之情相伴相随。而消费时代的怀旧电影敏锐地捕捉到小资们的这些具有后现代意味的浪漫情调，追忆性地留恋过往的岁月、逝去的青春和失落的情感，用影像和声音传递出如泣如诉的忧伤情绪。可以说，怀旧电影里那包含着多种情感质素的感伤之情和感伤之美，与小资们反复体味而又无法释怀的感伤之情相得益彰。在电影《暖》的叙事中，小武生和井河先后将爱情承诺给予女主人公暖，最后却背弃诺言离开了她，这种残酷而又有期待的爱迎合了小资们的心灵期待，迷离之间擦肩而过的爱和那份弥足珍贵的纯真，换得了小资们一声沉重而又无限感伤的叹息。《云水谣》在“爱的坚忍与纯美”的浪漫主题下，让一个垂暮老人去重拾缤纷多彩、激荡心扉的爱情记忆，激起了小资们灵魂深处的情感波澜和美好憧憬。可见，感伤之情是怀旧电影的导演们在消费文化时尚的引领下为小资们精心调制出的情感盛宴，当小资们在这种情感中获得强烈的共鸣，进而习惯了对这种情感的消费之后，就会进一步自觉地以感伤作为一种观影的审美标准和文化标识，从这种意义上讲，怀旧电影的感伤之美就不仅仅是一种单纯的艺术美感，更是一种与消费主义紧密相关的审美文化时尚。

在后现代的消费文化语境中，怀旧电影以装饰性的影像之美、主观化的画外音叙事和繁复的感伤之美，不仅彰显了自身的审美特质，而且顺应了当下的消费文化症候，在一定程度上实现了审美价值和商业价值的共赢，但是，我们需要警惕的是，怀旧电影的审美趣味中隐藏着媚俗的疾患。在新的创作中，需要努力消解后现代消费文化的负面影响，去建构唯美的深度、情感的厚度和新颖的艺术向度。

---

① ［法］波德里亚：《消费社会》，刘成富、全志钢译，南京大学出版社2000年版，第15页。

附录二

人的生态美描述

——马克思《1844年经济学哲学手稿》阐释

摘要：深入挖掘马克思的《1844年经济学哲学手稿》，可以概括出"人的生态美描述"这一理论话题和它所包容的三个相互关联并逐步内化的层面：人的生命生态场、人的主体间性和人的本质力量，从而反映出马克思的生态美学思想。

关键词：马克思；手稿；生态美；和谐

《1844年经济学哲学手稿》（以下简称《手稿》）作为青年马克思的思想结晶，以其博大精深的理论内涵和话语张力显示出思想的丰富性和开放性，加之以手稿的形式呈现，更具有独特的繁复性和鲜活性，多重的意义空间在其中孕育萌发。本文试图从"人的生态美描述"这一角度切入，探析《手稿》的某些理论问题，给予其现代性阐释。

一　人的生命生态场：在异化的中介性中和谐生成

人与自然的关系一直是人们言说不休的话题，而从美学角度探究是中西美学的古老情结。那么，《手稿》又是怎样认识两者之间的关系呢？首先，辩明了人对于自然的主体创造性和超越性。在人与自然混沌未分的远古时期，人仅仅是以动物的身份在自然的支配下求得生存，随着实践活动的开展和主体意识的逐渐苏醒，人最终实现了从屈从自然到超越自然的质的飞跃。这一过程积极地促成了人从他者向主体的转变，人的主体性、创造性和社会性浮出水面，自然走下统治的神坛成为人自鉴自身存在的“镜像”，“实际创造一个对象世界，改造无机的自然界，这是人作为有意识的类的存在物的自我确证”。[①] 其次，明确了自然对人的反向制约性和内在规定性。特别是从人内在无法分割的物质身体的角度去认识自然，并从存在本体论的高度予以界定：“人靠自然界来生活。这就是说，自然界是人为了不致死亡而必须与之形影不离的身体。”[②] 再次，强调了人与自然和谐交流的生态平衡性。把自然提升到人的感性生命存在最直接、最内在、最本质的层面，申说人与自然彼此拴寄并在对象化中彰显的交互主体性。作为“镜像”的自然既确证着人的属人本质，又反照出自然对人的根的意义。也就是说人的属人性和自然性得以互动渗透、水乳交融，“直接的感性的自然界直接地就是人的感性，直接地就是对他说来感性地存在的另一个人；因为他自己的感性，只有通过另一个人，才对他本身说来作为人的感性存在着”。[③] 通过相互勾连的三个层面，马克思全面论述了人与自然的生态伙伴关系，体现出两者生命共存、共触、共感、共生、共融的生态之美。

“从现代人的科学观点来看，只有从其社会织体才可把握人。”[④] 马克思的高明正是在于进一步引入社会的概念，但是回避了从人的角度来统筹社会和自然的常规路径，从社会如何包容人与自然的界面来梳理三者之间的关系。社会作为人与自然的统一体，“主导着对立的两个方面（A统ab)”，[⑤] 即从某种程度上讲，社会是人与自然的唯一性统摄和全面性整合。

理解这一问题，可以细化为两个层面：其一，社会性是人称其为人的本质属性。实际上，人能超越性地走出自然的魔圈而成为人，是因为人创造出了一个不同于自然的世界——社会，“社会的性质是整个运动的普遍

① ［德］马克思：《1844年经济学哲学手稿》，刘丕坤译，人民出版社1979年版，第50页。

② 同上书，第49页。

③ 同上书，第82页。

④ 刘小枫：《现代性社会理论绪论》，上海三联书店1998年版，第21页。

⑤ 庞朴：《一分为三论》，上海古籍出版社2003年版，第12页。

性质；正像社会本身创造着作为人的人一样，人也创造着社会”。[①] 人与社会在互创互为中纽结生成，社会的存在是对人的存在的本质确证。这一确证包括两层含义：首先是社会对人的类本质的确证。人虽然是千人千面，但作为类的存在物，仍然具有一定的共通性和相似性。这是因为在漫长的历史长河中，人类共同的类情感、类思维、类行为、类文化等作为“社会的器官”而萌生、膨发和协动，从而组构起一个全面系统的结构性总体，潜移默化地影响甚至决定着个人的生存和发展。其次是社会对人的独特性和丰富性的确证。人的魅力在于人的独特性和丰富性，它是植根于人的类本质又超越其上的人性亮点，鲜明而又真实地呈现着人的主体特征，包含着人自由自觉的发展潜能。可以说，从人存在的根源上看、从人生活的现实看、从人发展的多维向度看，“已经生成的社会……创造着具有人的本质的全部丰富性的人，创造着具有深刻的感受力的丰富的、全面的人”。[②] 因此，社会既是人的类本质全面生成的必要条件，又是人的主体性向更高级、更文明阶段攀升跃的驱动力。其二，社会是肯定自然界之属人性的终极根源，是连接人与自然的中介桥梁。马克思认为没有进入社会范畴的自然界，是与人无关的自然界，只有在社会中，人与自然才能进行实质性的对话交流。社会在建树人与自然关系的过程中扮演着主要角色，在整体包容的基础上，彰显唯一性、导向性、中介性和他律性等多重交织的价值功能。“自然界的属人的本质只有对社会的人来说才是存在着的；因为只有在社会中，自然界才对人说来是人与人之间联系的纽带……因此，社会是人同自然界的完成了的、本质的统一，是自然界的真正复活，是人的实现了的自然主义和自然界的实现了的人本主义。”[③] 人和自然在社会的平台上聚合、激活、裂变、重构和升华，乃至产生具有生态美特征的运作动势和生存态势。

马克思进一步揭示了社会对于人和自然的这种唯一性的主导关系，只有实现了对人的异化的扬弃，才能达到和谐圆满的生态美境界。“人的自

① ［德］马克思：《1844 年经济学哲学手稿》，刘丕坤译，人民出版社 1979 年版，第 75 页。

② 同上书，第 80 页。

③ 同上书，第 75 页。

我异化的积极地扬弃……是通过人并且为了人而对人的本质的真正占有；因此，它是人向作为社会的人既合乎人的本性的人的自身的复归，这种复归是彻底的、自觉地、保存了以往发展的全部丰富成果的。……它是人和自然界之间、人和人之间的矛盾的真正解决，是存在和本质、对象化和自我确立、自由和必然、个体和类之间的抗争的真正解决。”①

这里就引出了异化的概念，以及相关的核心问题：人为什么能够通过异化而且只有通过异化，才能实现与自然和社会的和谐共融的生态美？总的来说，该问题可以通过异化的中介性这一关节点来深化剖解。异化的中介性根源于异化的必然性，人从原始蒙昧走向终极完善，必然经历异化的否定性扬弃，而资本主义社会对人的异化则是人之异化的集中体现。马克思在《手稿》中集中而深刻地论述了资本主义社会中人的异化：“人的异化劳动，从人那里（1）把自然界异化出去；（2）把他本身，把他自己的活动机能，把他的生活活动异化出去，从而也就把类从人那里异化出去：它把对人说来的类的生活变成维持个人生活的手段。”② 异化使人退化到一种类似原始动物的野蛮生活状态，一种机械化、被动化、奴隶化、非人化的生命状态。异化将人放逐于黑暗的生命荒原，拘禁在逆反人性的精神囚牢。在异化的歧路上，人的本质属性被彻底剥离，或者说人的类本质和主体性遭到全盘否定。

马克思不仅揭露了异化对人的戕害并予以无情的批判，而且独具慧眼地发现异化自身孕育着自我解构和颠覆的因子，也就是说，异化以其消极性影响派生出不同凡响的积极意义：（1）人在异化中客观地创造出丰富的社会成果，异化成为自身的掘墓人。在人类发展的历史过程中，异化是无法超越又至关重要的转折点，“工业日益在实践上进入人的生活，改造人的生活，并为人的解放做好准备，尽管它不得不直接地完成（人的关系的）非人化”。③ 正是在这种非人的状态中，人以暂时牺牲自我的本真换取

① ［德］马克思：《1844年经济学哲学手稿》，刘丕坤译，人民出版社1979年版，第73页。

② 同上书，第49页。

③ 同上书，第81页。

了新的发展动力，通过异化的“劳动创造了美”。[①]（2）异化能重塑人性，重构生态之美。“工业的历史和工业的已经产生的对象性的存在……是感性地摆在我们面前的、人的心理学”，[②]只有经历了异化的“炼狱”，人才能深刻反思人的生命价值和存在意义，才能领略对自然、社会和人本身的真正需求，才能意识到怎样处理好人、自然、社会的三角互制关系。通过异化带有二律背反色彩的中介性作用，人将实现对自身的否定之否定，实现对异化的扬弃。所以，人类以人、自然、社会和谐律动的主体间性，走向反异化的生态之路，建构起生命存在与发展的生态场域。

二　人的主体间性：在交互对象化中动态显现

马克思在《手稿》中大量使用了“对象化”的概念。传统美学对这一概念的诠释是贯穿在“人的本质力量对象化”当中的，这里的“对象化”包含着人作为主体对自然和社会两重客体的征服、改造和占有，体现出一种单向性的力量转化，“随着对象性的现实在社会中对人说来到处成为人的本质力量的现实……一切对象也对他说来成为他自身的对象化，成为确证和实现他的个性的对象”。[③]马克思认识到此，却又没有止步于此。

从《手稿》文本来看，马克思并没有强调人对于自然和社会的绝对主体性，相反，马克思把人、自然、社会均界定为对象性的存在物，并指涉出对象性存在的具体特点：（1）此岸现实性。马克思认为，“非对象性的存在物是一种（根本不可能有的）怪物”，[④]“是非现实的、非感性的、只是思想出来的、亦即只是虚构出来的存在物”。[⑤]可见，主体首先是以他者的面貌呈现的对象性存在，这一身份的确证是任何存在物现实的活生生的在场状态，而不是超越真实情境的理论预设和先验玄思，任何存在物都在意识或无意识中受到这一共性的规定，人也必须从此规定性出发，反思这

① ［德］马克思：《1844年经济学哲学手稿》，刘丕坤译，人民出版社1979年版，第46页。

② 同上书，第80页。

③ 同上书，第78—79页。

④ 同上书，第121页。

⑤ 同上书，第122页。

一内在本质对自身发展的优劣利弊，在复杂的生存情势下不断超越它的局囿而又恰当利用其特点，在成功或失败面前全面反思它的隐性引力和深层影响，从而扬长避短协调自身，逐步走向理想的彼岸。（2）普遍交互性。“只要我有某一个对象，这个对象就以我作为它的对象。”[①] 既然肯定了非对象性存在物的虚无，也就揭示了对象性存在物的复对象身份，任何一个存在物都是多重对象的复合体，并把众多他者作为自己的对象。进一步说，即使某一对象和某一主体暂时没有发生显在的对象性关系，也只能说明这种关系存在于深沉而复杂的生成过程中。正如恩格斯所说：“交互作用是事物的真正的终极原因。……只有从这个普遍的交互作用出发，我们才能达到现实的因果关系。”[②]（3）对话的异质性。对象性存在物的普遍性并不是同一的普遍性，而是差异的普遍性，正是这种差异要求彼此之间进行对话式的交往实践活动。对象性活动作为对象性存在的生命表达，是指对话双方都存在自足性的缺失，并在无法消弭自身矛盾和难以满足自身需要的情势下，对他者的内在吁求和生命召唤，其目的是要达到两者之间本质力量的对应性契补与嵌合。从而在实质上映照出对象的异质性：“有别于在我之外的对象的他者、另一个现实。”[③] 也正是这种异质性标示着“一物的特性是对他‘物’的结果”[④] 的生态美蕴涵。总之，人、自然、社会，以及人与人之间处在真实普遍的交往对话氛围和背景中，以对象身份的异质性进行生存交往，通过互见、互动、互渗、互制和互惠完成彼此的双向建构。

马克思通过对交互对象性的认识体现了对事物之间本质关系的真切把握，并且进而揭示出其后隐藏的交互主体性，更明确地说，交互对象性即对象间性与主体间性交织纽结、如影随形，互为对象和互为主体实际是一个硬币的两面，二位一体，同构生成，互为因果，互为表里。“人通过自己的外化而把自己的现实的、对象性的本质力量作为异己的对象创立出来

---

① ［德］马克思：《1844 年经济学哲学手稿》，刘丕坤译，人民出版社 1979 年版，第 122 页。

② ［德］恩格斯：《自然辩证法》，于光远等译编，人民出版社 1984 年版，第 96 页。

③ ［德］马克思：《1844 年经济学哲学手稿》，刘丕坤译，人民出版社 1979 年版，第 121 页。

④ ［德］尼采：《权力意志》，张念东、凌素心译，商务印书馆 1991 年版，第 212 页。

时，这种创立并不是主体：它是对象性的本质力量的主体性，因而这些本质力量的作用也必然是对象性的。”[①] 人的实践性活动是主体性和对象性的立体创构，人与自然、社会的生态化运作则是主体间性和对象间性的“大化流行”，其中，主体间性通过对象间性得以动态显现，对象间性则在主体间性中确证自己的独特归属。

但是，人、自然、社会这种互动共存的主体间性和对象间性，在实现异化的扬弃之前，往往表现为不和谐的非生态的异化状况，常是某一方的主体性过分膨胀而遮蔽了对象性本质，或是某一方的对象性过于外溢而压抑了自身的主体性，马克思认为只有通过对异化的扬弃，才能冲破非生态、反生态的现实之网，实现主体间的平等对话。从而在自然人化、人自然化、社会人化、人社会化、自然社会化、社会自然化，以及人人互化的多维构建中，真正成为体现和谐生态美的主体间性。从这一主体间性的生态基点出发，人才能诗意地栖居于大地上，进而最大限度的超越自身和他者，在平衡协作的结构系统中，走上可持续的发展之路，逐步切近生命的理想界、人类的理想国。

三　人的本质力量：感性本体与实践本体的二元一体

传统美学对《手稿》的读解，常凸显“人的本质力量”这一概念，并且认为美是“人的本质力量的对象化”或者是“人的本质力量的感性显现”。姑且不论美是否可以如此定义，单是对“人的本质力量”这一关键问题就语焉不详，不仅没有对它进行相对具体的界定，而且使用中有泛化和滥用之嫌。那么“人的本质力量”到底应该怎样理解？《手稿》是怎样使用并阐述它，它有什么具体内涵？它是否可以和“人的力量”机械等同？

马克思通过把人界定为类的存在物、社会的存在物、对象性的存在物和有意识的存在物，以及对其他存在特性的描述，从本体存在质的规定性上，言说了人之所以为人的两个基本点：感性和实践，即人的感性本体和

① ［德］马克思：《1844年经济学哲学手稿》，刘丕坤译，人民出版社1979年版，第120页。

实践本体。

上文已经论述，人是以对象性存在物的身份在对象性活动中彰显自身的主体性情状，也就是说，人是在受动中、在自然和社会的挟制下，通过发挥人的本质力量，来张扬个人的主体性。依据这一理论线索，人的感性本体可以理解为，人作为真实的活生生的感性存在物，本身就是自然界和社会的一部分，无论是从历史还是现实的层面，都必须深刻认识到人的自然性和社会性，或者说人是自然和社会的对象，这一感性生命无法规避的本质内容。“说一个东西是感性的，亦即现实的，这就等于说，它是感觉之对象，是感性的对象，亦即在自己之外有着感性的对象，有着自己的感性之对象。是感性的，也就等于说，是受动的。”[①] 人必须充分审度作为对象性存在物的受动身份，全面估量自身发展的内在需求与外在条件之间的矛盾性与一致性，在自然和社会提供的现实可能的支撑点上，积极发挥自身的主观能动性，变被动为主动，与自然和社会化敌对为亲和，把自然和社会看作人的广义的身体，统筹为人的自然感性和社会感性。

人的感性本体从人存在的终极意义上奠定了相对独立的一元性地位，但作为其具体表现的感觉、情欲等人的本质力量，并不能绝对独立地完成人的整体建构，而必须借助这些本质力量的爆发并转化为人的全面主动的实践活动，人的本质力量才能得以张扬、确认、丰富和完善。“人的感觉、情欲等等不仅是（狭）义的人类学的规定，而且是对本质（自然界）的真正本体论的肯定……只有借助于发达的工业，亦即借助于私有财产，人的情欲的本体论的本质才能充分完满地、合乎人的本性地得到实现；所以，关于人的科学本身是人在实践上的自我实现的产物”，[②] 因此，与感性纽结生成人的实践品格，亦是人具有相对一元性特点的本体性存在。

这样一来，人的感性本体和实践本体的关系得以彻底廓清：人的全部感性因素作为人进行实践活动的前提，影响、制约和规划着实践的力度、深广度和正反意义，甚至从某种程度上讲，人的感性的独特性和丰富性就

① ［德］马克思：《1844年经济学哲学手稿》，刘丕坤译，人民出版社1979年版，第122页。

② 同上书，第103页。

是人实践的独特性和丰富性。反之，感性的产生、满足和嬗变又取决于人的实践活动，没有实践的确证，人的感性仅是一个空洞的能指，毫无人的属人性意义和现实性所指。感性和实践作为相对独立的二元，通过互动、互生实现人的本质力量的历史积淀和现实表征。但是两者在对异化的扬弃实现之前，还难以形成和谐的运作动势，两者的对立斗争既是人之异化的常规模态和外在征兆，又是人走向非异化的直接触媒。也可以说，在异化的情势下，两者体现的是人的本质力量的非生态化、非审美化和非道德化，无法形成一体整合的理想格局。虽然异化培育了人的本质力量，但人的本质力量却只能在异化扬弃后，才能得到现实而完满的生成，真正统辖人之感性和实践的双重品格，实现无蔽地真理性敞亮，进达“既是内在的一致，又是与事物的一致”[①] 的生态美境界。因此，“人的本质力量”与人的力量具有本质差异，它本身就是一个包含着人之和谐生态美的基元性哲学范畴，作为人类的真、善、美之源，体现出“人以一种全面的方式，也就是说，作为一个完整的人，把自己的全面的本质据为己有”[②] 的生命的美学范式。

著名新康德主义哲学家西美尔认为：“每一个时代有一个主导理念：在希腊是存在，在中世纪是上帝，在 17、18 世纪是自然，在 19 世纪是社会，20 世纪是生命。”[③] 我们可以续言，在 21 世纪是生态。在崇尚生态叫响生态的现时代，马克思的经典的生态美学思想，则是我们亲沐绿色生活、抵达生命诗境的理论引导和精神路标。

---

① 刘小枫：《人类困境中的审美精神》，上海东方出版中心 1994 年版，第 5 页。

② ［德］马克思：《1844 年经济学哲学手稿》，刘丕坤译，人民出版社 1979 年版，第 77 页。

③ 刘小枫：《现代性社会理论绪论》，上海三联书店 1998 年版，第 21 页。

参考文献

一　专著

马克思：《1844 年经济学哲学手稿》，人民出版社 2000 年版。

马克思、恩格斯：《马克思恩格斯选集》，人民出版社 1972 年版。

马克思、恩格斯：《马克思恩格斯全集》，人民出版社 1974 年版。

马克思、恩格斯：《马克思恩格斯全集》，人民出版社 1979 年版。

列宁：《哲学笔记》，人民出版社 1974 年版。

柏拉图：《柏拉图文艺对话集》，朱光潜译，人民出版社 2008 年版。

亚里士多德：《诗学》，陈中梅译，商务印书馆 1996 年版。

康德：《判断力批判》（上卷），宗白华译，商务印书馆 1964 年版。

康德：《实用人类学》，邓晓芒译，上海世纪出版集团 2005 年版。

席勒：《审美教育书简》，冯至译，上海人民出版社 2003 年版。

叔本华：《作为意志和表象的世界》，石冲白译，商务印书馆 2003 年版。

尼采：《悲剧的诞生》，周国平译，生活·读书·新知三联书店 1986 年版。

尼采：《权力意志》，张念东、凌素心译，商务印书馆 2007 年版。

黑格尔：《美学》，朱光潜译，商务印书馆 1997 年版。

克罗齐：《美学原理》，朱光潜译，上海人民出版社 2007 年版。

阿多诺：《美学理论》，王柯平译，四川人民出版社 1998 年版。

阿多诺：《启蒙辩证法》，洪佩郁、蔺月峰译，重庆出版社 1990 年版。
马尔库塞：《审美之维》，李小兵译，广西师范大学出版社 2001 年版。
马尔库塞：《爱欲与文明》，黄勇、薛民译，上海译文出版社 1987 年版。
马尔库塞：《单向度的人》，刘继译，上海译文出版社 2006 年版。
卡西尔：《人论》，甘阳译，上海译文出版社 2004 年版。
让—保罗·萨特：《想象心理学》，褚朔维译，光明日报出版社 1988 年版。
车尔尼雪夫斯基：《艺术与现实的审美关系》，周扬译，人民文学出版社 1979 年版。
车尔尼雪夫斯基：《美学论文选》，缪灵珠译，人民文学出版社 1957 年版。
海德格尔：《存在与时间》，陈嘉映、王庆节译，生活·读书·新知三联书店 1987 年版。
弗洛姆：《健全的社会》，孙恺洋译，贵州人民出版社 1994 年版。
弗洛姆：《为自己的人》，孙依依译，生活·读书·新知三联书店 1988 年版。
韦尔施：《重构美学》，陆扬、张岩冰译，上海世纪出版集团 2006 年版。
哈贝马斯：《现代性的哲学话语》，曹卫东等译，译林出版社 2004 年版。
休谟：《人性论》（上、下册），关文运译，商务印书馆 1980 年版。
鲍桑葵：《美学史》，张今译，商务印书馆 1985 年版。
安妮·谢泼德：《美学》，艾彦译，辽宁教育出版社 1998 年版。
帕克：《美学原理》，张今译，广西师范大学出版社 2001 年版。
桑塔亚纳：《人性与价值》，乐爱国、陈海名译，广东人民出版社 2003 年版。
桑塔耶纳：《美感》，缪灵珠译，中国社会科学出版社 1982 年版。
波德里亚：《消费社会》，刘成富、全志钢译，南京大学出版社 2006 年版。
杜夫海纳：《美学与哲学》，孙非译，中国社会科学出版社 1985 年版。
杜夫海纳：《审美经验现象学》，韩树站译，文化艺术出版社 1996 年版。
杜威：《艺术即经验》，高建平译，商务印书馆 2005 年版。
斯托洛维奇：《审美价值的本质》，凌继尧译，中国社会科学出版社 2007 年版。
阿瑟·C. 丹托：《美的滥用》，王春辰译，江苏人民出版社 2007 年版。
伊格尔顿：《二十世纪西方文学理论》，伍晓明译，北京大学出版社 2007

年版。
伊格尔顿：《美学意识形态》，王杰等译，广西师范大学出版社 1997 年版。
皮埃尔·布迪厄：《艺术的法则》，刘晖译，中央编译出版社 2001 年版。
岩城见一：《感性论》，王琢译，商务印书馆 2008 年版。
朱光潜：《西方美学史》，人民文学出版社 1979 年版。
马国新主编：《西方文论史》，高等教育出版社 2002 年版。
朱立元主编：《当代西方文艺理论》，华东师范大学出版社 1997 年版。
董学文、张永刚著：《文学原理》，北京大学出版社 2001 年版。
董学文、金永兵等著：《中国当代文学理论（1978—2008）》，北京大学出版社 2008 年版。
杨春时：《文学理论新编》，北京大学出版社 2007 年版。
李志宏：《文学通论原理》，吉林大学出版社 2009 年版。
彭富春：《哲学美学导论》，人民出版社 2005 年版。
彭锋：《美学的意蕴》，中国人民大学出版社 2000 年版。
宗白华：《宗白华全集》，安徽教育出版社 2008 年版。
朱光潜：《朱光潜全集》，安徽教育出版社 1987 年版。
蒋孔阳：《蒋孔阳全集》，安徽教育出版社 1999 年版。
李泽厚：《美学三书》，安徽文艺出版社 1999 年版。
李泽厚：《李泽厚哲学文存》（上、下），安徽文艺出版社 1999 年版。
张世英：《进入澄明之境——哲学的新方向》，商务印书馆 1999 年版。
张世英：《哲学导论》，北京大学出版社 2002 年版。
童庆炳：《文学活动的审美维度》，高等教育出版社 2001 年版。
童庆炳：《维纳斯的腰带》，上海文艺出版社 2001 年版。
童庆炳：《美学与当代文化讲演录》，广西师范大学出版社 2007 年版。
童庆炳：《文学审美论的自觉——文学特征问题新探索》，北京师范大学出版社 2011 年版。
钱中文：《文学原理——发展论》，社会科学文献出版社 1989 年版。
钱中文：《文学理论：走向交往对话的时代》，北京大学出版社 1999 年版。
钱中文：《新理性精神文学论》，华中师范大学出版社 2000 年版。

王元骧：《审美反映与艺术创造》，杭州大学出版社 1992 年版。
王元骧：《文学理论与当今时代》，浙江大学出版社 2002 年版。
王元骧：《审美超越与艺术精神》，浙江大学出版社 2006 年版。
王元骧：《论美与人的生存》，浙江大学出版社 2010 年版。
赖大仁：《文学批评形态论》，作家出版社 2000 年版。
赖大仁：《当代文艺学论稿》，江西高校出版社 1999 年版。
赖大仁：《当代文学及其文论——何往与何为》，江西高校出版社 2008 年版。
杨春时：《生存与超越》，广西师范大学出版社 1998 年版。
杜卫：《审美功利主义》，人民出版社 2004 年版。
杜卫：《走出审美城：新时期文学审美论的批判性解读》，东方出版社 1999 年版。
杜卫：《中国现代人生艺术化思想研究》，上海三联书店 2007 年版。
刘小枫：《现代性社会理论绪论》，上海三联书店 1998 年版。
刘小枫主编：《人类困境中的审美精神》，东方出版中心 1994 年版。
胡经之：《文艺美学》，北京大学出版社 1999 年版。
傅修延：《文本学：文本主义文论系统研究》，北京大学出版社 2004 年版。
王岳川：《艺术本体论》，中国社会科学出版社 2005 年版。
陆贵山：《人论与文学》，中国人民大学出版社 2000 年版。
周宪：《审美现代性批判》，商务印书馆 2005 年版。
余虹：《革命·审美·解构》，广西师范大学出版社 2001 年版。
尤西林：《人文精神与现代性》，陕西人民出版社 2006 年版。
赵澧、徐京安主编：《唯美主义》，中国人民大学出版社 1988 年版。
杨恩寰：《审美与人生》，辽宁大学出版社 1998 年版。
赵铮邸：《主体美学》，浙江大学出版社 2004 年版。
潘知常：《美学的边缘——在阐释中理解当代审美观念》，上海人民出版社 1998 年版。
黄凯锋：《价值论视野中的美学》，学林出版社 2001 年版。
黎乔立：《审美生理学》，广东人民出版社 2000 年版。
施旭升：《艺术创造动力论》，中国广播电视出版社 2002 年版。

聂振斌:《中国近代美学思想史》,中国社会科学出版社 1991 年版。
陶水平:《审美态度心理学》,百花文艺出版社 1990 年版。
劳承万:《审美中介论》,上海文艺出版社 2001 年版。
崔文良:《审美人生论》,中国人民大学出版社 2002 年版。
刘悦笛:《生活美学》,安徽教育出版社 2005 年版。
徐放鸣:《审美文化与形象诗学》,江苏人民出版社 2008 年版。
李春青:《在审美和意识形态之间》,北京大学出版社 2006 年版。
沈亚生、李莹、袁中树:《人学思潮前沿问题探究》,社会科学文献出版社 2010 年版。
杨守森:《艺术境界论》,上海人民出版社 2008 年版。
李咏吟:《审美与道德的本源》,上海人民出版社 2006 年版。
李西建:《大众审美中的人性嬗变》,湖北人民出版社 1998 年版。
李志宏:《新时期文学本性研究:以审美性和意识形态性为中心》,吉林大学出版社 2010 年版。
李志宏主编:《文艺意识形态学说论争集》,吉林大学出版社 2006 年版。
李勇:《媒介时代的审美问题》,河南人民出版社 2009 年版。
寇鹏程:《中国审美现代性研究》,上海三联书店 2009 年版。
北京大学哲学系美学教研室编:《西方美学家论美和美感》,商务印书馆 1980 年版。
中国社会科学院哲学所美学研究室编:《美学译文》第 3 册,中国社会科学出版社 1984 年版。
北京师范大学文艺学研究中心编:《文学审美意识形态论》,中国社会科学出版社 2008 年版。

二 论文

童庆炳:《新时期文学审美特征论及其意义》,《文学评论》2006 年第 1 期。
童庆炳:《审美论—语言论—文化论:新时期 30 年文论发展轨迹》,《黑龙江社会科学》2008 年第 4 期。
王元骧:《美:让人快乐、幸福》,《学术月刊》2010 年第 4 期。

赖大仁：《唯物史观视野与当代文艺批评》，《中国人民大学学报》2010 年第 3 期。

赖大仁：《文学“因何而死”与“因何而生”》，《文艺争鸣》2009 年第 10 期。

赖大仁：《当前文艺与理论批评中的审美价值观》，《中州学刊》2007 年第 3 期。

赖大仁：《文艺与意识形态：从理论视野到文艺观念》，《学习与探索》2008 年第 2 期。

徐岱：《诗学何为？——论现代审美理论的人文意义》，《文学评论》1999 年第 4 期。

杨春时：《审美的超实践性与超理性》，《学海》2001 年第 2 期。

杨春时：《审美超越辨正》，《复旦学报》（社会科学版）2010 年第 2 期。

杨春时：《超越实践美学　建立超越美学》，《社会科学战线》1994 年第 1 期。

姚文放：《“审美”概念的分析》，《求是学刊》2008 年第 1 期。

姚文放：《“审美”概念的嬗变及其美学意义》，《江苏社会科学》2008 年第 3 期。

陈望衡：《论审美》，《浙江大学学报》1991 年第 1 期。

杜卫：《从反映论到审美反映论的发展和意义》，《浙江社会科学》1998 年第 5 期。

杜卫：《关于“文学审美论”问题》，《学习与探索》1999 年第 4 期。

杜卫：《文学审美论的“知性方法”批判》，《文史哲》1998 年第 5 期。

杜卫：《“审美”范畴研究评析》，《哲学动态》1999 年第 2 期。

杜卫：《论审美的人生价值》，《学习与探索》1992 年第 2 期。

陆扬：《超越审美化》，《学术月刊》2010 年第 6 期。

陆扬：《日常生活审美化的唯美主义渊源》，《社会科学》2009 年第 12 期。

陆扬：《论“日常生活的审美化”》，《理论与现代化》2004 年第 3 期。

朱立元、刘阳：《论审美超越》，《文艺研究》2007 年第 4 期。

朱立元、刘阳：《审美是个体性与社会性的生成论统一》，《西北师大学报》2008 年第 1 期。

朱立元：《略谈当代审美文化的审美内涵》，《沈阳工程学院学报》2008 年第1期。

曾繁仁：《审美教育——使人成为“人”的教育》，《贵州社会科学》2008年第12期。

周小仪：《“为艺术而艺术”口号的起源、发展和演变》，《外国文学》2002年第2期。

敏泽：《“纯审美论”辨析》，《文艺理论与批评》1989年第6期。

董志强：《试论艺术与审美的差异》，《哲学研究》2010年第1期。

陈伯海：《人为什么需要美——审美性能论》，《学术月刊》2003年第6期。

陈伯海：《再论人为什么需要美——兼谈审美的可能性》，《江海学刊》2009年第3期。

陈伯海：《美在“天人合一”——审美价值论》，《文艺理论研究》2003年第4期。

陈伯海：《怎样才是“对世界的艺术的掌握”——论审美态度及其性能》，《学术月刊》2010年第8期。

盖生：《新时期文学审美论局限评析》，《文艺理论与批评》2010年第5期。

盖生：《论经典艺术审美价值的永恒性》，《求索》2005年第1期。

顾梅珑：《审美主义的内在危机及其超越》，《北方论丛》2010年第5期。

毛崇杰：《文学与美学功利主义》，《东南学术》1999年第5期。

毛崇杰：《艺术的审美本性与去审美化问题》，《文化艺术研究》2008年9月第2期。

弥沙、李育红：《当代审美主义文艺思潮的历史语境》，《北方论丛》2008年第3期。

李育红：《人民性的缺失——当代文学审美主义问题的反思》，《文艺理论与批评》2006年第1期。

李育红：《中国当代审美主义文艺思潮的反思》，《文艺理论与批评》2006年第3期。

李育红：《当代审美主义文艺思潮的三种变异形态》，《文艺理论与批评》2008年第3期。

李育红：《现代性与文艺审美观的发生》，《渤海大学学报》2009年第4期。

刘志：《艺术范式视野中的审美娱乐价值探微》，《东南大学学报》2009 年第 6 期。

王学海：《文学的审美与人学的关系》，《河北大学学报》1992 年第 3 期。

刘仁圣：《文艺的审美本质与社会功能》，《江西社会科学》1991 年第 4 期。

邢建昌：《艺术中的审美创造》，《华北电力大学学报》（社会科学版）1998 年第 2 期。

江春：《审美与娱乐异同论》，《文艺研究》1993 年第 4 期。

杜书瀛：《价值与审美》，《江西社会科学》2004 年第 1 期。

杨立民：《论文学作品审美价值的复杂性》，《河北学刊》1990 年第 2 期。

舒也：《审美价值之维：从娱乐到艺术》，《河北师范大学学报》2005 年第 3 期。

连秀丽：《审美价值特性研究》，《北方论丛》2004 年第 5 期。

张涵：《艺术的审美价值》，《郑州大学学报》（哲学社会科学版）1986 年第 4 期。

代迅：《艺术审美价值的功能分析》，《文艺评论》1991 年第 5 期。

代迅：《审美反映动力与艺术审美特质》，《文学评论》1993 年第 2 期。

代迅：《日常生活与审美超越——超越美学论》，《文学评论》2002 年第 4 期。

王德胜：《试论艺术审美的价值限度》，《文艺研究》2003 年第 3 期。

王德胜：《视像与快感——我们时代日常生活的美学现实》，《文艺争鸣》2003 年第 6 期。

王钦鸿：《论审美理想的特征与价值》，《齐鲁学刊》2006 年第 5 期。

雨石：《论艺术的社会性和审美理想》，《浙江师范大学学报》（社会科学版）2004 年第 1 期。

许明：《艺术与生命理想》，《哲学研究》1994 年第 10 期。

刘士林：《论审美尺度和审美建造方式》，《江苏社会科学》2000 年第 3 期。

蔡翔：《何谓文学本身》，《当代作家评论》2002 年第 6 期。

陶东风：《日常生活的审美化与文化研究的兴起——兼论文艺学的学科反思》，《浙江社会科学》2002 年第 1 期。

金元浦：《别了，蛋糕上的酥皮——寻找当下审美性、文学性变革问题的答案》，《文艺争鸣》2003 年第 6 期。